草木本心

吴昌勇 著

陕西新华出版
太白文艺出版社·西安

图书在版编目（CIP）数据

草木本心 / 吴昌勇著. -- 西安：太白文艺出版社，2025. 1. -- ISBN 978-7-5513-2801-2

Ⅰ. I267

中国国家版本馆CIP数据核字第20241QA655号

草木本心
CAOMU BENXIN

作　　者	吴昌勇
责任编辑	白　静　强紫芳　黄　洁
封面设计	七　七
版式设计	陕西新纪元文化传播有限公司
出版发行	太白文艺出版社
经　　销	新华书店
印　　刷	文畅阁印刷有限公司
开　　本	787mm×1092mm　1/16
字　　数	280千字
印　　张	21
版　　次	2025年1月第1版
印　　次	2025年1月第1次印刷
书　　号	ISBN 978-7-5513-2801-2
定　　价	98.00元

版权所有　翻印必究
如有印装质量问题，可寄出版社印制部调换
联系电话：029-81206800
出版社地址：西安市曲江新区登高路1388号（邮编：710061）
营销中心电话：029-87277748　029-87217872

序 preface

写一封长长的家书

这是我的第二部散文集,亦是一部乡村记忆的合订本。

2015年,十多万字的散文集《偏方》出版后,工作之余,不急不慢地写,不急不慢地刊发,但我的视野从未偏离乡村故土。我不知道这到底是不是一种局限,但总感觉一旦回归到那个叫作吴家沟的地方,我的情感和灵感瞬间被激活。我想,我承担着一项朴素的不可推辞的使命,那就是要一如既往地为陪伴我成长的山水草木转述一份美好。美好的东西总是让人魂牵梦萦,总是在夜深人静的时候,悄悄潜入有梦或无梦的枕边,让内心漾动着一种浓淡相宜的情愫。

在故土田园的面前,我们是赤子,是真实的个体,就像回到母亲身边,可以尽情地倾诉外面的世界给予我的一切美好和不美好。毫无疑问,最安静最本真的状态，一定是回归到最熟悉的生活场景。在那里，一切都是平等友好的，一切都是纯粹热烈的。我想我要做的，就是腾出更多的空间给曾经的时光、记忆，并忠诚地将曾经发生在自己身旁的故事写出来，让更多和我一样热爱故乡的人心头一热，眼前一热。

在这部散文集里，我写的大多是"吴家沟的事"，但又不是，确切地说，是成长在黄土地上的事，是我们情感根部的事，是有年轮感的事。这一切，聚合成有情有义且有血有肉的故乡事。可能是年岁渐长，我习惯了拥抱那些旧时光，并非矫情，而是一种欲罢不能的冲动和本能。这份自觉的坚守，可能很多人都有，也一定有。回望不一定总是幸福，但必然能看见不一样的风景。每一个或深或浅的脚印，都满盈着欢喜和忧愁，注定成为生命中不会轻易干涸的大江大河，一旦情感的汛期到来，总会翻江倒海，潮起潮落。到了我这个年岁，依然难以平静地接受和面对很多人和事，这种内心的起伏，构建起精神的婀娜曲线，也让我更加渴望在山水草木的怀抱里大哭或者大笑，不去刻意掩饰自身，更不会妄自菲薄。

这些年，因为工作的原因，回乡的机会屈指可数，大多是清明和除夕，我要带着亲人去看望另一些亲人，在他们布满青苔的坟前燃香烧纸，报一声平安。我总是毫无理由地相信，他们的根须和草木的根须已经交织在一起，只要看到一花一叶，仿佛就看到一张张熟悉的笑脸，是如此亲切，又如此牵动心绪。这些铺展在乡村大地上的草木，怎能不让我一次次亲近？我爱他们，就像他们曾经毫无保留地爱我，让我健康成长，勇敢面对，坚强生活。从这个意义上讲，我的亲人，我们的亲人不仅仅是健在或者已经逝去的长辈，而是在节气里生发或者凋零的一切生命。只要站在村口，目光所及皆是我们的至亲至爱。只要想到那方山水，眼前浮现的尽是草木风景。于是，我期望和打动过我的人和事重逢在案头。文字是有风度的，有风度的文字是得体的、本真的，是懂得尊重和宽容的，是能从字里行间看到精神气象和胸怀格局的。

我想我们每个人都具备爱的能力。如何让这份爱更加鲜活地呈现和表达，于我而言，只能是文字。我在键盘上敲打每一个字，每一个标点时，是何等的幸福和满足？因为我知道，我是在干一件有爱的事儿，是用爱回馈爱，是用爱呼唤爱，是用爱延续爱。岁月绵长，我或许是在给故乡写一封长长的家书，字里行间没有一丝一毫的伪装和夸张。距我并不遥远的老家，定然会感受到我的爱，我的情，我的初心，我的赤诚。这也是我坚持创作的力量之所在。我也期望我能保持这样一份简单和纯粹。

再次将这些文章辑录在一起，既是对过去一段时间创作成果的展示，也是为了让更多的人和我一道分享故乡之美。我依然认为我只是在转述一份不可多得的美好而已，在此，依然要鞠躬致谢给予我生命滋养的那方山水，鞠躬致谢给予我帮助和指引的一切亲朋好友，鞠躬致谢给予我考验和锤炼的美好时光。我也要感谢我自己，自始至终保持一份创作的热度和激情，让文字清澈，让情感甘甜，让岁月安宁。我也诚恳地接纳一切有建设性的批判，能让我和我的文字成长成熟，既要受得了表扬，也要经得起摔打。

最后，我想说，山水胸怀，永远温暖；草木风景，欣欣向荣；故土真情，拨动心弦。这或许是一个游子的长情告白，也是这本散文集所应有的承载和托付。

家书落款处难言再见。再一次亲吻故乡的额头，再一次拥抱悠悠岁月和乡土风物。

目录
contents

第一辑　草木本心

草木本心　/2
落麦种　/5
水做的叶子　/8
苞谷露　/12
土豆不土　/15
牡丹园　/19
白雨白　/22
拐枣　/25
尝春　/28
麦粒金　/31

打谷子　/34
雪落之处　/37
浓浓的麦香　/40
麦收时节　/43
季节的色彩　/46
坐雪　/49
春似绣娘　/53
浪漫的柿子　/56
五谷丰收的味道　/59
插秧　/62

第二辑　心之清明

心之清明　/66

睡姿　/69

家有门户石　/72

青山立碑忆红军　/75

除夕正当红　/79

喜鹊的歌　/82

薯叔　/85

心语　/88

第十一筐青菜　/91

炼得泥土烟火色　/94

唢呐悠悠　/99

家乡的甜水　/102

做乡亲们的贴心人　/106

运春　/112

生理期　/116

第三辑　大地有耳

大地有耳　/122

水何澹澹　/125

去看望一条河　/129

水罐头　/132

燕子衔春来　/135

乡间茶伴五彩花　/138

大树如山　/141

蜜罐子　/145

秋婶儿　/148

城市插画　/151

乡间古渡　/154

汉江看水　/157

大地水根　/159

大巴山里葵花黄　/163

陕南农家酿　/166

乡间石磨　/170

云知道　/174

一湖水花　/177

放鸟　/180

蝉鸣声声　/184

田间火烧　/188

在那山梁上　/191

第四辑　那时桃花

那时桃花 /196

温暖的火塘 /200

村事 /202

趁你小 /205

樱桃花殇 /209

老宅 /214

豆花儿三开 /217

头顶的云彩 /221

大沟 /224

满园竹青 /227

迎春的灯笼 /232

苞谷花 /235

遥念冰棍 /238

情满压岁包 /242

母亲的手机 /244

放牛时光 /247

婴儿老 /251

第五辑　乡愁未了

石头部落　/258

母亲的病　/262

赶花集　/268

桃花水　/271

献给天空的花朵　/274

掰苞谷　/277

坪　/280

农家薯香　/284

萝卜披红　/287

房东　/290

金色的梦想　/294

窗外蛙鸣　/298

画一块手表送你　/301

的确良　/305

登牛山　/308

吴家沟　/312

后记　/319

第一辑

草木本心

草木本心

看到母亲在阳台上晾晒的一筐蒲公英，我知道，她又在制作入夏的降火茶。每逢春深，鱼腥草、白茅根、薄荷叶和蒲公英一道，用细草绳扎成小捆，当作尝春的稀罕物摆进菜市场。这些乡间寻常本草，回家既可凉拌做菜，也可晒干存放。遇到小毛病，捏几枚叶子，茶一样沏水喝，三两天就奏效。

家乡气候温润，草木葱茏，自然条件得天独厚，山山峁峁是个天然的"药匣子"，过千种中草药将它塞得满满当当。药是草，草亦是药，乡间的百姓就是药师，随便扯一把草药，就能道出名和姓，知道性味和功效。这些年，有着采药、种药常识的药农，将白云生处的柴胡、火藤根、白及等中草药请下山，就近种植在田间。他们以自己擅长的方式，为发家致富找路子，也让这些有着大山血统的中草药，离百姓的生活越来越近。

有些药长在山中，有些药就摆在我们的灶台上，灶心土是药，锅底灰是药；有些药还长在我们的菜园里，葱根是药，姜片是药。这些具有生活气息的中草药，是农事体验和生存智慧的一部分，生长在岁月的怀抱里，散发着泥土香和草木气。细细想，生产生活原本就是一味药，日出而作日落而息，活络着我们的筋骨，让身体在代谢中瓷实起来，扛得起那些小毛病。

乡间的医生，多半都通晓中医。靠墙的一面药橱漆黑油亮，小抽屉一般的药匣子一屉几格，分开存放着各味中草药。到药铺抓药，老中医将几张泛黄的皮纸摊在桌子上，一手握着戥子，一手拉开药斗，捏一些草药叮当一声放进戥子，眯眼一瞅，几两几钱八九不离十。药抓齐，慢条斯理地包好，再用细麻绳扎紧，像几包精致的点心，从药铺里递出来。然后，细细嘱咐，回家如何煎服，有何忌口。老中医始终不急不躁，一本《汤头歌》背得滚瓜烂熟，但也常常根据病情辨证施治，中药调配尽在取舍之间。

丝丝缕缕的中药香，是中草药另一种形式的生发和绽放，蒸腾在药罐里的，是日月精华和天地灵气。早在几千年前，或者更久远的岁月，这些草本在祖先的舌尖上就已经完成从草到药的身份转变。它们的肖像、脾性、药用部位，就已经录入浩渺卷帙。这份贡献，让我们的历史走得更稳更远，也让我们的文化脉流有了丰厚滋养。

中医看病讲究望闻问切，能从气色和脉象里找出病症。坐在老中医对面的，不单是病人，还有节气、屋舍、村庄和田野，他们向远处看，向近处看，向头顶看，向脚下看，看着看着，就看出表里虚实，于千丝万缕之中理出头绪。中医看病，就好像反剪双手闲庭信步，悠着性子，心安神定，在摸透看清疾病本质之后，稳稳地拿出方子，方可药到病除。

表面上看，端坐在患者面前的是老中医一人，实则是一群人。中医看病把脉，坐在身旁的老祖先也在看着他们，一举一动、一言一行都是医道的赓续。手搭上去，在脉象的快慢、强弱、深浅、盈亏里，触摸到体内的光景。每一次治疗都是托付中草药对身体内外环境进行干预，像一个说客，完成人体和大自然的一次和解。

中药是药，也是生命，是天地万物，是阳光雨露，到头来，还是一种理念，一种思维。那些被尊称作先生的老中医，有着一份难了的岐黄情，他们用草木的心思和言语提醒我们，大地之上，和谐共生才是真正的锦绣繁华。这才是草木本心，这也是医之大道。

2018 年 7 月 23 日刊于《人民日报》

落麦种

秋天的黄土地，是半眯着眼的，秋风轻轻一摇就醒了。辽阔的土地，在老农的面前俨然是刚揭开盖子的蒸笼，空气中飘散着酵母的清香，每一粒泥土周围都仿佛雾气沉沉，蒸腾着阳光雨露。大自然用自己的手法完成对泥土的驯化，深秋的每一块土地，都是一个雌性柔软的宫体，用接近春水荡漾的节奏，迎接小麦落种。

天空瓦蓝，飘落的树叶如漫天蝴蝶起舞，身着短衫的老农含着烟斗，坐在田坎边等待最佳的下种时间。庄稼人对节气的把握，可以精准到每一缕风，每一片色彩，甚至蚁群在田里的每一次活动路线。种庄稼也得择日子，这份热闹喜庆远比乡间的嫁娶隆重，这是不能缺少的仪式。

霜降前十天或者后十天，老到的庄稼汉习惯将手伸进种袋，他们能从小麦温度的细微变化里，感知植物的心跳和呼吸。庄稼汉善于捕捉这种潮热的语言，一切秘密都以手语交流。耕牛目光恍惚，站在田里反刍着，蓝天白云，等待农夫挥响长鞭，也等待着深秋时节盛大的落种仪式。

小麦算是庄稼家族里的大族望族，尽管个头不及玉米，圆润不及水稻，却能在万山红遍的深秋时节，就着一地霜花从容落种。一粒粒比汗水的个头大不了多少的籽实，是土地的根脉和香火，被庄稼人视作儿女之外的子嗣。

小麦落种，是在天气晴朗的日子。日头还未升起，路旁的草木挂满露珠，"落——种——了"，老农沙哑的嗓子一声长吼，头顶的云朵竟然缓缓散去，耕牛支棱着耳朵和身后的鸟雀完成列队，飘落的树叶在半空打着旋。"落——种——了"，又一声吆喝过后，满手老茧的女主人从种袋里握紧一把籽实，随着臂膀一挥，胸前如风吹麦浪忽闪起伏，手中的籽实被当空抛出一道道优美的弧线，雨滴一般落在不远处。

每一粒籽实都有一个丰收的面孔。蓝天白云下，这些和泥土近乎一个颜色的籽实，宛若从老农的手心撒向大地深处的雁群，又似春水初暖之时，游弋在绵软麦田里的小蝌蚪。小麦和庄稼汉都是劳碌命，总惦念着节气，到了时间点儿，便会窸窸窣窣地翻动着身子。

很快，过完烟瘾的庄稼汉扶起犁，长鞭在头顶绕圈后使劲甩向大地。清脆的鞭声惊得麦田荡起层层涟漪，圆滚饱满的麦种瞬间沉入泥土。在季节深处，在老农的内心深处，每一粒泥土都是一座粮仓，杏黄的麦浪仿佛在眼前翻腾，隐约传来布谷鸟的声声鸣叫。丰收就在不远的地方，就像头顶瓦蓝的天空，就像枝头摇曳的红叶，就像从农夫脸颊轻轻滑落的汗珠。

秋小麦要浅种，耕牛并不疲惫，也不急躁，身子骨轻飘如云朵，觅食的鸟雀趴在牛背上，热烈歌唱这片再熟悉不过的土地。它们清楚，落下籽实的土地才是真正的土地，很快冒出的嫩芽将成为麦田过冬的羽毛。

十天半月之后，麦苗从土里钻出，寂寥的麦田开始欢腾起来。地平面以下，根须也朝着另外一个方向生长，它们要早先一步进入冬天，要寻找散发热气的泥土，让这些弱不禁风的幼苗嗅到并不陌生的奶香。很快，麦田一片碧绿，如盈满春水的池子，映照着蓝天白云，也映照着老农慈祥的面孔。

迎着微凉的秋风，庄稼人站在田里美滋滋地遐想，想入冬后洋洋洒洒的鹅毛大雪如何为青青麦苗盖一床棉被；想扑面而来的春风如何在麦田摊开画布；想初夏时节，在布谷鸟的一段清唱过后，修竹般挺拔的茎秆如何高高举起杏黄的麦穗。想到即将到来的年景，他们也饱满成一穗金黄，成为大地粮仓里的一粒粒粮食。这种幸福感只有庄稼人能真切感受到，也只有庄稼人才能陪伴这一粒粒麦种，从高不足寸的幼苗，长成麦田里一株株粗壮的小麦。

　　每一株麦苗都是麦田的日月星辰，都是农户人家最美好的光景。当落叶散尽，大地一片静谧，伫在一地麦绿的田坎边，总能听见渐行渐近的脚步，春天正在走近，丰收正在走近，麦穗和老农正在走近。

2018 年 11 月 23 日刊于《光明日报》

水做的叶子

小时候，有个在集镇教书的亲戚，每次到我家，父亲给他沏茶时，他总是起身接过杯子，右手拇指、食指和中指指腹并拢，指尖如衔泥的春燕，从茶盒里捏一小撮茶叶投进杯中。也不急着倒水，掂一掂杯子，叶子和瓷器相碰，柔和的声音让人心一下子软和起来，笑容软和起来，时间也就跟着软和起来。

顿一顿，他才从喷着热气的水壶里倒入多半杯山泉水，少顷，再晃晃，斜起杯身，将刚刚浸湿茶叶的水沫倒掉。等再加满水，条索状的叶子如受惊的鱼群，倏地散开，旋即又紧凑成团，打着旋，在细密的水花里款款绽开。

先生双手紧握茶杯，温度适宜，唇凑近杯沿，轻轻抿一口，很享受地在口中咂摸着。

我被他的这份优雅所吸引，也被淡淡的茶香莫名打动，总感觉喝茶也有学问。

多少年之后，我也喜爱上了茶，每每举起茶杯，总有一幅画面浮现在眼前。尽管先生已经离世，但是他的一举一动和品茶之道深刻在我的脑子里。每个早晨，案头放一杯茶，日子仿佛才够滋味，看着茶叶在杯中舒展叶翼，心神是安静的，再忙再累，一口茶香总能通透每个关节和毛孔，让身体仿佛浸泡在阳光里。

故乡陕南被誉为北方的水乡，比水系更为丰茂的是漫山遍野的花草树木，一道沟一条河就是一条系在大山颈项的绿色围脖，就连大大小小的石头也都裹着一身迷彩绿。水是常绿的，和水一道四季常绿的，还有被水喂肥的树叶，它们在阳光下闪着水绿的光芒，叶脉里漾着绵绵水波。

茶树亦是常绿草木中的名门望族。茶树生长在沟边，它们把根系伸到向阳的山坡，如犍牛饮水，将头扎进清凌凌的山溪，尾巴却在身子后面甩打出一阵山风。在陕南的深山里，好几百年的老茶树并不鲜见，如今成了茶树的老祖先，成了林子里的长者。围在"茶老"四周的是密密匝匝的茶树和茶苗，一片林子就是一个部落，在岁月里繁衍生息。

这些古老的茶树如今成了茶马古道的记忆留存，是存活在大山深处的一部历史。在紫阳县一个叫作瓦房店的小镇，半座山都浸在水中，如一个盆栽，汉江支流任河和渚河在这儿玲珑地打了一个水结。水路宽了，也就成了大道。在明清时期，这里因为水路便利，一时间云集了各路客商，来自全国各地的商贾在此修建会馆。瓦房店成为最热闹的码头，大包小包的茶叶日夜不息地从这里运走，淡淡的茶香也随风帆一同扬起，飘散到更远的地方。广有声誉的"山南茶"，是朝廷以茶易马的首选，它们沿水路南下，顺茶马古道北上，通过丝绸之路，让中亚一些国家尝到"陕南香"。据上了年岁的老人回忆，因为茶叶贸易的繁荣，一度出现"其民昼夜治茶不休"，到了"男废耕，女废织"的程度。依岸而生、因茶而生的商业码头，如今已经淹没在水平面以下，只是沿途遗存的会馆、石刻、古木、栈道，以及垂暮之年的老者，依然为我们生动地复述着那段一路茶香一路歌的历史。

多少年之后的今天，在陕南安康除紫阳之外的平利、汉滨、岚皋等一些亲水的县区，古茶树依然枝繁叶茂。不过，离这些古茶树不远处育出大片大片的茶园，成为养在田地里的林子。入春后，从枝头冒出的油绿的叶芽，一副水嫩水嫩的面孔。听得懂鸟语嗅得到花香的叶子，在一场春雨过后，生出雀舌般的叶芽，它们同样衔着春光在枝头鸣唱——那是枝梢上淙淙流淌的雨水声，那是云雾轻笼叶芽的呢喃，那是茶山在和煦的春风里入梦的鼾声。一枚叶芽就是一张春风请柬，每年春天过了雨水节气，盛情的安康人总是向远方的亲朋发出邀约，新茶快下山了，来尝尝茶鲜，顺道听听茶歌。

清明前后，茶农择一个好天气开始采摘新茶，他们双手娴熟地在枝头舞动，一枚一枚的嫩芽装进挂在腰间的竹篾兜。他们额头热气腾腾，如云雾散开，笑容里溢满茶香。

这些沾满阳光雨露的嫩芽，很快被茶农制成新茶，浅绿的叶子或尖细如针，或细绒裹覆，茶簸里摊开一层薄绿。清明时节，陕南的茶杯里清一色地换成了新茶，大家都端着一杯新绿，看着散开的叶芽在春光里浮浮沉沉，彼此举起茶杯庆贺大自然的丰腴馈赠。茶香，比山野的花香要含蓄，比雨水发酵的泥土香要醇厚，比乡间灶头的野菜香要清幽，它们是雨水、春风、云雾的"提取物"，是春天里完整而纯粹的香型。

陕南春茶有着自己的脾性，它们只在自己熟悉的山泉水里轻盈舞动，让时光变薄变浓，变得接近山泉的甘甜。就着古茶树下的山泉水，这些叶子再次明朗成一抹春色，成为大地茶杯里春天的倒影，也成为跃动在陕南人舌尖上一个个圆润豆绿的音符，陕南的春天自此也就有了蓝天白云的窖藏。

当水绿和茶绿相互融合，茶水就有了新的生命，这或许是陕南春茶独特的精神气象，也只有在水系丰茂和草木葳蕤的陕南，才能看到这种交融和辉映的生态气息和生态图谱。**丝丝缕缕**的甘甜亦如**丝丝缕缕**的春风，让往后的日子多了回味和余香，也多了一份悠然和恬淡。

陕南春茶注定是水做的叶子，注定要在水中生根，也注定在水中生出新的根须，发出新的叶芽，开出新的花朵。

2019 年 8 月 10 日刊于《西安日报》

苞谷露

在以中山坡地为主的陕南安康，苞谷算是田里的主角和大庄稼了。苞谷金黄的面孔和太阳一个颜色，盛夏时节，站在苞谷地，耳畔仿佛有苞谷粒咀嚼阳光的声响。

百姓粮仓里少不了苞谷，苞谷不光是碗里的吃食，也是圈里牲口的口粮。早起在院子里撒几把苞谷，圈里的鸡鸭扑棱着翅膀跑过来，低头啄得一阵欢实；苞谷粉碎后过罗细筛成苞谷面，可蒸出金黄金黄的窝窝头，糠麸作饲料，猪槽里就有了"荤腥"；苞谷煮至八分熟加曲发酵，半月之后就着大火烤出苞谷烧，酒糟晒干细磨，三夏大忙时拌料端至牛棚，相当设宴犒劳耕牛。

麦收之后，日头底下的土地像从烤箱里取出来的面包，酥软中散发着浓郁的土腥气。趁着好天气架牛深耕，犁铧哧溜哧溜穿行而过，麦茬倒埋入土，黄土地如被子翻了个面，晒出一股太阳味。苞谷下种前，得让日头先在地里打个滚，焙出一个热炕头。背完麦捆子的背篓，紧接着将牛棚或猪圈里的土粪背到田边，小山一样堆起来，在阳光下再一次发酵。苞谷口糙，这样的肥料就能果腹。最好是落一场透墒雨，三两个好天气之后，有经验的老农出门望望天，食指斜伸进泥土，一探墒情深浅，确定苞谷下种的最佳时机。

苞谷需要浅种，力满腰圆的汉子走在最前面，抡起锄头挖出脸盆大小的窝坑，身后的人从斜挎的篮子里抓一把土粪打窝，相当为籽实铺床，紧接着从系在腰间的竹篾篓抓两粒苞谷种，不偏不倚地投在窝中央，走在最后的老人或孩子将粪壶里的水肥倾洒入窝，如落了一场提苗的春雨。之后，随手用草锄刨细土盖种，一窝苞谷这就算落种了。在乡下，能如此精耕细种的庄稼，恐怕也只有苞谷了。

薅头遍草，是在苞谷苗长出四五寸高时，叶子肥嘟嘟的。说是薅草，其实还有两道工序，追肥和间苗。拔去杂草，将一窝两株的姊妹苗间去一株，然后，草锄在苗周轻轻地刨出一个浅坑，舀一调羹肥料，撒在坑里，以土覆盖。这是苞谷出苗后吃的第一顿饭，更像为初生的婴儿剪脐带沐浴喂奶。

薅二遍草是在苞谷长至半人高时，粗壮匀称的茎秆开始拔节，如青春期的喉结饱满，一天一个长势。庄稼人手握草锄，有节奏地起身俯身，老远望去，油绿苞谷林，一顶麦黄色的草帽时隐时现。

进入酷暑，苞谷开始扬花，因花序端棱棱地竖起来，像兔子的耳朵，又如从电视机机身抽出来的几根天线，所以庄稼人形象地称作抽天花。这是一场盛大而热烈的花事。

苞谷扬花时，得抢时间薅最后一遍草。天气越来越热，晌午日盛，苞谷叶晒得发卷发蔫，靠近田边的叶子扭成一股绳。后半夜，苞谷林升腾起雾气，对着满天星斗和一地萤火，屏住呼吸，侧耳似乎能听见叶子窸窸窣窣地舒展，叶脉里有水汽流淌的声音。一夜过后，发蔫的苞谷叶水灵鲜嫩起来，风吹过，绿豆大小的露水从叶子上滑落，湿漉漉的苞谷地，像落了一场小雨，清新的空气中有一丝甘甜。

站在田边，满脸带笑的庄稼人念叨着：苞谷露落下来了。

就像开春后落下的那场春雨，苞谷露为庄稼人带来久违的惊喜，也让靠天吃饭的老农眉眼舒展，内心安稳。苞谷露落下，常常让笨手笨脚的庄稼汉面色酡红，内心泛起莫名的冲动，他们恨不得将整块苞谷林都搂在怀抱里，汗腥了一夏的身体迅速被打开，就连咳嗽的声音都颤抖起来。

晶莹饱满的苞谷露，像山雨初晴，清新中能嗅到一股淡淡的泥土香，又像从石缝里冒出的山泉水，自叶面滴落，在田里打出一个浅若玉米粒大小的水窝。半醉的老农摘掉草帽，吧嗒着衔在嘴里的烟卷，他们沉醉在盛夏的这片土地，在经历了深耕细作和追肥薅草之后，现在他们仿佛听见牙牙学语的孩子，第一声唤爹叫娘。这份甜蜜，只有他们才能感知。尽管这种惊喜年年都有，但是他们依然沉迷被打湿的滋味。这不再是一季苞谷，也不单纯是一片田地，而是黄土地的馈赠，是庄稼和庄稼人的庆功酒，醇厚甘洌，芳香醉人。

苞谷露是苞谷林自己酝酿的一场雨，落在老农的心坎上，也落在盛夏的黄土地上。有了这场雨，这个夏季的庄稼人就不再燥热和着忙。苞谷露是从地缝里冒出来的水汽，顺着茎秆爬上来，挂满叶子，为老农喂养大又一茬庄稼之后，无法抑制漫溢而出的喜悦。在暑气蒸腾的早晨，苞谷露是从夏季前往秋天的信使，带着丰收的喜讯和庄稼人的祈愿，让大地粮仓知道，苞谷露落下来了，又是一个丰年。

2019 年 12 月 7 日刊于《西安晚报》

土豆不土

　　芒种前后的端午节，陕南讲究尝新。晒干的新麦磨出雪花粉，发酵后蒸出圆滚滚的杠子馍。一道放进蒸笼的，还有老母鸡新下的蛋，园子里新挖的蒜头，新采的笋叶包的糯米粽。除此，还有一样吃食必不可少，那就是头晌才从地里刨出来的新鲜土豆。

　　土豆是洋气的叫法，陕南人更喜欢将其唤作洋芋蛋蛋。这是土豆的乡间乳名，或者是田园昵称，是庄稼人在心间打磨出的一个个情感标点。看到大大小小的土豆，就像看到一群年纪相仿的孩子，刚刚结束一场游戏，一张张顽皮可爱的脸上沾满泥土。它们憨态可掬，或蹲，或站，或躺，或席地而坐，或挨肩搭背，总是让人感到亲切可爱。土豆原本就是黄土地的儿女，胖瘦高矮各异，但肤色和脾性相同，是一个屋檐下的兄弟姊妹。

　　乡间百姓单纯地认为，鸡蛋是老母鸡产的蛋，土豆是黄土地产的蛋，蛋壳是黄土皮肤，蛋黄是一枚金灿灿的日头。巧手的主妇，总能将土豆烹饪出好几个农家菜。早春的野蒜苗在酸坛子里泡上个把礼拜，切成小段，锅烧红，油微沸，不放葱白和生姜，一捧野蒜苗入锅打底，待升腾的蒜香雾沉沉地盖住锅底，薄至透亮的土豆片随后投放，一把铁铲左右翻腾三两分钟，不放醋，只兴从坛子里舀一勺酸辣汤水提味。颠匀，熄火，出锅，装盘，色香俱佳的野蒜苗土豆片让人胃口大开，也让农家灶台多了一道酸辣菜式。

这只是最寻常的吃法。农家菜谱里的土豆，能做出不同花样，或炒或焖，或蒸或煎，从春天吃到冬天，从头年吃到来年，当菜吃，当饭吃，吃不腻吃不烦，越吃越馋，竟也上瘾，几天不吃，似乎日子缺少了一样味道。

蒸熟的土豆，表皮裂开，露出和秋天的霜花一样银白的豆肉。淀粉在高温下完成最精彩的转化，也让这些挂在地表以下的果实，有了花朵一样清香四溢的绽放。站在灶台前，就着烫手的温度，剥开薄薄一层皮，瞬间，被热浪裹挟的豆香混合着土腥味扑面而来。捧在手心的仿佛不是一颗土豆，而是阳光和雨水淬火的晶体，是一颗甘甜的大地果实，是从五月微热的土地里刨出的星星或月亮。也有人将蒸熟的土豆剥皮，枇杷或猕猴桃一般塞进嘴里，当作水果享受。那种满足感，着实让人艳羡，也让再普通不过的日子，多了一份蜜甜的口感。

相对于园子里其他绿色时蔬，土豆泥性，最懂节气的耳语。开春后，头场春雨落下，放在墙角的土豆种已经萌发出绿豆大小的新芽。将手背搭在土豆的额头，能感受到一种发育的低热，每一滴雨，每一缕风，甚至每一阵雷声，都如一束火把，为土豆照亮土地丰腴的宫体。粗犷的汉子深翻被雪水浸润了一个冬季的土地，让每一粒泥土都在春风里消融，为即将落种的土豆铺一张松软的新床。女人将头年预留的土豆种搬到屋外，露天摊薄在场院，早春的阳光比雨水更能将土豆的身体打开。天边春雷隆隆作响，屋外山歌悠扬，一个个芽苞从土豆泥乎乎的身体往外冒，如画笔点染的一抹新绿。

在陕南安康，大巴山腹地的一个只有几万人的小县镇坪，被誉为陕南土豆的故乡，生产的土豆被评为国家地理标志保护产品。这里山大人稀，土地贫瘠，高海拔加上"脚动石头滚，鸡蛋放不稳"的陡峭地势，让小麦和玉米这些传统农作物广种薄收。百姓将吃饱饭的希望寄托在高山土豆身上，只要有一捧土，他们就能安一株苗。山里的老农穿着脚不打滑的草鞋，拄着拐杖，用背篓将土肥和土豆一道背进如大山补丁一般的坡地。

为了让土豆能在沙土地生根，老农筑巢一般，用石子垒砌一个个弧形的土窝，金贵地将油渣土捧进一个个脸盆大小的窝坑里。落窝时，是一块带芽的根茎，出窝时，就是一骨抓大小不等的土豆。土豆不择土，只要是老农能留下脚印的地方，就能安苗，就能扎根，就能开出和葵花一样灿烂的花朵，就能在沙土里孕育出一个个鸡蛋大小、婴儿拳头大小的果实。百姓都说，土豆是有志气的作物，不嫌弃土地苦焦，只要见得着日头，少则十天，多则半月，地面就冒出簇簇新芽。入夏后，它发达的根系交织成一个网兜，装满一窝窝土豆，也装满深山老农丰收的喜悦。

在海拔一千五百多米的大巴山，土豆不仅成为最接近蓝天白云的农作物，而且具备较长的生长周期。山脚下有个专门育种的农科所，他们将实验室建在田里，根据这里的环境气候，为百姓选育土豆新品种。年过半百的站长，在这里坚守了三十多年，从一个风华正茂的小伙子变成两鬓霜染的高级农艺师。一辈子都在和高山土豆打交道。春去秋来，在不断地培育和淘汰中，也让基因优良的土豆有了不断刷新的产量。几十年下来，选育出几十个优良品种，他说，自己也是一颗土豆，根在这里，果实是老百姓的一张张笑脸。

呼吸着新鲜空气长大的土豆，是大自然的匠心之作，是一份绿色且富氧的馈赠。山里人家将收获的土豆窖藏起来，在满足自家的餐桌之外，也用精美的纸箱将土豆装满，借助电商平台，让土豆去远方见世面，也让大山深处的豆香，带着山里的好环境，带着山里人的一片热情，向山外发出一张张请柬。这些年，每到土豆采收期，城里人拥向乡下，只图尝得一口山鲜。精于土豆种植的农户，也必然能从厨房里端出几盘拿手菜，甚至能为客人做一大桌土豆宴，他们得意于自己的辛勤劳作换来的好生活。也有人将土豆和大米淘洗干净，一同窝在锅里，用土灶柴火蒸出一锅香喷喷的大米饭，被乡亲骄傲地称作金银饭。大米雪白，土豆微黄，这样的农家饭让城里人开了眼，饭量增了不少。

客人临走，将土豆大袋小袋地装进后备厢，这些宝贝一般的高山土豆，如一个个纯手工生产的高山罐头，灌装着高山的云朵、水汽、花香、鸟鸣，也灌装着高山的好风光、好气候、好水色。

2019年12月7日刊于《西安晚报》

牡丹园

　　花是春信。当蜡梅和雪花将春天送到季节的门口，迎春花已经编好金黄的花冠，盛情以待迎面而来的第一缕春风。不用刻意安排，这样的仪式一直被节气准确沿用，春天的花朵是大地的云彩，能敏感捕捉气温的细微变化，它们是春风春雨之外的第三种气象。

　　每一朵花都期待走进春天，冥冥中耳畔总有声声呼唤，和春风春雨一个腔调，和枝头的啾啾鸟鸣一个腔调，和泥土中汩汩流淌的春光一个腔调。待到春深，陕南安康出现另一番动人景象。樱桃花早前已经开罢，枝头挂满鲜红的玛瑙果，远远望去，很难分辨油绿的叶间到底是花是果。而此时，大朵大朵的油牡丹才进入盛开季。近山的斜坡梯田，雪白的花朵状若枝头的片片白云，葱葱郁郁的叶子淹没在花海里，花随风动，如山坡上挂着一匹质感软滑的丝绵。

　　陕南乡间，牡丹花是富贵的象征，门前屋后兴种几株牡丹，逢春花开，就成了春节过后鲜花为大地题写的又一副春联，让庄户人家多了些许憧憬。油牡丹比牡丹要稍矮，但有着相同的血脉和肤色，之所以大面积栽种在地里，是因为能给百姓带来不错的收益。油牡丹花可制茶，采摘怒放的花朵烘干后，一花一密封包装。饮用时，就着沸腾的山泉水在透亮的玻璃杯中泡开，花在杯中起起伏伏，浸水再次盛开。举杯，凑近鼻尖，一种牡丹独有的清香瞬间从鼻孔袭入体内，身心仿佛有一个春天缓缓舒展。

牡丹花茶首要的功效当属养颜，茶香袅袅，由内而外的花浴，让皮肤润泽起来。一年四季，爱美的人们杯中不缺少牡丹花茶，甚至将喝败的花茶一瓣一瓣敷面。年长者，常饮牡丹花茶，能活血降压止咳。花焙干做茶，花籽榨油，根须入药，一身是宝的油牡丹就这样被百姓当作庄稼栽种在自己土地里。春摘花，秋收籽，冬采根，一年之中，能有三次收益，油牡丹真正成了富贵的花。

油牡丹择沙土坡地而生，栽种后，经过几个春天，泥土之下，根须如血脉交织，紧锁着水分，牡丹花之所以开得娇媚，全因地下安放着一个个天然的水缸。摸透油牡丹脾性的老农，只在隆冬时节用草锄除去牡丹园里已经干枯的杂草。打春后，不会轻易入田，生怕踩碎了地下的那些个和牡丹花朵一样大小的水缸。那或许是油牡丹的水杯，它们也小口报着大自然的琼浆玉露。这是花语，也是大自然的秘密，只有老农和牡丹花懂得。

打春后，油牡丹已经冒出嫩红的枝芽，它们在阳光下为牡丹花盛放找寻最佳的时间节点。好似一个个伸进春天的探头，它们扫描蓝天白云，扫描春天的口型，扫描老农站在田边张望的面容，然后将这一切告诉泥土，告诉根须，告诉叶芽和花蕾。

清明前后，已经露出星星点点雪白的花蕾只待一夜春风拂过，在阳光尚未铺满山坡的早晨，它们比老农早先一步推开叶子的大门，露出笑脸。这个早晨的牡丹园是温热的，如新年早晨的鞭炮，花苞在枝头次第怒放，浓郁的花香从田边飘散到农家屋檐下，沿着田坎、溪流、村舍、山岽，一直飘散到远方。

一朵花就是一张请柬，循着花香而来的游人，与桃花、樱花和油菜花在春天邂逅之后，再到乡下赏牡丹，让平常的日子多一份鸟语花香。牡丹花或藏在叶间，或仰面蓝天，或簇拥并蒂，顾盼远近青山绿水。朵朵牡丹是那样的安静，在它们的世界里，此时只有春天，它们只属于春天。

群花锦绣的牡丹园，嗡嗡嘤嘤的蜜蜂是花间的向导。这些沾满花香的精灵，拽着游客的衣角，带他们走进春天的深处。在牡丹园，在牡丹花前，每个人都情不自禁地让阳光铺满心扉，内心明媚如春天，神态安详如春天。

2020年4月25日刊于《西安晚报》

白雨白

有些时候，雨是有颜色的。

我们老家人将夏天的雷阵雨，或者稍大一些的暴雨，统统称作白雨。酷暑天，提到白雨，老乡汗津津的脸会一下子清爽起来，像山风拂过。对于雨水，庄稼人有着一种特殊而纯粹的情感。上年岁的老人都说，夏季这茬庄稼，收的是雨水和天气，若是天上不落雨，颗粒无收也不是稀罕事。

冬盼瑞雪夏盼雨。落白雨，首先需要水汽充盈的云朵。常常是到了后晌，棉花一样的云朵从天际飘到一起，薄薄的积雪一样，很快消融在瓦蓝瓦蓝的天空。不大会儿工夫，有新的云朵聚拢，接着又蒲公英一样四散。习惯在夏季抬头望天的老农，恨不能用竹竿将这些云朵拨到一起。要知道，在夏季，天空飘过的每一朵云都是信使，能从蓝天传递出某种讯息。"云朵扑，探雨路。"老农屏住呼吸，精光着膀子，和焦渴的大地一道，密切观察着头顶的天空。在他们心里，云朵是撒在天空的种子，是一粒粒白雨的种子。

一丝风也没有，天空板着脸，大地板着脸，树木和庄稼板着脸，像一场陷入僵局的谈判。渐渐地，云朵颜色变深变暗，天空像被淡墨泼染过一般。太阳隐去，云朵变成云团，云团又合抱在一起，隐隐约约能听见轰隆隆的雷声。

老乡们摇着蒲叶扇从屋里走出来，看乌云离山头越来越近，看发蔫的树叶一动不动，看庄稼一地的灰绿。雷声从云缝里挤出来了，好似一个巨大的石磨将云团磨碎。乡间的老人朴实地认为，打雷是天空的乌云推着笨重的石磨，即将落下的白雨是另一种颗粒状的米面。

山顶开始刮风，乌云开始涌动，抬起头能听见天空哗哗作响的水声。起初，风很小，像刚开始学步的娃娃跌跌撞撞。很快，天空和大地击掌为号，顿时天空电闪雷鸣，整个山头都晃动起来，树木在摇动，叶子哗哗响。云层越沉越低，最后和大地相距了一座山的高度，已有了些许凉意的风灌进门窗紧闭的屋里，也灌进老农的心里。知了换了一种欢快的曲调，附和植物呼啸的嗓音，大雨来临之前，一座山、一棵树或者一座屋舍，都能被风吹出同一种响动。这千军万马奔腾的响动，让无数双耳朵如树叶般竖起来，集体等待白雨从天空倾泻而下。

最初落下的那一滴雨，像钉子敲打着屋顶的瓦片，发出金属的声响。白雨马上要落下来了，老农终于可以丢下手中的扇子了。风稍微缓了一些，推开门，站在门口或者屋檐下，能看见银白色的雨雾老远赶过来，瓷实而饱满的雨滴落在地上，像淘气的孩子疯跑中摔疼了身子，然后起来拍一拍屁股，跑得老远。天地之间，挂着一道一道雨珠攒起来的帘子，被狂风一道道掀开。

雷声忽远忽近，天空白茫茫一片，雨下得认真而专注。老农开始祷告，白雨要稳当下呢，庄稼地透墒就好，别成灾了，毁了一茬收成呢。少则半个小时，多则一个钟头，太阳从云缝里挤出来，这时风早已停了，雨仍旧在下，只不过变成细雨丝。草木像喝醉了酒，打着趔趄，有经验的老农将食指插进庄稼地，用土办法测试墒情，想知道庄稼有几成饱。

不大会儿工夫，天边斜跨起一道彩虹，沟岔里传来阵阵蛙鸣，凉爽的风一阵阵吹过，坐在场院里的庄稼人，心中堆满丰年之喜。房前屋后的庄稼就着这场白雨沉沉入睡，梦里兴许下着另一场雨。

乡间农谚道："白雨连三场，秋后不缺收。"意在炎炎夏日，连落三场白雨方能缓解旱情，焦渴的土地吃饱喝足之后，会把多余的雨水窖藏在大地深处。白雨之所以得名，就是这场能打动乡土的雨，下出了气势，下出了清凉，下得滂沱酣畅。"白雨白，黄土黄。一场雨，粮满仓。"这是乡间许多人挂在嘴边的歌谣，在百姓眼里，白雨就是白米细面，就是大地的乳汁。

2020年8月7日刊于《光明日报》

拐枣

　　再也没有这样模样奇特、个性鲜明的水果了，它非圆非方、非绿非红、非橙非黄，是枣亦非枣，味甜相近，大小悬殊；比枣瘦，果实细如根结，果生果，果擩果，盘错出汉字一般的笔画，形若"万"字，也作万寿果；小果肉寡，模样不比其他水果浑圆，洒洒脱脱地自成一族，以拐枣为名。

　　生长在陕南旬阳山区的拐枣树，每逢深秋，巴掌大的树叶落尽，枝头挂满繁茂的果实，一簇簇色如古铜。天高云淡，眼里泛着馋光的孩子，成群结队扛着竹竿，敲落枣果，也敲落一地的笑声。拾起来，撕扯一小段枣果塞进嘴里，一种果实的甘甜瞬间溢满口腔，唇齿间有秋风瑟瑟的微凉，余味中又有少许苦涩。与其说是吃枣，倒不如说是在尝秋，蓝天白云从舌尖滑过，还有风声鸟鸣，菊香果香……

　　只有走进秋天，拐枣才能称作枣。在初春，长在房前屋后的拐枣树，和乡间的树木并无二致。春来，拐枣树萌出新叶，树冠如一把油绿的伞，被春风徐徐撑开，循香而来的蜜蜂嘤嘤起舞。庄户人家常常能从拐枣花开得是否繁茂观出年景，一树素雅的雪白，成为丰年的信使。也正是如此，在乡间，很少有人修剪拐枣树，细心者会在树下用碎石垒砌起一道石坎。在陕南旬阳，据说树龄在百年以上者有好几百棵，分布在山峁沟岔，是树中的长者和寿星，苍苍树冠荫及一方。

上了年岁的老人都说，拐枣树一副憨态，有福相，是吉祥的树种。日子久了，只要屋舍左右生出拐枣树苗，心里暗生欢喜，知道日子交上了好运。夏夜纳凉，一家人坐在树下，暗绿的树叶如一把把小巧轻盈的蒲叶扇，轻摇在夜色中，点点萤光萦绕在树周，青绿的拐枣躲在叶子背后。一棵树，就像一个藏满童话和农谚的老人，轻抚着叶缝间洒下的月光，如银白的胡须亲切而飘逸。

入秋之后，枣身渐次变为褐绿、焦黄，叶子一日日稀疏，沉甸甸的果子悬在枝头，秋千一样荡着。有外乡人到陕南，惊叹道，枝梢怎生出如榕树般的根须来，一扎一扎俯冲向大地，在北方真是头一回见到。见其满眼疑惑，当地人抱着树干一阵摇，枣果从枝头掉落。客人方才一脸释然，那不是倒挂的根须，是低垂在枝头的山果。

霜降前后，不用竹竿敲打，一夜秋风过后，树下摊满厚厚一层枣果。捡拾规整后稍作晾晒，用龙须草扎成串，挂在屋檐下，被孩子视作冬季的糖果。酒曲发酵经霜的拐枣烤酒，是乡间冬闲时的另一项农事安排，也让拐枣以另一种状态"复活"。烤酒通常在大雪天，发酵透彻的拐枣，在柴火烈焰和大雪纷飞中蒸腾出悠悠酒香。装满坛坛罐罐的拐枣酒，窖藏着好山好水好风光。《本草纲目》记载，拐枣"功同蜂蜜"。拐枣烤酒，微甜，少饮可活血利尿降血压，被乡人稀罕为酒中的"蜂王浆"。每逢贵客登门，必温一壶拐枣酒，边喝边续，边喝边夸赞酒色清亮、酒劲温和。直到喝得满脸酡红，酒香之中散发出缕缕花香果香，此刻，蜂群起舞的春天回来了，树叶如蒲扇轻摇的夏夜回来了，碧空如洗的秋天回来了，杯中依稀映出通红的火光和那一场飘飘洒洒的大雪。喝到客人飘忽的步态和枝头的拐枣一个神气，这才放下酒杯。

酿酒只是挽留拐枣果香的一种方式。这些年，在汉江沿岸，拐枣被送上生产线，既酿原生态的醋，也酿制蜜甜的果饮。拐枣树也开始从房前屋后走进田地，好几十万亩拐枣园，让汉江两岸成为一个天然果圃。甚至在山上栽植拐枣，山下建起酒厂，窖藏着好几百缸有年份的拐枣原酒，成为大山脚下的天然酒庄。

工厂酿的醋又回到了人们的灶台，接着，有了果饮。乡人的日子多了水果味，也就富态了。有外来客商到陕南，进村只为找拐枣果。他们甚至不相信，大山深处还有这样憨态可掬、一身妙用的枣。几杯酒后，好奇地问，这是什么酒，入喉一股淡淡的果香。当地人从屋檐下摘几颗拐枣放在桌边，来客方才大悟，原来喝的是拐枣烧。拐枣果就这样远销海外，到了更远的地方。

2020年9月19日刊于《西安晚报》

尝春

在陕南，惯于把立春称作开春。节气到了，乡间百姓就开门开窗，把春风迎进屋，把春雨迎到草木身旁，把好春光径直迎进心房。

草木的关节开始发痒，积雪消融的泥土开始发酵，黄土地有了新的肤色，油绿的小麦、豌豆和油菜，身子骨活泛起来，拽着春天的衣袖在田野上奔跑。

老农蹲在田坎上，用手中的烟斗叩响春天的大门，直到花草从地缝里冒出毛茸茸的嫩芽，直到天边的日头撕掉云朵的面膜，露出红润的笑脸，直到远山近水有了春的眉眼。

住在高楼大厦里的城里人，赶集般拥到乡下踏青赏春，深深浅浅的脚印，延伸成无边花海的海岸线。乡下人则更愿意用灶头的碟碟碗碗盛满大地的芬芳，顺着时光的节点去品尝每一味春鲜。

才见过几个日头，园子里所剩不多的几棵大白菜，一夜之间身子发胖，随着系在腰间的稻草绳被春风解开，经霜后发蔫儿的叶子中间抽出朵朵金黄的小花。半截身子探出地面的萝卜也愈发鲜红，尺把高的茎借着春光完成二次发育，抽薹，分枝，现蕾，一簇簇淡紫的花朵如发髻般拢在茎梢。

这些越冬蔬菜盛开的花朵似乎冒着一团热气，让菜园也暖和起来。循着白菜花、萝卜花的馨香，豌豆苗如油绿的毯子铺满菜园，肥绿纤细的藤蔓在空中旋旋绕绕，深红、淡紫或浅白的豌豆花，如三三两两的蝴蝶挽着春光展翅起舞。

很快，主妇就迫不及待地端着竹篮，开始张罗春天的第一口鲜香。新摘的豌豆苗冲洗干净后，在开水中翻几个滚，趁着热气还未散开，赶忙捞起来，放在红辣椒油打底的白瓷盘中，滴醋，撒盐，覆以芫荽或蒜苗提香，用筷子三两下翻腾，便从厨房里端出早春的第一道鲜。男人春耕归来，还没进屋，老远就能闻到菜香酒香，挑几筷豆苗，抿几口煴热的烧酒，日子就有了别样滋味。

豌豆苗一口气吃到满园花开，莴笋散开的叶子又成了主妇案头的新菜。浅紫的披针形叶子择好洗净，不用刀切，握在手中拧成盈寸的小段，撒盐后双手反复揉搓，将菜叶微苦的水分挤出，然后放在深口老碗里散开。老陈醋、花椒油、辣椒面、黑芝麻和石窝里捣碎的大蒜调成汁，将愈发水绿妥帖的菜叶浸湿，酸爽脆嫩，这是庄稼人最简单也最解馋的吃法。

和莴笋叶一道摆上灶台的，还有蒲公英、鱼腥草、白茅根，这些长在房前屋后的寻常草药，在根芽尚嫩的早春时节，在还没有来得及入药时，以另一种方式调理农人的身子骨，也滋养着春天的肠胃。

吃过榆钱饭，吃过槐花包子，吃过荠菜饺子，椿树枝头冒出了一团红褐色的芽冠。在乡间，尝春就此掀起高潮。

吃香椿，一定要趁早，叶芽越嫩香气越鲜越浓。若是过了时节，椿芽颜色发绿，就再难尝到纯正的椿香。

从枝头摘几枚椿芽，案板上快刀切成小段，一股久违的清香是如此亲切，又是如此热烈，好似一团散开的阳光，让农家厨房蓦然置于大自然中。春天的头茬椿芽比肉贵，所以吃法也就格外讲究，绝不亚于乡间杀年猪吃庖汤肉。

开春后，老母鸡的开窝蛋在灶台上敲出指头大一个小孔，油亮的蛋清裹着蛋黄入碗，筷子在碗中来回搅拌，伴着叮叮当当的声响，大半碗蛋糊油光闪亮。就着铁锅里已经烧起油烟的菜籽油，还未来得及动铲，锅底已经盛开出一团金黄金黄的蛋花。水灵灵的椿芽入锅，新鲜的野蒜苗入锅，拍打后裂开的蒜瓣入锅，油亮的红辣椒段入锅，混合的香味在厨房里弥散，一个五彩的菜肴就此出锅入盘。柴火灶蒸出的白米饭，就着椿芽炒蛋，竟也能吃出大鱼大肉的丰盛和荤腥来。

也就个把礼拜的工夫，椿树枝头的一抹酱红渐渐舒展成新绿。此时节气已至清明前后，房前屋后的果树已经挂果，筷子粗的蒜薹已经将花苞托至一尺多高。戴着草帽的农人，弯腰在园子里，从灰绿色的叶子间抽出一根根鲜绿的蒜薹，用稻草绳扎成斤把重的小捆，让菜贩送进城里的超市，也将乡下的春天一道送上城里人的餐桌。至于乡间的灶台，更是早一步用蒜薹炒腊肉犒劳春播。旧年风干的腊肉煮到烂熟，切片后在铁锅里煸炒到焦红，抽梗掐尖后切成小段的蒜薹入锅，炒至六成熟，还带着丝丝缕缕呛人的蒜香，无须多放佐料，就是一盘诱人的农家小炒。

眨眼间，园子里的豌豆荚鼓胀，黄瓜、茄子和辣椒陆续开出素净的小花，瓜棚和菜架上很快有了时令蔬菜，主妇的灶头飘出新的农家香味；麦穗泛黄，蝉鸣声从远处传来，站立着布谷鸟的果木枝头挂上了密密匝匝的桃、杏、李子和枇杷，阳光逐着果香洒下道道金光。在尝遍丰赡的春鲜春味之后，春天已成舌尖心头的温存记忆，此后，温暖的日头和淡淡的果香将陪伴着庄稼人迎来夏种夏收。

2021 年 3 月 12 日刊于《光明日报》

麦粒金

陕南的冬小麦，真正有麦气色，是从立春过后开始的。

节气的语言，和春风、春雨、春雷一个腔调，沿着河沟、川道和山冈，一声接一声地把草木唤醒。裹着雪花的被子酣睡了一冬的小麦，睁开蒙眬的睡眼，迎着春光大口呼吸。麦田的耳语是枝头鸟雀啁啾，是淙淙溪流里稀疏的蛙鸣，是老农蹲在田坎上磕打烟袋锅儿的闷响。

春风般拥到乡下的城里人，打老远就发出一阵惊呼，山沟沟里怎冒出这样连片的平整菜园，生长着如此肥绿的韭菜、蒜苗；等走近些，再看，却又似一兜一兜的兰花草。老农杵着锄头，望着这些平日里脚不沾泥的远客，一个劲儿地解释：你们看走眼了，这不是菜，更不是草，是小麦哩。过一时你们再来嘛，来看看我这田里麦浪翻腾，一片金黄哩。

节气还未至雨水，囤在浅山麦田里的积雪开始消融，这些开在隆冬时节的白色精灵，把大地枝头让给庄稼，让给桃花李花，也让给一枚枚新芽。

鸽羽色的云朵亦在消融，一条巨大的河流在天空奔腾，浪头交融、合涌，摩擦出雷声和闪电。春意融融，天际传来金属音质的轰鸣，考验着每一株麦苗对节气的判断，也磨炼着它们的脾性，它们耐心等待生命中的第一场春雨。

天上的云朵落在地上，就有了新的色彩。平铺在川道，抑或斜挂在山腰的麦田，如一方堰塘，回流着花草的原香。乍暖还寒，随着日头在地平线两端划出一轮弧线，氤氲在空气中的香型，也悄然发生着细微的不易觉察的变化，或清爽，或浓郁，或提神醒脑，或宁心静气，幽幽花香浸润着正在返青的麦苗，麦田的幸福时光就是这样惬意悠然。

泥土、花粉、雨水和春风正在麦田里秘制丰收的酵母，锄草的老农好似花朵压低的枝头，他们最先嗅到窖藏在大地深处的醇香，比开坛的老酒更能调动他们就着春光微醺的冲动。

天气一日日转暖，麦田慢慢潮热起来，纤细的麦秆如一条条竖立的堰渠，将养分源源不断地向上泵吸——麦穗即将从大地宫腔里娩出，宫颈缓缓打开，渐渐露出麦芒的头顶，露出小指般粗细的穗尖……随着麦田微微一颤，毛茸茸的穗身一个激灵扑进阳光的怀抱。麦田高高举起尚且稚嫩的麦穗，如母亲将自己的孩子从怀抱里扬起，让蓝天白云和日头看清楚小麦的婴儿面孔。

初夏，蛙鸣蝉噪，阳光开始变得金黄。麦穗一日日丰腴起来，魁梧起来，健硕起来，如勇士般挺起脊梁，它们要做五谷的王者，要在五月的麦田掀起金黄金黄的麦浪。庄稼人习惯将麦穗称作麦梢，在他们眼中，这些大山深处修竹般挺拔的小麦，是他们富养在地里的株株果木，麦收时节，一垄麦田就是一个金灿灿的果园，每一个枝头都会挂上饱满的果实。

阳光是最好的染料，它们要为翠绿的麦穗着色，要让嵌入穗身的麦粒在无边的熔炉里淬火、冶炼，锻造出纯金的质感。汹涌的热浪是泥土燃烧的烈焰，是农人汗水飞溅的火花，麦穗被炙烤得一片橙黄，喷薄而出的金色光芒让漫山遍野都贴上金箔。细长的麦叶在摆动，它们架起风箱，让炉火烧得更旺，大地滚烫的砧板上隐约传来叮叮当当的敲打声，比春雷的鼓点更要密集、热烈、有节奏。这一刻，知了停止歌唱，树叶凝神屏气，溪水放缓流速，梢头的麦芒如一支支将要离弦的箭，自大地射向天空，迸发着道道金光，又好似自麦田伸向天空的长矛、金戈和铁戟，闪耀着簇簇夺目的光芒，棱角分明的麦穗此刻披着一身金黄的铠甲，好似目光灼灼的勇士，等待着阳光在麦田里点兵。

芒种前后，田边的草木为杏黄的麦田勾上一道绿边，如一条项链，斜挂在大地的颈项。热浪滚滚的麦田，从麦芒到麦茎，从麦粒到麦秆，从泥土之上到天空之下，纯金的麦浪随风翻滚，光芒四射。那光芒里有山川、河流，有草木争鸣的号角；那光芒里有云彩、露滴，有蝉鸣的欢呼；那光芒里滚动着雷声和闪电的轰鸣，也有耀眼的彩虹高挂。每一粒泥土，每一片麦田，每一声蝉鸣都是这金色的一部分，就连老农的笑容都被映得金黄。

风吹麦浪，季节终于为这些镀金的麦粒提取了一个生动的词语——麦粒金。

从秋播到冬蓄，从春灌到夏收，跨过四个季节的小麦，终于迎来它的高光时刻。大片大片的麦田呼吸着清新的山风，和枇杷、杏子一起慢慢变黄，在绿色的山野里显得如此辽阔，如此灿然，却又如此纯净。

在经历了深耕、播种、除草、施肥之后，农人终于盼来又一个沉甸甸的丰年。麦田里，戴着草帽的老农露出的一张张和麦粒同样饱满的笑脸，这笑脸是五月的云彩，亦是水汽蒸腾的小麦森林高挂的一道道彩虹。晴空朗照的麦田，这份诗意的收割没有边际，只要镰刀不累，树林一般茂密的麦田不累，庄稼汉就不累。金黄的麦垛，是满手老茧的老农握在手心的另一轮日头。他们要将丰收的喜悦一粒粒搬运到晒场，让布谷鸟看见，让高天厚土看见，汗滴般大小的麦粒是如何把阳光装满粮仓，又是如何让每一粒泥土胸前都挂着一枚金黄金黄的勋章。

2021 年 6 月 8 日刊于《中国青年作家报》

打谷子

接连几场秋雨过后，头顶的太阳好似被浆洗过，变得柔软熨帖，不再闪着白花花的日光，落在身上，竟有了丝绸的质感。天高云淡，南飞的大雁如一叶叶小舟，在平静的深蓝中拨动着双翅的桨。群山卸去盛夏的妆容，万里草木用阳光勾兑阳光，为苍茫大地涂上一抹豆黄的粉底。

不知不觉间，天气转凉，秋黄开始加深。山冈上，树木的叶子黄得透亮，只剩下筋脉尚有一丝血色，隐约能嗅到这个季节独有的草木香；山腰的野菊花黄得浓烈，一簇一簇，火苗般噼里啪啦地肆意燃烧；山脚下是翻滚的稻浪，每一个稻穗都绅士地向溪流弯腰，向更高大的稻穗弯腰，向将自己从盛夏带到深秋的泥土弯腰，向戴着雪白的草帽无数次从田埂上走过的老农弯腰。这种成熟的状态，常常让人心生感动，总想俯下身子，从耀眼的金黄里体悟光阴之隧的悠长。

离稻田不远处的枝头，蝉鸣如稻浪起起伏伏，这些乡间的锣鼓手，忘情地演绎着季节的兴奋点——或许它们已经看见，信封般一畦一畦的稻田，已经将开镰收割的日期和丰收的喜讯一道邮寄给各家各户。

低垂的稻穗从鸟雀的口信里得知，比它们个头稍高一些的大豆，苞谷和高粱，此时都已经走进深秋的晒场。柳絮般在风中颤颤悠悠的稻子急得开始跺脚，田里的青蛙敏锐地捕捉到这种微妙的情绪：呱——呱——呱，金黄的音浪在它们的嗓子里汹涌澎湃。这些农事的信使无比相信，离它们不远处的老农能循着这份呼唤开始安排开镰的日子。

在乡间，打谷子是节气之外的一个节气，是一个以丰收的名义来狂欢的节日。就像秧苗当初被移栽到稻田那样隆重，开镰的日子隐秘且准时，一定是天空、大地、空气、阳光、雨露、稻田和农人心领神会的某个时间节点。尽管不需要围坐在一起商量，但对时间节点的判断却出奇地一致。

节气过了秋分，阳光为稻田最后一次淬火镀金之后，火炬般高高举起的稻穗谦恭地俯向大地，如一挂挂金黄的落瀑，在风中哗哗流淌。农人果断地放干田里的积水，露出背身的青蛙意识到，一个异常热烈的丰收场景即将在眼前出现。

和往年一样，天微微亮，一群老农扛着、背着、提着农具，如迎亲的队伍热热闹闹地从田埂上走过。他们上扬的嘴角和低垂的稻穗一道，构成秋天最动人的微笑曲线。

说笑间，他们挽起裤腿下田，和成熟的稻穗般弯下腰身，左手自根部将挂满稻穗的茎秆揽入怀抱，握镰的右手，让银灰色的镰刀从离根部盈寸的地方咔嚓一声拉开，沉甸甸的稻株如伐倒的大树般一根根倒下。很快，弥散着泥土腥的稻田，堆起一座座金黄的小山。不远处，腰身壮硕的汉子将稻株拾起来，在谷桶的木沿上轻轻抖落多余的杂草，而后双手握紧，从前胸抢向头顶，又从头顶重重落下，敲打在木质的桶壁。嘭——嘭——嘭！嘭——嘭——嘭！谷粒如夏日的阵雨急促地落进谷桶。一次，两次，三次……随着臂膀起起落落，稻草甩打桶壁的声音不再洪亮有力，有经验的老农能从这种细微的手感里判断谷粒是否完全脱落。

彼时的稻田，完全沉浸在丰收的喜悦中。是镰刃划过稻秆，金属和草木自割裂的剖面释放出的清幽水汽，是饱满的谷粒落进谷桶时飞溅起一道道金黄的云彩，是青蛙蹲坐在田坎上的高亢欢歌，是扑棱着翅膀的麻雀站在稻穗上的叽叽喳喳和东张西望。

太阳洒满稻田，从并不耀眼的光芒里，能看见站在谷桶旁的汉子，抡起手中的稻穗时，将额头和稻粒大小的汗珠一道抡起，并和稻粒同时落下。似乎有一道彩虹高挂在他们的头顶，被稻粒染得金黄的汗珠，成为丰年的一部分，落进稻田，落进谷桶，也落进庄稼人此起彼伏的欢声笑语里。

山风和着暖阳，鸟语和着蛙鸣，金黄和着秋红，让这场寻常的农事活动变得浪漫有趣和色彩鲜明，它们成为铺展在稻田里一幅立体的油画。从春到夏再入秋，跨过三个季节的一粒稻米，分明是阳光和雨水的结晶，粒粒饱满，也粒粒金贵。

入夜的梦里，农人的耳畔依然回响着嘭——嘭——嘭的打谷声，他们看见金黄的稻粒如春天的雨滴飘落，看见空旷的稻田头枕着稻草安然入睡，看见青蛙披着月光蹲坐在田坎上深情地守望。看着看着，他们也饱满成一粒稻谷，依稀听见大地粮仓潮起潮落，金黄的海岸线留下他们的深深浅浅的足迹，被汗水浸润出的金色浪朵，渐渐浸湿他们的双眼。

2021年刊于《当代陕西》第21期

雪落之处

通常是在后晌，还未来得及西下的太阳缩进铅灰色的云团里，偶尔又从云缝里露出一星半点的光晕，如一盏早早点燃的油灯，昏黄的光亮在云朵的灯罩里摇曳着。大地上的云朵是灰蒙蒙的群山，是从群山怀抱里袅袅升起的炊烟，是穿着棉袄蹲在田坎上和庄稼一起等待一场落雪的农人。

父亲从屋里走出来，似乎从呼呼的寒风里听见某种口信，一动不动地望着和他一样穿着云朵棉袄的天空。一份只有在春雷响起时才有的专注和兴奋，从他皮毡帽下清瘦的脸庞掠过。显然，他已然预料到，趁着夜色，天空会为田里的冬小麦盖上雪被。想到这儿，他的心里美气起来，转身进屋，对正在厨房里忙活的母亲轻声道，怕是要落雪了。末了，又重复了一句，今晚怕是有一场大雪哩！冬季的乡村，对于一场大雪的期待，绝不亚于打春过后的春雨。雪落下，地里的庄稼就暖和了，忙了一年的农人就可以想象丰收的景象了。

夜漆黑一片，风在屋外呼呼地奔跑。起初是在院子里跑，被什么东西绊倒了似的，爬起来揉揉膝盖，继续跑，跑到树下，摇着树干，把巢里的鸟雀叫醒；紧接着在屋顶跑，好似握着一把巨大的扫帚，边跑边清扫着瓦楞里的枯枝败叶，仿佛要让晶莹的雪落下时一尘不染；最后，好像跑进了山林，如一列火车呼啸而过，让整座山、整条沟都在回声里颤动。

风缓了些，豆大的冰粒落在屋顶，像天空的枝头熟落的豆子，亮晶晶的，起初稀稀拉拉，很快密集起来，瓦片被敲打得叮当作响；又好似母亲在霜降前后撒向黄土地的麦种，扑入大地怀抱。

一切都安静下来，火塘的火苗似乎嗅到某种气息，如墙角的猫一样蜷缩着身子，一动不动地等待着。

纷纷扬扬的雪在接近地面的时候，看到和天空一样广袤辽阔的大地，看见绵延群山慈善的笑容，看见从门缝里斜射出来的火光照亮屋外的院坝，看见被风提前打扫得干干净净的地面。

父亲含着烟斗，不言不语，这场雪温暖的不仅是油绿的麦苗，还有他的心田。老人们手扶着拐杖，在这个夜晚，他们像守岁般虔诚地坐在火塘边，一些遥远的回忆亦如忽明忽暗的炉火，在耳畔，簌簌飘落的雪和岁月的落尘一色，只有他们能更深刻地感悟到：只要心怀春风，就没有消融不了的乌云。孩子们正在心里盘算着一场雪仗，冰天雪地里的童趣永远是令人期盼的，堆起的雪人一定要比往年更高些。草木亦是欣喜的，它们趁着这场大雪，让年轮的纹理首尾相连。

夜色苍茫，漫天飞雪，或许是天空用新采的棉朵为大地裁缝新衣。

待到天明，白茫茫的一片，远山好似戴着一顶雪白的棉帽，万里沃野，围巾一般旋旋绕绕在深冬的颈项。常青的树木探出头，如画笔正在勾勒最后的色彩。那些觅食的鸟雀，从一个枝头飞向另一个枝头，它们不会轻易啄食高天厚土晾晒给草木的白米细面。只有紧裹着棉衣的老农，站在雪地里，望着头顶的天空，望着同样银装素裹的大地，望着还在飘落的雪，双手缩紧在棉衣的袖口，哈着热气，用最乡土的语言问候这些天外来客。

这是一年的最深处，雪落在哪里，哪里就是蓬勃的、夺目的，如阳光洒落在草木头顶的万点金光。

2022年2月12日刊于《西安晚报》

浓浓的麦香

端午前后，夏季已经将春光交给那些花朵孕育出的果实。枝头的桃、杏、枇杷，在阳光热烈地洗礼之后，再次如早春的花朵般繁茂。叶子捧起微热的风，一遍遍擦拭饱满圆润的水果笑脸，在走下枝头前，这些春风春雨的结晶，在蝉鸣和鸟语的合奏中，风度而从容地反哺热气蒸腾的黄土地。

年复一年，季节为将至的夏收夏种端出水果拼盘，让农忙时节有了一番新滋味。大地枝头的每一枚果实，都是敬献给那些诚实的劳作者的。立夏过后，农家餐桌上该是另一番景象。相比春上，也更能品尝到草木和花朵脱去春光外壳后的爽口。

大自然最为好客，尝春过后是吃新，更大的灶台，已然在烹调如汗珠大小的五谷。和阳光一色的冬小麦，长矛般竖起，如十万大军，完成出征前的集结，静静地等待烈日的最后一次检阅。小满节气前后的麦田，农人的每一次弯腰，都是对大地的叩谢。半月的镰刀，划破麦秆的那一瞬，一种比水果更蜜甜更浓郁的气息，浪潮般喷薄而出。这四溢的清香，堪比农家封坛的老酒，让草木恍惚于或远或近的布谷欢唱中。

新麦下山，在晒场上完成脱粒，农人终于可以长长地舒一口气。望着眼前堆积如山的小麦，所有的喜悦都挂在脸上，和小麦肤色相近的庄稼汉，在沉沉的睡梦中鼾声如雷。庄稼人也开始用自己最擅长的方式庆贺丰年，一切都交给主妇来操办，她们总能在厨房里创造更多的惊喜。

　　小麦晒到七八成干，大碗从晒席上舀出三两碗，淘洗干净后加山泉水于柴火灶蒸煮，直到麦粒爆裂，露出雪白的麦芯。熄灭灶膛里的明火，将煮熟的小麦在竹篾筐里摊薄，让热气散尽，用春上新制的酒曲拌匀后放入泥土罐。三五天后，揭开坛盖，绵柔醇厚的酒香，让夏日的厨房有了早春花开时的芬芳。舀几勺农家新酿的小麦酒，沸水冲泡，泛酸，微甜，入口后并不浓烈，却能让味蕾舒缓在春夏两季的更替中。春日的温润，夏日的炽热，尽在鲜花做成的酒曲里旋旋绕绕。酒不醉人人自醉，农家白瓷碗盛满飘香的小麦酒，彼此端在手中一饮而尽，丰年就该有这般酣畅，这般痛快。

　　小麦酒还在坛里酝酿时，晒干的麦粒已经被送到磨坊。比尝春更为殷实，也更有意蕴的吃新，是三夏大忙过后的犒劳，也是对农家丰赡年景的回敬。新磨出的雪花粉和软砂糖一样细腻，没有一丝多余的筋骨，却能做出一案筋道的面条来。主妇懂得如何浸水后将面粉揉成油亮光滑的面团，擀面杖并不急着上场，先用细纱布覆盖。巧手厨娘心思细腻，用手心轻轻拍打面团，在闷热的厨房里迷糊一会儿，再蒙蒙眬眬地醒来，这份清爽悠然的状态，才能激发出想要的黏性和张力。

　　一案好的面条，是对农家主妇的考验，亦是对当季小麦的考验，天气或旱或涝，苗距或疏或密，打春或迟或早，都会影响小麦粉的品质。丝毫不能马虎，毕竟这是新麦下山的第一餐，一种少有的紧张和胆怯，让农家主妇额头冒汗，只有准确地拿捏分寸，擀面杖才能传导主人的意图，也才能用一种合适的力度让面团如花苞彻底绽放。

　　主妇前倾的身体前后摆动，紧裹在面皮中的擀面杖反复推拉，不大会儿工夫，薄厚匀称的面片在案子上被缓缓摊开。而后，如叠被子般将面皮折叠齐整，左手摁着一拃宽的一叠面片，右手握着菜刀，有节奏地起落切割。最后一刀收回，双手捧起面条，如篾匠用竹刀剖出的篾黄，在案子上扬起落下，落下又扬起，此刻，主妇脸上终于有了一份大功告成的释然。

面条在沸水中打几个滚，从水花中央浮起来，守在锅灶旁的主妇，赶忙于热气腾腾的锅里将面条挑入碗中，浇上事先准备好的时蔬臊子，三两下搅拌均匀，屋里屋外，满是浓郁的新麦香。一撮面条入口，竟也荡气回肠，这一餐，吃得格外粗犷，也格外陶醉。

吃新不忘送新，送新堪比拜年般隆重。三夏大忙过后，深耕的麦田种上了苞谷、绿豆和芝麻。薅过头遍草，田里的禾苗开始泛绿，农家迎来少有的农闲时节，母亲也开始张罗着另一件大事——送新。新磨的面粉，用老酵母发酵，蒸一笼雪白雪白的花卷，乡间也亲切地称作油旋子。出锅后，用馍馍花蘸着各色颜料点花，白胖白胖的旋子馍有了灵气，也就变得可爱起来。这一切准备完毕，母亲会带着我，肩上挎的包袱里装着新麦蒸出的花馍，去娘家送新。她要第一时间让外公外婆看到黄土地的收成，看到自己的手艺，看到包袱里新麦馍如婴儿般满月的笑脸。这种亲情的回馈，是农耕时代的习俗，也是儿女反哺父母，农人反哺土地的深情。

习习凉风拂过乡村夜晚，在外公家的场院，月光洒下，星星闪烁，他们簇坐在一起，摇着蒲扇，喝着凉茶，谈论着年景和越来越好的日子。时节已进入盛夏，吃新告一段落，接下来的日子，他们将再次回到田间，回到禾苗身旁，在日出而作日落而息的辛勤劳作中，等待下一轮丰收，也在等待着他们精耕细作的黄土地带来新的更大的惊喜。

2022年6月3日刊于《人民日报》（刊发时有删减）

麦收时节

立夏过后，陕南大片大片的麦田享受着清新的山风，和枇杷、杏子一起慢慢变黄。温热的泥土像刚出笼的馒头蓬松开裂，橙黄的阳光顺着小麦的根须、茎秆，爬上麦穗，尖细的麦芒如翘起的胡须，让植物的下颌立刻和蔼可亲起来。从秋播到夏收，经过四个季节的成长，小麦终于可以挺起腰杆，和庄稼人一道迎接丰收之庆。

布谷鸟打开嗓子，微醺于麦浪翻滚的田边，在"算黄算割，算黄算割"的啼声中，让大地的耳朵、小麦的耳朵、庄稼汉的耳朵里钟声嘀嗒。好像有一条鞭子在挥舞，不停地驱赶空气中的水分，这个季节晴朗而干燥，热浪让泥土变得焦黄。

几乎一夜工夫，麦田最后的青绿如宣纸上的油墨被风吹干，立于泥土之上的小麦一身淡黄，轻盈的茎秆头顶着蒜瓣般紧密编织的麦穗，半卷半舒的叶子如一身绫罗，轻舞在初夏的阳光里。有经验的庄稼人摘取一麦穗放在掌心反复捻搓，待其一一破壳，挑选几颗饱满的麦粒放进嘴里，咯嘣一声脆响，庄稼的语言有时就是这样尝出来的。

某个月亮还没落下的早晨，屋门吱呀一声被推开，简单洗漱之后，背起檐下的背篓，在明明暗暗的晨光中走向麦田。这个季节，比农人起得更早的是布谷鸟，"算黄算割，算黄算割"，沾满露水的鸟鸣俨然是欢庆丰收的锣鼓，让五月的这场农事变得热闹起来。一把沉甸甸的麦子大树般被割倒，新鲜麦秆的清香扑面而来。很快，附近麦田陆续动镰收割，如春蚕进食沙沙作响，又像春雨飘落敲打着落叶。

太阳升起的时候，麦田像被剃头一般色彩明暗错落，成为大地之上的一幅鲜明图案。在阳光下，走在最前面的是割麦子的人，向后依次是提着篮子捡拾麦穗的老人和孩子，是低头在田里啄食的麻雀，最远处是端坐在田边半眯着眼养神的大黄狗。

麦收时节多雨，硬劳力趁着好天气抢割，手脚麻利的老人将田里收回的小麦整齐地码在檐下。屋外的院坝晾晒着从田里捡拾回来的麦穗，用连枷敲打脱壳，磨出新面尝鲜。或擀一案面条，或蒸一笼杠子馍，或是将麦粒在锅里煮熟后摊开放凉，撒上酒曲搅拌后入坛。

正午时分，抬头望一眼白花花的烈日，再低头望一望一地碎银般的阳光，找一个阴凉处，从竹篾笼子里拿出水壶，仰起脖子咕咚咕咚一阵牛饮。壶里可能是去年冬季新烤的土酒，也可能是刚出坛的小麦醪糟，此时，冒烟的嗓子需要这样的滋润。小憩一根烟工夫，再眯眼望望天，望望山头飘过的几朵白云，望望田里半人高的小麦，用毛巾擦一把汗水，戴上草帽，接着收割。

天空晴得干净，湛蓝湛蓝的天空只剩下几朵云彩，小麦齐刷刷地站立不动，麦田里来回穿梭的蚂蚁正在寻找贮存食物的洞穴，麦粒大小的汗水从人们的脸颊上滑落，偶尔有风从田边吹来，麦田里异常安静。这是季节对庄稼人的考验和馈赠。补丁一样的麦田，在绿色的山野里显得如此辽阔，却又如此平静，粒粒归仓的急切，让庄稼人汗湿在烈日下、麦垛前。满手老茧是握在手心的另一轮烈日。在经历了耕耘、播种、除草、施肥之后,终于盼来想要的丰收,庄稼人的心里似乎也高挂着一轮太阳,而此刻,大地才是他们的天空。

2022年6月18日刊于《西安晚报》

季节的色彩

陕南时节的变化,通常是从一场透墒雨开始的。雨落下,一草一木就有了新气色,山水也就有了应季的新装。

夏秋两季紧握的手还没松开,千树万树上千声万声的蝉鸣倏然变得绵软,细声细气,和草丛中的蝈蝈一个腔调。烈日的风浪退去,树叶也安静下来,大把大把地捧起秋风秋雨和秋霜秋露,在薄凉的秋阳里调和秋色。

秋天的色谱五彩斑斓,但最能拨动大地心弦的依然是深浅交织的遍地秋红。随着天气一日日转凉,每一枚树叶,每一座山冈,每一条河流,连同每一片云彩,都不约而同地点上浓淡相宜的腮红。

庄稼地里红了,是丰收的红,成熟的红,殷实的红。第一样壮硕笔挺的苞谷穗子,飘逸的苞谷须被秋阳焗染成一头暗红的披肩长发,每一株苞谷秆都露出少妇般丰腴的身姿。红薯从泥土里拱出来,胖嘟嘟的身子裹着红色的大氅,这些挂在地面之下的果实,被一根根紫红色的藤蔓牵着,被和藤蔓一个颜色的薯叶拽着,活脱脱一只贴地起飞的风筝。一窝窝花生,星辰般装扮着黄土地,果仁粒粒饱满,粒粒赤红,这些泥土的晶体，以处子之身，藏在秋天的深闺里。风吹过，成片的高粱荡起红色的波浪，每一穗高粱都是一个涌动的浪头，潮鸣声起，惊得鸟雀叽叽喳喳四散，油亮的羽毛泛着红光。这夺目的光亮，构成秋日里又一个个红色线谱。

  房前屋后红了，是纯净的红，明媚的红，旗帜一样招展的红。深红的鸡冠花如长明的火炬，高擎着，燃烧着，烛照着，把它的满腔忠贞尽数开放在对季节不灭的信仰里。牵牛花如一支支伸向长空的唢呐，更像一团在早晨准时燃起的紫红火焰，热烈，奔放，也或许是季节洒落的一把豆红的相思。一串红开了，彼岸花开了，月季开了，一团一团，一簇一簇的红，衬得菊花愈发金黄，衬得天空愈发辽阔，衬得庭院愈发幽深。指甲花、夜来香、太阳花渐次凋谢，只剩下浅红或者暗红的茎秆，还在秋风里诉说着盛夏的花事，泥土帮它们收藏了种子，待到来年春暖，这些寻常花儿依然会打探着季节的密语如期盛开。

  菜园里红了，是鲜活的红，柔和的红，透着热气的红。头伏种下的红皮水萝卜，已经长到大拇指粗细，一拃多高的萝卜缨子下面，是星星点点的红，和夏初的草莓一色，和刚罢茬的圣女果一色，水灵，娇嫩，调皮地眨巴着眼睛。火红的朝天椒闪着亮光，如矛似剑，一根一根地竖起来，果实挨挨挤挤簇于枝端，如同绽放在低处的璀璨烟花。刀豆沿着豆架还在继续向上爬，浅红色的双颊满是柔毛，很快，圆乎乎的叶子也在秋风里变得暗红，俨然是秋天菜园里的王，在高处，在更高的高处闪耀着耀眼的光芒。

  远山近水红了，是深邃的红，烂漫的红，是玲珑剔透的红。白露前后，挺立在山冈上的药树、枫树、槭树，长在田坎边的乌桕木、柿子树、油桐树，一夜秋风，一场落霜，密密匝匝的树叶纷纷变红，起初是淡红，渐次深红，而后暗红。到了晌午，透过日头的光芒，隐约听见叶脉里澎湃着高天厚土的洪亮心音。最为惹眼的，当属低矮成片的灌木黄栌树，婴儿手掌大小的叶子，红得透亮，红得夺目，红得一尘不染，红得没有一星半点的留白，整个山坡都成为红色的江河，在山风中掀起一个又一个红色的潮头，看不到边际，也找不出究竟哪里才是这片红色汪洋的海岸线。这时，秋天好似荡着一叶小舟出没在这红色奔涌的绵延群山，风起风落，潮起潮落，红色连着红色，红色叠着红色，红色牵着红色，红色拥着红色，目之所及，全然是云彩般涌动的秋红。

  天空红了，大地红了，虫鸣鸟语红了，秋风吹过的地方，一枝一枝的红，一树一树的红，一山一山的红。随着节气后移，早晚看山看水，总发现时间在一秒一秒地变红，一刻一刻地变红，一天一天地变红。红，成为这个季节的肤色、气色、神色，也成为深秋时节燃烧和沸腾的状态。

  这些来自枝头的秋红，伴着一场凉过一场的雨水，汇入山溪、江河，终归大海，水映着山，山拥着水，山水深情就在这草木绘就的一幅绚丽画卷之中，就在风霜雨露滋养出另一季流光溢彩的怒放里，就在雁群南归寄相思的一叶叶红色信笺里。

  秋深处，农家小院亦是五彩斑斓，收获的庄稼搬到晒场，个头大小相当的黄豆、绿豆、红豆，尺把长膀子粗的苞谷穗子，在入仓之前，于风吹日晒里完成最后一道着色。它们都是这片黄土地的血脉，都是挂在田头枝头的精灵，它们是这片秋红里最醒目，也最触动人心的景和物。每一个庄稼人都和丰收的五谷一起，自信从容地向秋天献礼，秋红的礼单上写满丰收的喜悦。日落时分，丰收的庄稼在红色落霞里变得楚楚动人，这些心血和汗水的晶体，让农家人的日子殷实起来，红火起来。

2022 年 11 月 17 日刊于《陕西日报》

坐雪

时间回到童年,每逢冬季落雪,乡间人总习惯称作坐雪。

坐一场大雪,雪坐得很厚,山上坐满了雪……类似这样的方言,因为寻常挂在嘴上,并感觉不到有什么新意。有时,也随声附和一句,坐雪了,天冷呢。也或者,随身加一件母亲取的衣服,踩着坐下的积雪朝着学校赶。

若干年后,再遇隆冬飞雪,回味起乡音土语,竟咂摸出些许诗意,又具化为多副面孔,山的,水的,天空的,大地的,雪花的,村庄的,花朵一样凑拢在一起,烂漫地笑着,亲昵着。那纷纷扬扬从天上落下的,好像不是雪花,是从云缝中散落的花瓣,和春日的梨花、李子花、蔷薇花、栀子花一般纯洁无瑕,暗香浮动。

雪的花从天上开到地上,从初冬开到早春,每一朵都被寒风精心雕琢,精巧玲珑的六棱花瓣,像极了风和雨的爱情结晶。上了年岁的人,在下雪的时候,总喜欢拄着拐杖站在雪地里,目光温柔,细细端详着地上的积雪,满头银发雪染了一般,根本分不清楚到底头上落的是天空的雪花,还是岁月的雪花。

和这些老人们一道站在雪地里的，还有村庄四周的绵延群山。坐雪之前，山们憨憨地坐着，像在等待一位老朋友，心里泛起热乎劲儿。风呼呼地吹，仿佛要一口气将冬青树、柏树、棕树这些常青的树叶吹干净，再把树下面的枯枝败叶、鸟粪、灰尘，包括被青苔覆盖的石头，满是牛羊牲口蹄的山路都吹得一尘不染。好像有些农家屋里来了贵客，主人热情地招呼，将其迎进屋，急忙搬出满是落尘的椅子、凳子，要么用衣袖擦拭干净，性子急的，干脆憋足气，噗噗地吹上几口，再让给客人落座。

是时候了，雪花掀开云层做的厚布帘，偷偷瞅一眼下面：山头上，那些被秋色晕染的叶子，早先一步如雪花飘落。松软的叶床，是铺在地面的一层厚厚云朵，是雪花最熟悉和向往的一面是五彩大地。草木的根须在地面以下大口呼吸，等待着融化后的雪花——将它们唤醒。

坐雪了。最先迎接到这些精灵的，一定是离天空最近的山头。雪落在山顶，像裹着雪白头巾的老农。渐渐地，雪沿着山势，倒退着向下铺展，山的脸颊，前胸，腰部，盘坐着的双腿也都坐满雪，白茫茫的一片，像穿着白布衫的老者，慈眉善目，亲近自然。这山望着那山，那山望着这山，山坐着，山上的雪也坐着，无拘无束，浑然一体。再高再大的山，再小再柔的雪花，此刻全都安静自在，它们在听在看在想，在一个我们无从走进的另一维度空间里，无声地对话。

不知道什么时候，那些大树的枝条停止了摆动，受罚的学生一样端棱棱地站着，枝条上落满雪花，枝丫上架起的鸟巢里也应该落满雪花，那些皲裂的树皮也落满浅浅一层雪，整个树就似刷了越冬的石灰水一样，风干后，一身醒目的灰白。房前屋后的竹园，挨挨挤挤的竹叶上满是雪花。雪像诗兴盎然的古人，围坐在高处，面前摆着饮酒的案子，喝茶的案子，还有一张铺着宣纸、置着笔墨砚台的案子，它们谈古论今，吟诗作画，好不风流，好不洒脱。坐久了，起身四望，身子飘起来了，竹枝跟着飘起来，在空中跄跄跄跄，醉汉一般，腿脚不听使唤。

屋脊、瓦楞上、瓦沟里也坐着雪，越来越多的雪花争先恐后地围到烟囱的四周，也可能是盖着青石板的偏厦，那下面恰好是一个背篓口大小的农家火塘，火苗升腾起的热气和袅袅炊烟在屋顶缠绕在一起。如烟气的分流汇合成一条溪，或者一条并不宽的小河。雪花也想和屋里的人一样，围炉而坐，暖和暖和身子。透过瓦缝，它们看见炉火通红，红得比早春的桃花、杏花的颜色要深要暗，那是草木另一种形式的血和肉。这些雪花也开始燃烧，想和草木一道，捧出光和焰，捧出暖和热。它们的焰是银灰色的，是清澈的，和云朵一样在阳光的深处消融，最终回到泥土和大地的怀抱。

屋外的场院四周尚未完全凋谢的菊花，也都坐着一层薄雪，场院不远处的菜园和更远处的田地里坐着更深的雪。萝卜、白菜、蒜苗和香菜被雪花埋没了，冬小麦、油菜、豌豆也盖着雪花织就的被子。对于这场比春光还要深还要匀称和妥帖的落雪，村庄略显拘谨和不安。雪花明眸善睐，雪花情思懵懂，雪花温婉细腻，比起那些带着汗腥和阳光锈斑的植物，雪花是天空种在大地的多情种子，能让每一粒泥土都变得冲动，又变得内敛。雪花就是大地的纽扣，解开或者系上，都有一种无法言喻却又欲罢不能的情感调动。

在更遥远的山头，雪花远远地坐着，那是另一个村庄，或者更多的村庄，天空和大地用一种最原始的色彩叙述着这场大雪，也在叙述着大雪之下的山水、草木、庄稼和牛羊。那时我正和雪花一样端坐在教室里，看着和雪花一样的粉笔灰纷纷扬扬地落下来，落在老师紧扣着衣领的中山装上，落在一双臃肿的棉靴上，落在三尺讲台的最里面。望着窗外簌簌飘落的雪花，年岁不大的我甚至鼻子发酸，固执地认为，这些雪花定要去冻伤自己栽种在屋外的那些月季、牡丹和菊花，定要去冻伤我假期放养的那群牛羊，定要去冻伤平日里叽叽喳喳的鸟雀。显然这种担心是多余的。鸟雀已经勇敢地在操场上觅食，它们绕过一朵又一朵的雪花，就像在春天那样，从一个枝头轻盈地飞向另一个枝头，生怕碰落正在开放的花朵。雪白雪白的作业本上，我们一笔一画地写下关于这场落雪的短句。这些被雪花启发的文字，老师很快就会用红色的钢笔逐字逐句修改，不大的纸张上，处处春色，处处心血。

隆冬时节的雪，和初秋时节的雨一样，往往要下好多日子。雪落多少天，雪花就坐多少天，不乏不困，不休不眠。一层一层的雪，是大地新生的肌肤，是无数个新生命对高天厚土的反哺。它们坐着，坐在我们的身边，坐在我们的对面，坐在我们的四周，和一切生物保持平等和友好。它们坐着，坐看冬天和春天握手、拥抱、叙旧，坐看天空的云朵唤醒大地的花朵，坐看大树和小草的梦想里装着多少个童话般美好的故事。

坐雪了，雪坐下来了。和父亲一样朴实本分的庄稼人站在田坎上，随手握紧一团雪，就像握住一把小麦、大豆或者稻谷，满是老茧的大手把一团雪越握越紧。也许，在他们心里，这根本就不是大雪，是白米细面，是比黄土更肥的黄土。坐在村庄高处，近处和远处的这些雪花，静静地，一声不吭地陪着他们，许久，他们转过身，看见天边渐渐亮起来，每一朵雪花似乎都是大地高高举起的火把，向着远方奔跑，不停地奔跑。跑进冬天的最深处，跑到又一年春暖花开。

刊于《延河》2022 年 12 期

春似绣娘

陕南春至的讯息是从一盆炭火传递出来的。某个早晨，铺在火盆里的木屑像受了潮，一盆浓烟大雾般升腾，呛得人跺脚滚眼泪。每逢这时，主人的脸上掠过一丝惊喜，连忙抽开门闩开门，像家里来了远客，侧身将屋外的阵阵微风热情地迎进屋。然后俯下身，一把火钳在火盆里翻弄几下，将助燃的木屑棉被一样盖住木炭，划一根火柴丢进火心，蓝色的火苗瞬间蹿起，如花瓣紧裹的花骨朵，更像从春天里端出来的盆栽。这是藏在庄户人家心里的小常识，冬季寒气重，火苗踩着柴灰向上托，打春前后，阳气上升，火苗跟着春风走。

空气中好似有一双大手，挽着草木的胳膊，低垂的枝条款款扬起，骨节里的痒痒，春风一样哧哧地笑。春雨时常落在黄昏或者后半夜，起初如下雪前飘洒的冰粒，敲打着屋顶的瓦片，豆圆的身子沿着瓦楞叮叮当当滚落，敲打着门窗，像一群啄食的鸟雀，节奏细密而急切，屋外的柴垛传来窸窸窣窣的响动，如猫一样的步点，在夜色中蹦来蹦去。不大会儿工夫，屋外突然安静下来，沙沙作响的雨点很稠，也很匀称，和春播撒种一个手法。湿漉漉的空气从门缝挤进来，新鲜的泥土香紧跟着扑面而来,用春风的语气告诉你:头场春雨落下来了。

早春的风如发面的酵母,踩着春雨的鼓点,让每一粒泥土暖暖地鼓胀开裂,松软的大地首先开始怒放。几乎一夜之间,远山近水有了春的眉眼,野桃花已经粉白了整面山坡,满眼枯黄中平添了些许生机。晌午的风如一把梳子,从牛羊蜷缩了一冬的身子上轻轻滑过,一窝窝错乱的毛发变得柔顺、油亮。旧年的蜡梅还没完全凋谢,枝头残余着星星点点的金黄,花瓣旋在风中,和早春的阳光一副面孔。

气温随着节气一天天上升,菜园里绿莹莹的白菜冒出黄色的小花,红皮萝卜愈加红艳,高举起尺把高的花蕾,一抹素白像扎着丝绸的头巾。一行行小葱直起身,花簇圆乎,如蒲公英轻盈飘逸。菜豌豆趁着春光扯出新蔓,白的、紫的、红的花朵铺满一地,密密匝匝,如起舞的蝴蝶,更像一块缀着各色小花的绿绸。逢春,菜园就是花园,蜜蜂重新回到花蕊,从这里衔回早春的第一口蜜,蚁群抬着飘落的花瓣,开始进食早春的第一餐。

围在菜园四周的果木披着一身春风,枝条上努出豆粒大小的花苞,浅绿的叶芽赶在花开前冒出来。这些肥嫩的芽苞,好似一个个小水塔,将地气和水分泵上枝头,让花骨朵儿水汪起来。桃花抢在樱桃花之前盛开出一树桃粉,这是桃花固有的色彩,也是春风敲打出的一个词组。樱桃花、梨花和李子花争奇斗艳,雪白的花色让春天冰清玉洁,也让桃红的村庄有了映衬,一红一白,构成乡村画布里的主打色。

门前花坛里也开始热闹起来,一花一字、一字一花,这是新春之后,繁花题写的又一副火红春联,每一朵花都寄寓着丰年的愿景。刺玫花像一道帘子,枝蔓向着春天深处攀爬,带刺的叶子护着含羞的花朵。手头缺少玫瑰的年轻人,借助这朵活泼可爱的花骨朵儿将心语心愿送出去。落在门前的花瓣,绕着花铺出另一个春天,那是季节的落红,也是花朵燃放的一地喜庆。花的出场顺序大自然早有安排,牡丹花开要到春末,清明前后，大若拳头的牡丹花一枝独秀，成为花中的王者，深红或浅白的花朵，被春姑一针一线绣进画布，以花的表情和心思，让生活多了另一番情趣。

果木花只是花信，真正让山野村庄沉入花海的，是一眼望不到边的油菜花。油菜花开时，靠近河边的樱桃果已经成熟，一粒粒小巧玲珑的玛瑙果挂满枝头，藏在叶间。城里人开始拥向乡下，以踏春的名义，尝得一口甜酸，也顺道看一眼大片大片的油菜花。这时天气已经暖和了，高及一米的油菜花黄得透彻，黄得绵软，黄得让人感动，黄得铺天盖地。远远看去，油菜地犹如一块黄色的毯子，微风拂过，随风摇曳的金黄，在视线里翻滚。一步步走近，立体之中不乏动感，花开的场面竟让人心潮澎湃，从上至下，依次是蓝天白云，是染得一身花黄的蜂群，是浪潮一般涌动的油菜花，是厚厚的落叶上铺撒的花瓣。此刻，醉透在花香里的游人，依稀看到大地深处的另一片油菜花海，一个季节明媚着黄土地的正反两面，让每一粒泥土都染上了季节的色彩。庄稼人反剪双手，迈着丰年的脚步沿田坎走过，他们的春天尽在这茫茫花海里，尽在每一朵摇曳的春光里。

开在春天里的花，是四季的序曲，这些黄土哺育的赤子，用花的深情和忠贞，一直开向来年，开出五彩大地，让每一个季节都有了花的容颜。花容亦是笑容，笑容亦是花容。春天如心思委婉的绣娘，在心中、在手头描摹着每一朵花、每一片叶的盈盈笑脸，用饱蘸着鸟语花香的一针一线，挽留着内心的一片美好，也挽留着锦绣春天、秀美河山。

2023 年 3 月 13 日刊于《文艺报》

浪漫的柿子

陕南的秋天，只有到了霜降前后，才依依不舍地和夏季告别。这是节令的重要分水岭，结束了燥热，夜里的湿气开始凝结成晶莹露珠，萤火虫如一地繁星点缀着乡村的夜晚。

田里的庄稼完成收割，这些黄土地上的云朵倏然退去，万里沃野满是蝈蝈潮鸣般的欢歌。雁南飞时，俯瞰大地，是一片无边无际的秋红。彼时天高云淡，草木入秋的容颜日渐红润起来，有一种无以言表的亢奋，万物通过热烈的掌声为丰收喝彩。不经意间，通红通红的柿子挂满枝头，辽阔大地就这样平添了另一番景致，也将绚丽秋色铺展于远山近水。忙碌于田间的农人，将目光长久地停留在高高低低的枝头，内心翻腾着一种莫名的感动。在他们看来，每一颗柿子都是秋风的画笔对辛勤劳作的圈红，都是被枝叶捧起的一张张逼真而生动的笑脸。

节气更替，一眨眼，早春花朵襁褓中那个婴儿面孔的小柿子，在深秋有了另一副容颜。被风雨和阳光一次次洗礼过后，它们变得清爽、刚毅，又柔情似水。

自从入秋之后，它们一次次羞涩地掀开叶子的门帘往外看，看见金黄的稻浪翻滚，看见玉米穗子被阳光镶金，看见野菊花漫山遍野怒放，直到看见第一片红叶从油绿中冒出来。一树一树的柿子似乎敏感地捕捉到了某种讯息，开始浅浅地露出阳光的肤色，开始在闺房里琢磨妆容，开始在鸟雀的啁啾里舞动身姿。已经有婴儿拳头大小的身子骨儿，倏然鼓胀起来，仿佛有一种难以言喻的冲动，思忖着如何投入秋天的怀抱。

在刚刚过去的那个盛夏，它们贪婪地吮吸着枝头落下的雨滴，努力让果实的脂肪层慢慢丰腴，从叶子的缝隙洒下的缕缕阳光，让深绿的表皮愈发光滑。郁郁葱葱的枝叶，犹然是碧波荡漾的江河，它们将身体巧妙地裸露出来，浪漫地享受着盛大的日光浴。关于成长，关乎成熟，关系消化和吸收，每一颗柿子都有隐秘的小心思。

枝头的叶子渐渐被秋阳染红，叶脉里似乎流动着深红的血液。已近通红的柿子，隐约听见哗哗的风声、水声，还有干燥的阳光被压实的声响。这是比盛夏的烈日更具力道的淬炼，壮硕茂盛的柿子树，用母性的细腻和温婉，软化空气中的每一丝甘甜。枝头晃晃悠悠的柿子，不会错过与霜花和露水邂逅的每一个夜晚，生长的经验告诉它们，每一次甜蜜的约会，都能让果肉更好地糖化和软糯。它们懂得如何完成最后的塑造，让自己散发出迷人的气息，让枝叶的每一次亲近都心旌摇曳，让盛开在深秋的山野花回眸于它的小巧玲珑。

寒露过后，红似山花的柿子树叶，缓缓地沉入大地秋色，只待一场秋风，就能如漫天蝴蝶般起舞。更像是季节的羽毛，轻盈、柔和，紧贴着黄土地向远处飞翔。叶子纷纷飘落，让每一颗柿子都能占据季节的高点，让草木和生灵的视线投向枝头，让深秋的阳光深情拥抱和亲吻这一抹光鲜的柿子红。离别的情景是惆怅的、长情的，也是高尚的、无私的。这份无声胜有声的深情，只有被树叶陪伴长大的一颗颗柿子懂得，它们拽低枝头，深情地、默默地凝视着一地落红，情感的暖流温润着被落叶映红的肌肤。

蓝天白云下，柿子幸福地在枝头荡着秋千，如少女般烂漫纯真。这样的美妙情景，值得远道而来的鸟雀反复歌唱，就像春暖花开时那些翅翼颤颤的蝴蝶和蜜蜂，就像五谷飘香时那些挂满汗滴的农人脸庞，就像麦苗拔节时那些汹涌起伏的泥土波浪，每一个细节都是那么富有激情和诗意。

　　时节已至深秋，天空湛蓝湛蓝的，从低处仰望，一颗颗柿子分明是晚霞般的一片片云朵；从高处向低处望，一颗颗柿子俨然是黄土地高高举起的一簇簇火焰；从远处向近处看，一颗颗柿子就是一个个饱满的花蕾；从近处向远处看，一颗颗柿子就是挂满枝头的一盏盏红灯笼。

　　孩子们欢呼而来，绕着柿子树奔跑着、欢笑着，高悬于枝头的果实，让他们舌尖掠过一份久违的甘甜。手握着长长的竹竿，轻轻敲打被阳光照得透红的柿子，这是秋天发给他们的糖果，是加了蜜的童年记忆。同样兴奋的，还有一大群鸟雀，它们恨不能将这些火红的柿子揽入怀中，它们尖细的嘴巴轻轻啄食蜜甜如饴的果肉，这是大自然馈赠的大餐，这也是秋天里最丰赡的分享和回味。

　　一棵柿子树就是一个偌大的欢乐场，深秋的每一颗柿子都是丰年之庆的漫天烟花，在空中绽放出黄土地的梦想。麦苗钻出地面，山野安静下来，枝头的柿子恬静地守望着大地，它们如孩童般拽住秋天的衣襟，等待着初冬的第一场雪落下。飘飘洒洒的雪花，是季节为火红的柿子披上的丝绸大氅，风雪中，每一颗红透的柿子，亦是一袭雪白的隆冬在双腮点染的一抹胭脂红。它们在心中默默念叨着，飞雪迎春到，春风会不会紧紧相拥，就像抱紧一个个含苞待放的花朵。那份浪漫，那份亲热，总能给予它们一种无穷的力量，让一颗颗柿子有了越冬和迎春的信仰。

2023 年 8 月 30 日刊于《西安晚报》

五谷丰收的味道

乡村的一日三餐，也许算不上丰盛，但应季的时蔬一茬接着一茬，碟碟碗碗满满当当。巧手的厨娘，从不辜负袅袅升腾的炊烟，总能让每一个寻常日子有滋有味。

和侍弄地里的庄稼一样，乡间的吃食也大有学问。在日出而作日落而息的劳碌中，人们并不会忽略一粥一饭的巧妙安排。善于调剂生活的庄稼人，擅长在乡野就地取材，应季而为，少了雕琢，却多了质朴和率真随性。那些朴实而味美的餐食蕴含着一个道理：只要对生活报以热爱，就算简简单单的家常菜，也有一份浓淡相宜的烟火气。他们用柴火烧烤应季的土豆、玉米和红薯，也烧烤从枝头采摘的板栗、核桃。炭火激发出食材的原香，升腾起悠悠乡愁。

麦收前后，生长在田地里的土豆根茎开始膨大，油绿的叶子被日头晒出浅黄的光斑，曾经粗壮笔挺的茎秆如醉了般东倒西歪。有经验的农民一眼就能看出个中秘密，藏在泥土之下的土豆正在用胖乎乎的身子向外拱。节气的一双大手也不遗余力，热情地将它们拽向地面。

此时，忙前忙后的孩子们仰起笑脸，流露出小心思、小欢喜。拾柴火，烤土豆，这是收获过后的最好庆祝，也是此时的乡村上演的一大趣事。点燃柴火，随手将新挖的土豆扔进火堆。不大会儿工夫，一簇簇橙色的火焰如山花渐渐凋谢，只剩下明明暗暗的炭火将土豆捂严实，直到浓郁的土豆香扑鼻而来。孩子们一哄而上，迫不及待地捧起这份农家美食。

初秋时节，蝉鸣依然热烈。苞谷急切地脱去绿色的外衣，排列整齐的玉米粒嵌满身，在阳光下接受最后一遍染色。大雁南飞，野菊花开满山野，即将来临的秋收，让每一个庄稼人欢欣鼓舞。农妇从田里归来，竹笼或背篓里总有一份收获，或是几颗甜软通红的柿子，或是几颗深绿泛红的山梨，或是几个通体金黄的大南瓜。最多的还是新摘的玉米，不用撕去包衣，做晚饭时直接将其和柴火一起塞进灶膛。吃罢饭，用火钳将玉米从灶膛里夹出来，剥去烧烤至炭黑色的外衣，一股甜丝丝的香气瞬间充盈着不大的厨房。翻开还未熄灭的柴火，再次将玉米送入灶膛，用星星点点的火炭将玉米完全覆盖。只听见灶膛里噼啪作响，好似柴火燃烧，玉米热烈而有节奏地释放着水汽。

声响越来越弱，渐渐地恢复了平静。洗完碗筷的农妇解开围裙，用火钳将玉米从灰烬里一一掏出。刚刚还是温润浅黄的玉米粒，已经被炙烤成满穗褐黄，并迸裂出黄白相间的苞谷花。晚饭刚罢，一穗烧苞谷就成了一道农家饭后甜点。

收完田里的玉米、黄豆、芝麻，冬小麦完成播种，就到了挖红薯的时节。厚道的农家人，总是希望红薯能在黄土地里多待些时日，让糖分在秋冬节气的转换中积淀得愈加醇厚。

天高云淡，漫山红遍，此刻弯腰在田里挖红薯，分明是一种享受。随着抡起的锄头在空中画出一道道弧线，松软的黄土地里翻滚出一个个肥实的红薯。这些生长了两季的作物，好似一朵朵色彩浓郁的泥巴花，让秋收的日子，多了一抹喜气和红火。

等到田里新挖的红薯散去水分入窖后，天气已经渐冷，高山的农户开始生火取暖。第一场雪花落下，乡村银装素裹，冬闲时节算是真正到来。一家人围坐在炉火旁，在少有的闲暇中一边舒展着好心情，一边将拳头大小的红薯放在炉火中烘烤。这样的场景年年都有，但年年都有不一样的感觉和况味。烤红薯，考验的是心性和脾性。大火急就，会皮焦里生，小火慢煨方能让红薯在炉火旁慢慢软糯，一层微焦的表皮才会锁住水分和甜意。

炉火旁，捧起一个烤熟的红薯，一年之中所有的辛劳，都伴着一口甘甜变得风轻云淡。这是五谷丰收的味道，是农家日子的味道，也是黄土地酿蜜的味道。

乡村的每一次烧烤，都有着淳朴简约却又妙不可言的农家风味。被火光映照的笑脸，洋溢着发自内心的喜悦和满足，让烟火人间幸福绵长。

2023 年 11 月 25 日刊于《人民日报》

插秧

陕南多梯田。一道蓄水保土的石坎，就是一级台阶。老农从山脚上山，成熟的庄稼从半山腰下山，只有泥土不用抬脚动步，一门心思孕育五谷。农家日子的富态，尽在黄土地的富态里，尽在庄稼人早出晚归的耕作里。旱地多分布在阳坡的山山峁峁，水田则依山势横卧在沟旁。山溪水浸泡出红砂糖般绵软细腻的泥土，一簇一簇的汗珠、露珠和水珠滴进去，入秋后就变成了沉甸甸的稻穗。

过了雨水节气，春耕的第一犁往往从水田开始。些许潮湿的泥土，散发着浓郁的泥腥味，这是生着肥膘的好田独有的气息。

水田需要水养。深耕过后，农人从沟渠边，将哗哗流淌的纯银水花赶进田里，如赶着一群引颈高歌的大白鹅。水中的泥土好似鼓起腮的鱼儿，开始春天的第一口深呼吸，咕嘟咕嘟泛起水泡。

这头的水田被溪水泡着，被和煦的春光暖着，那边已经开始忙着将晾晒干燥的谷种簸去杂质和秕谷，精选出最饱满的谷粒准备催芽。

清冽的山泉水，先冲，再淘，后泡。等到谷壳彻底软化，巧手的农妇小心翼翼地将其用细纱布包裹起来，装进透气的竹篾筐，放在屋外的干燥处，盖上阳光的被面。三五天时间，半湿半干的谷种，在半睡半醒中萌发出新芽。

在水田的正中，农人用新泥为这些初生的稻芽建造出新居——一个三五平方米的长方形簸格，铺上清水的床单，平整熨帖。清明前后，谷种如雨滴般从农人的手中均匀地散落，在泥水的襁褓里完成由芽到叶的生长。陪伴它们的是春天的蛙鸣和一群油滑光亮的蝌蚪。

节气到了谷雨，春天和夏天隔空有了第一次握手。草木葱茏，雨水充沛，正是插秧的好时节。

在我童年的记忆里，插秧是继春耕春播之后最盛大的农事。早上日头刚升起来，男劳力在田坎上脱鞋脱袜，挽起裤腿，进入水田将秧苗连根拔出，用清水淘去根部的泥浆，扎成茶杯粗细的小捆。待到秧苗全部移除，再将水田耘耥成平整的镜面。

一切准备就绪，已经晌午了。日头已经将水田暖热乎了，正适合下田插秧。村里的男人们排成一排，左手握着苗捆，右手食指和拇指从中分出三两根，捏紧苗身，用手指的力量将根须直接送进油汪汪的泥水里。第一行秧苗笔直地立起身子，苗距齐整，不用比画，庄稼人的眼比尺子更精准。从田里拔出沾满泥水的腿脚，后退一步，紧接着，是第二行、第三行，刚刚还是一汪泥水的稻田逐渐有了满眼新绿。

头顶是蓝天白云，眼前是晃动的水面。波光里，满是泥水、汗水的脸，能感受到秧苗的悠悠鼻息。说着，笑着，憧憬着，水田里满是庄稼人朴实的想象，满是鸟语和蛙鸣。

当西山的夕阳将一抹红晕洒在水面，微热的山风轻轻拂过，每一株秧苗都在草木和溪流的掌声中抬头挺胸。它们向面前的庄稼人深鞠躬，向它们扎根的水田深鞠躬，也向远山近水深鞠躬。它们轻盈的身姿倒映在水中，好似春天的水田生长出的新羽。

入夜，八仙桌上已经摆上酒菜，劳累了一天的庄稼人围坐在一起，不醉不归。他们齐刷刷将酒杯举起，高过头顶，透过浓浓的夜色，为新栽的禾苗祈祷风调雨顺，也为大地粮仓祈祷五谷丰登。

离他们不远处，稻田里的夜宴刚刚开始。禾苗和庄稼汉一样，开怀畅饮山溪清流。一群小青蛙第一次打开嗓子唱响丰年之歌。这一刻，大地、庄稼和农人，在茫茫夜色里紧紧拥抱在一起。

2024年3月16日刊于《人民日报》

第二辑

心之清明

心之清明

清明是个时间驿站，走到这儿，走到这一天，每个人都湿成一滴雨，在眼里在心里纷纷飘落。这一天，无论你在哪儿，无论你多忙，耳畔都萦绕着声声呼唤，这声音比春天的雨滴更能唤醒我们的情感记忆。似乎有一种蜇疼感，沿着我们的神经窜跑，只有回到故乡，回到亲人身边，这种感觉才倏然消失。上了年岁的人都说，清明天就是一面镜子嘛，天上的人在擦，地上的人也在擦，用泪水和着春风擦，擦亮堂了，这一天彼此才能看得见。

清明是一定要回去的。沿着时间或者亲人所在的方向，去接近满是春光的春天，在万物生发的季节，比阳光更为珍贵的是，带着我们体温的成长经历，那是嵌进灵魂和肉体的光阴。

清明前几天，因为一件小事，我拨通了一个老同学的电话。说是老同学，其实相处的时间也只有短短三年。在我心里，之所以称他老同学，是觉得我们的某些境遇极其相似。中专入校初次见他，我就知道，他心里一定苦，一定经历过什么。人以群分，在之后的日子，我们彼此照应，互相鼓励。他家里比我家更穷，却一直成绩名列前茅。

毕业后的一个冬天，我从山东出差回安康，路过他所在的郑州，下了火车，按照他的指引，我坐上了一辆面包车。车到他的住处附近，在中原呼呼的寒风里，我脸贴着车窗往外看，发现他站在暗淡的路灯下，头缩在棉衣竖起的领子里，双手合拢，捂着嘴巴哈热气，边四处张望边不停地跺脚。车停稳之后，他露出招牌式的笑容和我打招呼，一个劲儿责怪自己没有去火车站接我。瑟瑟寒风中，我知道眼前这个叫作老同学的小伙子是可以当作兄弟的。他那笑容持续了一路，让人暖和。

后来因为种种原因，他去了广州行医，我依然选择留在安康，隔三岔五通过电话保持联系。这几年，随着年龄的增长，他愈发想回安康发展，尽管广州有了房子，他依然难以战胜情感上的"水土不服"。

这次，我拨通电话问他，在哪里在干啥？喧嚣中，他操着浓重安康口音的广东味普通话说，在银行办事啦，小孩上学消费挺大的啦，让人实在难以招架的啦。我问，可不可以不说普通话的啦。他马上一口纯正的安康话答道，你娃子清明节咋安排，要不过来看看我嘛。"你娃子"，这兴许是身为哥们儿的我们二十多年来最亲热的称呼。短短几句话，我能感受到他的血脉里依然有家乡的蓝天白云和青山碧水。

像节气之清明，我们的情感亦清明。到了不惑之年，我们开始吝啬感情，不会像年轻时时常稀里哗啦地被感动，更愿意将一些人和事藏在心里，且行且珍惜。固定的三五个同学时常周末相聚，酒水是否有档次，饭菜是否可口都不重要。这种场合其实是脱去伪装的压力释放和内心调理，无须遮掩，也无须设防。小酌几杯之后，酒劲将心里的忧愁心里的苦乐逼出来，伴着额头细密的汗珠一起滑落，内心当初的细雨蒙蒙也变成晴空艳阳，一派清明。到了上有老下有小的年纪，还似兄弟一般坐在一起，如老牛反刍那些青涩过往，还能嘘寒问暖相互照应，还能指着鼻梁对骂，于夜色中勾肩搭背兴尽晚归。岂只是聚会，分明过瘾。一生之中，我们总是期望得到如此纯净的情感滋养，堪比母乳，血浓于水，此谓心之清明，亦岁月之清明。

　　岁月从我们身上碾过，从青春年少到稳重老成，我们渐渐懂得如何过好每一天。只要好好活着，你就是四月的风景，就日日清明。我们需要心之清明，需要散发成长的热气，让滚烫的灵魂被纷纷细雨一截截打湿，于节气里规整情绪舒展内心。

　　清明是要祭祀的，也是要回忆的。回忆是最走心也最有质量的祭祀。在已经故去的亲人坟前，我们尝试触摸坟头，和旧时光依偎在一起。在地平线之下，应该有另一片天空吧，那里蓝天白云、鸟语花香，也正春天，也正清明。隔着一层土，大把大把的光阴如种子被播撒在另一个世界，而后繁花盛开，花瓣上跳跃着亲人的音容笑貌，很快又融化在春风里，融化在我们的眼睛里。清明也是用来怀念的，怀念曾经逝去的美好或者不美好，回首过往，只要内心暖和，日日清明处处风景。怀念的味道苦甘自知，但于怀念本身却幸福无比。

　　时光里，我们似乎又回到了过去，回到每一个场景，触碰每一件事，亲近每一个人，往昔历历在目却又遥不可及。仔细想想，其实我们也是节气，是响应岁月的召唤，成长在昨天、今天和未来，当手中仅有的节气轮替结束之后，如云朵飘散到地平线之下。至此，每逢清明，尽可能地让亲人的音容笑貌跳跃在花瓣之上，让海拔之上的花鸟、春风和亲人感知到，我们的清明是用来为亲人捎信的。于是，一切安好，一切清明。

2018年4月4日刊于《人民日报》

睡姿

很多毛病随着年龄递增逐渐出现。二十岁之前，感冒不算病，打喷嚏不就是身体刮了点儿风嘛，最多睡一觉就松泛了。三十岁之前，熬夜算啥，又哪儿来的腰酸背疼这一说，一些小毛病扛一扛就过去了，谈恋爱的年纪最经得起折腾，也少不了磕磕碰碰，女孩子用甜言蜜语揉一揉就欢实多了，有时一个眼神远比一剂药的效果要好。真正感觉体格不如从前是从三十五六岁开始的，这是一个分水岭，不管你承不承认，身体里的节气应该是入秋了。

身体开始虚胖，人有些迷迷糊糊，经别人的嘴说出来就是发福了。实际上，是身体里水汽蒸腾，血脉起垢，器官伸着懒腰哈欠连天，臃肿笨拙，不如年轻时活力迸发。最明显的感受是腰酸背疼，就连睡觉的姿势都有讲究，否则一觉醒来，浑身僵巴巴的，好像肌肉骨骼被什么东西捆起来了，就连头发睡一夜都能少几根、白几根。

前些日子，早晨起来肩背突然觉得疼。起初以为是落枕了，脖子旗杆一般举着，不敢左右摇动，就连开车看后视镜都不灵便。单位同事见了，都说是晚上睡觉不安分守己，没有按照夜间睡觉制度和作业流程来，脖子肯定是憋了一口气。按照往常的疼法儿，下班之前，基本可以活动，再过个夜，疼痛会有所减轻。可是这一次却出乎意料，脖子直棱棱地举着不说，疼的面积也呈放射状，蔓延到肩部、背部，像一张大网罩住了上半身。

　　我最终还是选择了上医院。大夫啥话没说，让我坐在凳子上，用大腿顶着我的后颈，双手抱紧脑袋使劲往后一拽，隐约听见骨关节咔的一声闷响，疼得我汗珠直滚。在开始扎针和拔火罐之前，大夫善意地提醒：睡觉姿势不对头哦。

　　大夫一再嘱咐，枕头要低，仰卧位，最好睡前将头在床沿上吊个十来分钟，没事经常站起来活动活动肩颈，别老坐着，坐久了是要生病的。说了一大摊，其实是动静结合，该睡的时候要早点睡，该起的时候要早点起，注意锻炼不躲懒，别把身体窝得发霉了，那样不病也难。

　　一连针灸了好几天，坐在我身旁的阿姨不解地问，年轻轻的咋也来扎针，我像你这个年纪，养一群娃子还操持家务，坡上的活一样不落呢。我勉强扭过脖子笑道，大夫说我睡觉姿势不对。阿姨是个急性子，一语道破，不是睡觉姿势不对，是缺少锻炼，我们一辈子都弯腰在地里，头脚两头落地，弓一样弯着，姿势就对？你们现在这些小伙子，自个儿把身体惯坏了，别动不动就吃药打针，最好的办法就是多锻炼。

　　贴膏药、扎针、拔火罐，三管齐下，这一轮疼总算结束了，但不敢保证在某个早晨起来，脖子不会再疼。眼下能做到的，就是早睡早起，替自己照顾好一身赘肉，闲暇之余，到处走走看看，保持一种健康向上的生活态度。别稀里糊涂地透支身体，把身体逼到悬崖上，到了医院，借着医生的手把身体拽回来，那可就得不偿失了。

　　也许到了五十岁，六十岁，还会有新的疾病来犯，还会去医院，大夫仍然会告诉你，要少喝酒，别抽烟，饭不能吃得过饱，荤素要搭配，睡眠要规律……说穿了，还是姿势问题。衣食住行都有姿势，姿势是一种身心呈现，是面对生活的态度，也是一个人的活法，当然，最重要的是听从内心和身体安排。不要和自个儿的身体对着干，就是最好的姿势。难道不是？

2017年8月2日刊于《西安晚报》

家有门户石

汉江由陕入鄂前，在陕南白河环环绕绕，被两岸青山搀着挽着。白河之所以得此名，是因为有条白石河，碎银一样的白火石铺满河床和河岸，在太阳底下泛着银光。和白石河齐名的，是县里当作景区打造的红石河。红石河铺满赭红色的卵石，大小不一，密密麻麻，远看河水浸着石头激起层层细浪，近看俨然石头抬着河流一路欢歌。

红石河附近的村庄，百姓房前屋后尽是从河里捡回来的石头，柴垛一样码着，各家各户门前修着花坛，花坛四壁镶嵌着核桃大小或拳头大小的石头，看上去亲切、自然。稍大一点儿的石头放在屋门口，当凳子坐。到了夏季，在屋外乘凉，坐着石凳摇着蒲叶扇，神仙一样快活自在。

在红石河中下游有个石梯村，一座名曰"阳坡梁子"的大山成为陕鄂分界线，山这边是陕南白河，山那边是湖北郧县（今郧阳区）。相对于其他村组，这是一个好不容易有个平坦处的小山村。镇上干部想：既然村子是湖北老乡到陕南的第一脚，就当作门脸一样建设。村子里的屋舍整整齐齐地建在路旁，徽派民居的建筑格调，门前有花坛，屋后是红石河，各家各户房连房，小桥流水，鸟语花香，很安静，也很悠然。

房子建好后，镇上想着得有点文化气息，让村子既有面子，也有里子。动脑一想，首先想到的是红石河，以及红石河里一窝一窝的石头，于是就将重好几吨的大石头从河里搬进村子。很快，这个只有百十户人家的石梯村，卧着的、躺着的、站着的、蹲着的，尽是各种各样的石头。和花花草草在一起，石头就有了文化，也就成了一道自然景观。老百姓都说，真真地没有想到，这些普普通通的石头也能为村子装点门面。

日子一久，镇上又生出新主意，能不能借助石头把文化往家里送，让河里的石头学会说话，让每家每户都有一块像样子的门户石，把社会主义核心价值观镌刻在石头上，让百姓出门进屋一眼就能看到石头上的字。镇上干部心存忐忑地进村开会征求意见，没想到老百姓满口答应，都说有了门户石，我们就真的成了高门大户的庄稼人，就真的有门户了。

群众会前脚结束，村里的百姓后脚就到红石河里选了称心如意的石头运回来。石头上刻啥字，百姓说了算。各家各户晚上回家坐在一起好生商量，细细揣摩，像给初生的娃娃起名字一样挖空心思，然后归拢定夺。第二天师傅到家，要了字样，按照各家意思一锤一凿刻字。石质坚硬，落锤下凿火星四溅。

半个月之后，村子里家家户户有了刻上字的门户石，有刻厚道的，有刻平安的，有刻和谐美满的，也有刻勤劳致富、诚实守信的……嵌进石身的字体遒劲有力，后经红漆统一上色，喜庆且规整。百姓每天早起洒扫庭院，非要用湿抹布擦去石身上的灰尘，他们笑着说，门户石就是门脸，不洗把脸咋成。镇上干部走村入户提醒百姓，要按照门户石上刻的字兴家立业，睦邻和谐，教育子女，不能负了石头上的字。

村里有个姓寇的中年妇女，门户石上刻着"富宅"二字，想来想去拿不定发家致富的门道，就到镇上讨主意。镇上干部到她家一看，房屋宽敞通透，灶台收拾得干净利落，就问她做饭的手艺如何。她呵呵一笑，家常菜倒是拿得出手。邻居搭话，她的几个菜弄得有滋有味，逢年过节，我们都尝过，一点儿也不比城里的馆子炒的菜差。镇上干部遂建议她开办农家乐，日后村子来游客观光赏景，起码能有口热饭吃嘛。

"行不行？"寇姓主妇是个急性子。

"保准行！"镇上干部打了包票。

"得起个响亮点儿的名字？"女主人笑吟吟地望着干部。

"'女人不是月亮'咋样？你的事业像日头一样才美气哩。"

女主人再笑，说："是不是月亮，得先试试哟。"

寇姓妇女在村里第一个开起了农家乐，如今生意红火，成了远近闻名的致富能手。她逢人便说，多亏了这块门户石，多亏了镇上干部的好点子。

这之后，门户石就成了百姓心里的一面镜子，百姓时时处处端己正身，走正道，干正事，生怕怠慢了门户石，怠慢了好日子。见到或高或矮，或胖或瘦，或粗或细的门户石，心里安稳，也暖和。门户石不再是一块石头，是家里的长者，像早前村里教书的先生，一直站在那里，一声不吭，但所有的语言都写在脸上。门户石提起村里的精气神，也让传统文化和社会主义核心价值观有了乡村表达。红石河里的石头也一下子成了宝贝，外地游客到白河，都要到村里走走看看，看刻字的石头如何种子一般播撒在人心中。

临别时，都到河里捡一块石头带着。村里人说，红石河里的石头是最好的礼物。游客笑道，我们带走的不是石头，是一位会讲故事的朋友。

2018年5月23刊于《人民日报》

青山立碑忆红军

陕南旬阳县城东北部有座九龙山，从空中俯瞰，群山披翠，状若九条巨龙俯卧绵延，故得其名。山上草木葱茏，晨起时分，升腾起薄纱似的云雾，于乳白和黛绿之间，浮起一轮红日。山下屋舍俨然，溪流环绕，在终年奔流的红军河旁有个红军镇，镇子不大，人口一万多，地形多呈沟岔。

检索全国乡镇，以红军命名者，仅此一例。究其缘由，要追溯到20世纪30年代。1932年12月初，贺龙率领的红三军北上途经旬阳，浩浩荡荡的行军队伍，不光在这方山水留下或深或浅的红色足迹，也在百姓心中播下革命的火种。望着渐行渐远的红军，老乡眼里噙满不舍的泪水。因为在短暂的接触中，老乡真切感受到这支队伍和他们高举的旗帜是一个颜色，他们跋山涉水，为穷苦百姓远征。

1934年12月初，红二十五军三千余人在程子华、徐海东的率领下到达陕南，创建鄂豫陕革命根据地，并于12月底组建了鄂陕游击师。1935年10月，鄂陕游击师改编为红二十五军第七十四师（简称红七十四师），主要活动在旬阳县东北部的潘家河一带。

伴着山野间"红军又回来了"的声声欢呼，在此后两年时间里，红二十五军七十四师官兵发扬人民军队的光荣传统和优良作风，所到之处，自力更生、艰苦奋斗，主动组织红军干部教根据地的年轻男女识字明理学文化，像家人一样嘘寒问暖，和睦相处。"共产党为穷人，打富济贫是红军""打倒土豪劣绅，穷人好翻身""没饭吃的穷人快来赶上红军"……一条条鲜红的革命标语刷写在大山深处，穷苦老乡心里如春风拂过，也找到了久违的那份踏实感。

红军除了坚持保卫根据地和红色政权的武装斗争外，还帮助山区群众发展生产，开展"抗捐、抗债、抗粮、抗夫、抗丁"活动，打土豪分田地，启发农民觉悟，动员他们参军。红军帽檐下面那一张张兄弟般的面孔，也让乡亲们头一回挺直腰杆，看到一片不一样的天空。"春雷一声震天响，山里来了共产党；红军为咱打天下，劳苦大众得解放。"如今，山里上了年岁的老人依然能哼出几句当年广为流传的红色歌谣。

其时，红七十四师五路游击师一百多人在旬阳潘家河（今红军镇一带）创建根据地，队伍中有一位名叫高中宽的红军，是特务队指导员。出身中医世家的他，经常深入群众访贫问苦，并采山上的草药治病救人。在那个缺医少药的年代，他不光治好了老乡头疼脑热的小毛病，而且深入浅出地宣传革命真理，教育开导青年。日子久了，百姓亲切地称他"高医官"。

1935年10月18日，为掩护红七十四师转移，高中宽带领十四名战士与敌军四百余人展开激战，连续打退敌人十多次疯狂进攻，顺利地完成了掩护主力撤离的任务。但终因敌众我寡，高中宽指导员不幸牺牲。待百姓冒着生命危险前来营救他时，高中宽用最后一丝力气伏在老乡耳畔轻声叮嘱，不要将他葬在庄稼地里，怕误了百姓种田打粮。

老乡们听从高指导员的临终叮咛，含泪将他安葬在九龙山下的碾子沟旁。随后，当地群众自发为"高医官"修建坟墓，并在墓前立碑题刻

"红军烈士之墓"。附近老乡难解思念之情,时常来坟前为烈士进香烧纸,如亲人一般祭奠。山里很多老人嘱咐后人,逢年过节要去祭奠为保护一方安宁以命相舍的红军。

新中国成立后,为纪念救百姓于水深火热的红军烈士,也为告诫后辈不忘那段血雨腥风的历史,珍惜来之不易的幸福生活,当地政府重新修葺墓地,并按照行政区划,将烈士墓所在的碾子沟改名为红军沟,安家村改名为红军村,丰积乡改名为红军乡。1958年,又将烈士墓所在的生产大队改名为红军大队,将红军乡改名为红军人民公社,1984年又改为红军乡。1996年,原潘家河上游的圣驾乡、竹筒乡被并入红军乡。21世纪初,撤乡建镇,遂更名为红军镇,流过红军镇的所有河流均改为红军河。一个被红色记忆包裹的小镇,就这样满山红遍,也成为流淌在当地人民血脉里的一份信仰,生生不息。

2007年年底,旬阳县政府决定斥资千万元建设红军纪念馆。得知这一消息,山区群众纷纷自发捐款,从几十元、几千元到数十万元,山里百姓希望能用自己的力量,为红军纪念碑和红军墓添砖加瓦。四年之后,红军纪念馆建成并对外正式开放,同年,被国家旅游局评为国家AAA级红色旅游景区。

如今,九龙山下,依山势建成一个占地三百余亩的红军纪念馆,并划定方圆一万亩的生态保护区。他们用青山立碑,让烈士的忠骨丹心永垂不朽。纪念馆内,高二十五米的红军英雄纪念碑矗立在巍巍九龙山下。镶嵌在纪念碑碑身的一千九百四十九块石材,暗含烈士以血肉之躯托起新生的共和国之意,纪念碑基座四面各有一幅九龙腾飞图,艺术性再现了九龙山下军民亲如一家的感人场景。围在纪念碑四周的浮雕群,如一页页历史的活教材,记载着当年红军长征之伟大精神和红二十五军在陕南这片土地上留下的红色足迹。

英灵远去,艰苦奋斗的红军精神永不褪色,这个大山深处的红色小镇也就成了红军的故乡。八十多年来，年年除夕夜，当地群众吃完团圆饭后的第一件事就是来到烈士墓前祭奠烈士，鞭炮从除夕日暮一直响到新年早晨。镇上将幼儿园和小学建在红军纪念馆不远处，孩子们在入学的第一课就知道，墓碑纪念着一段何等壮烈的历史，纪念碑后的那座红军墓又长眠着因何牺牲的英魂忠骨。附近百姓修建房屋，必将一木雕的红五星镶嵌进窗棂，视作传世的宝贝和岁月的见证。每逢清明，社会各界来红军纪念馆祭奠红军之后，提锄挖坑于红军墓旁，栽种一棵红军树，并在树下镌刻着红五星的石头上和树木一道留名。如今，这片红军林葱茏茂盛，成为一块绿色的"方帕"，紧握在大山手中。

  来此参观者当中，不乏红军的后代，来这儿，就是想望一眼当初父辈浴血奋战过的山岭沟岔。也有身着红军服的耄耋老人，颤巍巍地立正在红军纪念碑前，伴着自双颊滚落的热泪，举起已不灵便的右手，庄严地再行一次军礼。

2018 年 7 月 31 日刊于《陕西日报》

除夕正当红

陕西安康，我的老家。当一切都到家了，年就到了。

腊月最后一天，除夕为新年隆重作序。这一天，时间的摆钟敲出春风的鼓点，大地披着绸面的红盖头，静待在新旧交替的狂欢中露出花样面容。

红色的对联和灯笼早早挂在街心广场，过往的路人像挑选过年的新衣，端详着，寻找最有感觉的那一款。也有精于笔墨者，在街边支起案子，瓶装的墨汁倒满白瓷碗，几支毛笔筷子般搭在碗沿上，根据对联的长短宽窄和字体的高矮胖瘦，饱蘸浓墨的春风大笔，在铺开的红纸上为新年泼墨寄语。行楷隶草间，墨香氤氲，满蓄着火红火红的祝福和愿景。

枯黄一冬的草木此时换上节日的盛装，它们要见证缕缕春风如何生出桃红的酒窝，它们要为新年的双颊涂上胭脂，它们要一道捧起新年的第一轮朝阳。在草木的眼中，除夕也许就是一个盛大的篝火晚会，让即将苏醒的泥土看到通红的火光和通红的节气，看到被通红的火光映红的除夕夜。

昔日沉寂的山村，以满格的信号迎接信息的春运大潮，此起彼伏的电话铃声和手握话筒时的洪亮大嗓，传递着悠悠乡音乡情。有钱没钱回家过年，每逢这个节点，母亲敞开怀抱，盛情迎接归雁。循着年味总能找到家的方向，在日夜兼程的奔波中，故乡的面孔在梦里愈发清晰。耳畔总有声声呼唤，一年一度的团圆，让亲情按着空间的经纬坐标回到家的原点。

在古人的朴素认知里，过年就是人和草木一起过岁。每逢除夕，一家人围坐在这个未央之夜，和他们围坐在一起的，还有旧年的奔波劳碌和新岁的美好祈愿。他们每个人的内心深处都高挂着一盏门灯，那是血脉里冉冉升起的一轮红日。他们要以守岁的名义，相互依偎在旧岁的最后一刻，然后集体迎接一个红火的开端。夜色渐浓，冲天的礼花璀璨怒放，一簇挨着一簇，一片连着一片，大地上空俨然是早春的花园，亦如一幅当空展开的五彩画卷。

走进除夕，就走进一个红色的世界。大红的灯笼伴着仰起的笑脸，让农家屋檐下有了春的气息，烛光跳跃，如乡村霓虹灯，为门楣盈满喜气。大红的对联露出平仄韵律，也露出庄户人家迎春接福的心情，他们要将横竖撇捺送进红纸铺展的春天，它们要在如瀑倾泻的火红里随风摇曳。花炮的辫子在震山的响声里解开，孩子们捂住耳朵，火光在眼睛里打旋，他们通红的笑脸，俨然回敬丰年的表情包，饱满而灵动。

除夕之夜，天地设宴，红火是底色。满斟着草木芬芳，为国泰民安举杯、为寰宇澄明举杯、为风调雨顺举杯。高举的酒杯满斟着亲情和祝福，过去一年所有的美好与不美好在这一刻云淡风轻。所谓过年，就是释然后的又一轮背负和耕耘，就是一股脑地将内心倾倒干净，然后再盛满纷杂的世事。过年就是过岁，让前脚和后脚一起迈进好运和吉瑞。普天之下，每个人的脸上都有一片酡红的云彩。

团圆饭一直吃到天黑，酒壶绕着桌子来回转了好多圈，主妇系上碎花围裙，揭开热气腾腾的蒸笼，为一屉散发麦香的蒸馍点染姹紫嫣红的馍花。脸上被酒香煨热的红,和屋檐下大红的灯笼一色,和门画和对联一色,和火塘里噼啪作响的炭火一色,和浆洗干净的绸缎被面一色。这红,交融在一起,就是一个红透的团圆结、幸福结、平安结,就是一个玲珑的中国结。

饭饱酒酣,孩子们早已换上新年的衣服,提着纸糊的灯笼在屋外嬉戏,荧荧烛光温暖着关于年的童趣和记忆。夜色渐浓,家人围坐在火塘边,用最传统的方式守更待岁,通红通红的火光,通红通红的笑脸,通红通红的山村连同通红通红的年景,这一切,构成光彩夺目的除夕红,也让即将到来的新岁沐浴着通红通红的春意和喜气。

当锦绣河山被一汪深红洇透,万物绕着岁月又弥合着一个鲜红的年轮。除夕是时间的两端,年那边是汗水铺就的大道,年这边是风雨和彩虹相伴的高天,在零点的钟声敲响之后,我们双脚同时迈进吉祥和好运。

除夕或许是最适合为梦想剪彩的日子,我们每个人都是自己的嘉宾,是仪式的主角。红火的年里,我们一道拉开红色的大幕,一道走上属于自己的舞台。

2019 年 2 月 4 日刊于《人民日报》

喜鹊的歌

在草木葳蕤、群山绵延的陕南乡村，枝头的喜鹊如花中牡丹、林中翠柏，足以登上鸟类的封面。

喜鹊天生就是一个吉祥的样子，从一棵树跃到另一棵树，比叶子上的风跑得还要快，尽管没有大长腿，却习惯凌空扎一个猛子，乌黑油亮的羽毛在乡村上空画出一道道优美的弧线。听见喜鹊喳喳叫，心中陡然生出一份美好。

喜鹊一叫，就连树木叶子都跟着叫声跑，这叫声很快变成一阵山风，整个村庄都在喜鹊的叫声里热闹起来。喜鹊叫，好事到。忽远忽近的喜鹊叫声，如一朵朵云彩，从内心最深处飘过，亦如春风吹开心门，心际一下就亮堂起来。喜鹊唱响生活中最美好的那部分，也唱响寻常日子里最明媚的部分。花开的声音，水流的声音，泥土消融的声音，以及风吹过瓦楞的声音，都成为喜鹊乐库里火苗般跃动的音律。

喜鹊比乡间的唢呐手更容易找到喜庆，音浪汹涌的双腮，盈满风调雨顺，盈满五谷丰登，也盈满国泰民安。在我小的时候，每每听到竹林传来喜鹊的叫声，奶奶总是碎步生风，从屋里跑出来，站在院子里，双手反剪,一动不动地听这从枝头落下的鸟鸣。就像是一对故交,她在低处望着喜鹊,喜鹊在高处望着她,空气中似乎有丝丝缕缕的甜,奶奶的满头银发被风轻轻拂起,叶缝透出的阳光洒满她的面庞,难得一见奶奶那专注而神往的表情。

  一只喜鹊和一位老人就这样彼此凝望,我站在奶奶身边,喜鹊站在那棵杏树上,杏花开得灿烂,雪白的杏花映衬着喜鹊乌黑的羽毛,喜鹊乌黑的羽毛映衬着更高远的蓝天,喳喳的叫声伴着逐风飘落的杏花,和煦的春光里,奶奶动情地听着、望着。尽管我不知道她在想什么,但是我知道这一刻很美好,能让奶奶丢下手上的针线活,在这个风和日丽的晌午,在鸟语花香里打开心门,将喜鹊的叫声热情地迎进来。

  多少年之后,我依然清晰地记得那个场景,记得杏树枝头的那只喜鹊如何拨动奶奶少女般的情思,让她忘记日子里的琐碎,让她从这再平常不过的叫声里捕捉到一份莫名的感动与美好。

  喜鹊在叫,好日子一天接着一天。二十多年前的盛夏,我早早出门,步行几十里去镇上的中学,那是中考之后发榜的日子。那一天和往常并没有什么不同,出门的时候,母亲站在门前送我,我能感受到她目光灼热,比盛夏早晨的阳光更滚烫。待我午后回到家时,母亲依然站在屋外的场院,我们目光重逢的那一刻,我看见微风拂过她清瘦的面庞,两鬓白发在太阳下闪着银光。我笑着扑进午后的阳光里,突然听见房头红椿树上的喜鹊喳喳叫个不停,那声音清脆而响亮。倏然间,我好像被喜鹊的羽毛挠得内心痒痒,眼泪也跟着喜鹊的叫声涌出来。我看见在喜鹊的叫声里,母亲双眼噙满和我一样的泪水。她轻声道,喜鹊叫个不停呢,今天喜鹊叫个不停呢!声音一声高过一声,渐渐盖住了喜鹊的叫声。就在母亲焦急的等待中,红椿树上的这只喜鹊或许也在远远地望着我,它看见乡村小道上我欢快的步态,看见我满脸的喜悦,看见我握在手里的成绩单已经被汗水浸湿。于是,这只喜鹊赶在我之前回到家里,将这个喜讯叽叽喳喳捎给站在门前的母亲。

多少年之后,我问起母亲,那一天,你真的听见喜鹊的叫声了吗?母亲笑着说,我是在心里听见的。

直到现在,房头的那棵红椿树依然枝繁叶茂,奶奶屋外竹林里的那棵杏树年年早春繁花盛开。喜鹊依然从一个枝头飞向另一个枝头,像乡间的信使,用悠扬的叫声,为奶奶和已经跟奶奶一样生出满头银发的母亲,带回一个又一个好消息,为这个村庄带回一个又一个惊喜,为村庄里的每一个人带回一份又一份感动。喜鹊成了村庄里一切美好的象征,在春暖花开的时候,在麦浪翻滚的时候,在大雪纷飞的时候,总是站在枝头喳喳叫。这声音比锣鼓动听,比唢呐动听,比山歌动听,这声音将一切美好和不美好都化作高挂在心空的一道彩虹。

只要心中住着一只喜鹊,每天都艳阳高照,每天都是好日子,每天都看见村庄的上空铺满云彩。日子就应该这样过,在喜鹊喳喳不停的叫声里,我们抬起头,看见山花烂漫,看见天空高远,看见一只喜鹊从村庄上空飞过,看见每个人的脸上都洒满阳光、盛满笑意。

2019 年 5 月 18 日刊于《人民日报》

薯叔

初逢薯叔,是在冬日一个傍晚。

我去接女儿下课。风呼呼吹着,梧桐叶在街面上打着旋。尽管我不停跺脚,但扫过地面的寒风依然从裤筒里灌进来。

"怕是要落雪喽!"我回过头,循声望去,一位五十多岁的大叔,双手缩进棉衣的袖口,拉低的毛线帽盖过眉骨,坐在一个街边铺子中,旁边是一个烤红薯的炉子。

"冷,真冷呢。"我走进铺子,站在他的炉子旁,身上仿佛暖了一点。

烤红薯的炉子不高,烤熟的红薯密密匝匝地放在炉面上,能嗅到一股淡淡的焦香。

"等人吧?要不要来个烤红薯?"我点点头,更多的是想用红薯暖暖手。

"红心的,甜着呢。"大叔没有称,直接从炉沿上取下一个热乎乎的红薯递给我,"尝尝薯叔的手艺。"

"薯叔?"见我不解,他爽朗地笑起来,"这条街上的人都这么喊我。"

我低头摩挲着红薯，感受从手心传来的暖意。不一会儿，接连来了几个主顾，薯叔忙开了。大家离开时，都回头喊一声："薯叔，天冷，早点回去。"薯叔回一句："路上慢点，回家趁热吃。"

炉子里的炭越烧越旺，通红的火光映着薯叔消瘦的脸庞，一双戴着黢黑手套的大手，不停地翻动着炉子里的红薯。

仿佛一见如故，薯叔话多了起来，竹筒倒豆子般跟我聊起他的经历。他刚刚过完五十岁生日，从乡下进城已经五个年头。之所以干起这个营生，跟一段往事有关。

薯叔年轻时在外地打工，有一年乘汽车回家过年，买票时却发现，藏在棉衣里的路费不翼而飞。他悻悻地走出站口，碰巧遇见一个卖红薯的外乡人。

"我也不顾脸面了，就和那位大哥搭话，让他借我一程路费。"薯叔回过头笑着问我，"你猜大哥咋说的？"

我话还没有出口，薯叔又接了过去。"万万没想到啊，那位大哥看我也是从农村出来卖力气的人，二话没说先招呼我吃个红薯。"薯叔说，"我一下子心里安稳了。"

接下来，薯叔不仅填饱了肚子，还顺利借到了路费。

第二年秋天，薯叔扛着一蛇皮袋红薯到车站找到那位好心大哥。他说，自己不能吃昧心食，得知恩图报不是。"我拿出自家烧的土酒，在大哥家里喝得烂醉呢。"薯叔顿了顿，"打那之后，我也开始烤红薯。"

半个多小时的讲述里，我知道除了在家种红薯的老伴儿，薯叔还有一双儿女。几年前，儿子考进省城一所重点大学，学费和生活费大部分都是薯叔烤红薯挣来的。那晚我离开时，他又将一个红薯塞给我女儿。我要付钱给他，他连忙推拒："自家种的，不值钱，让娃暖暖手吧。"走了老远，回过头，薯叔还在笑着和我招手。

又见薯叔，是一年之后的年关，我下班后往家里赶，突然听到有人跟我打招呼，"小伙子，过年回老家不？"我扭过头，正是薯叔。

不长时间的寒暄，我努力帮他打开一个心结。薯叔的儿子大学毕业，在城里找了份不错的工作，还处了称心的对象，想接他和老伴儿去省城过年。"怕给娃子丢脸呢，怕别人知道他有一个烤红薯的爹呢。"薯叔摇摇头，脸上的笑容倏然隐去。我一个劲儿宽慰薯叔，去吧，过年在一起就图个热闹，年轻人不会嫌弃这个家，更不会嫌弃您。

年后的春天再见到薯叔，烤炉换作了水果摊，他正拿着保温杯喝白米粥，人瘦了一圈。老伴儿坐在他身旁，不停地重复着："慢点儿喝，慢点儿喝，别呛着。"

看见我，薯叔强打起精神招呼。他告诉我，过年去了省城，查出自己胃里长了个东西。我顿时心头一紧。"但是手术很成功。"看我面色凝重，薯叔补充道。拍着他的肩膀，我一时无语。大妈眼圈红了，低着头说："医生让他休息，孩子也让他休息，他就是不听。"

"我要给孩子凑月供呢。他们不嫌弃我，说有我这样的爹不丢人。他们前些日子还回来陪我卖水果呢。"说到孩子，薯叔又露出了笑容。

春天过后，我没有再见到薯叔；秋凉了，路过那条街，也没有看见薯叔。冬天时，我再来到薯叔的铺子，关着门，依旧没有看到那个熟悉的身影。

我有薯叔的手机号码。想打过去，但手又缩了回来。跟附近的商贩打听才知道，薯叔的儿子把他接到省城去了，薯叔要抱孙子了。

冬天最冷的时候，我感冒了，在诊所打点滴，百般无聊，就发了朋友圈。突然听到一声手机提示音，薯叔发来信息："小伙子，我是薯叔，你咋感冒了，天冷多穿点儿。我又开始烤红薯了。你有空过来，吃几个烤红薯，暖暖身子……"

我知道，那个热情的薯叔又回来了。我告诉护士，把我的点滴调快一点儿，我要去见一个老朋友，他在等着我！

2019年12月9日刊于《人民日报》

心语

"媳妇儿灵醒,手脚麻利,扑闪着一双会说话的大眼睛呢。"

"两口子从未红过脸,尽管日子苦,但感情和睦。"

"两个娃娃机灵,也懂事得很,屋里的奖状贴满墙哩。"

……

车在山道上盘旋,一路上,县里的同志不停地给我们念叨着程良兵的好,一车人耐心倾听,不时发问,迫切希望早点儿见到这户人家。

程良兵的家在安康市平利县广佛镇柳林子村的半山腰,三间土房坐南朝北,门前正在铺设通组路,房子四周绿树掩映,门口的核桃树树影婆娑。

我们到达时,程良兵的妻子陈梅从东屋探出一张笑脸,稍显拘谨地朝我们点点头,一杯接一杯的热茶很快递到每个人手里。粉色衬衫,牛仔裤,运动鞋,一双明亮的大眼睛装满纯朴和热情。

程良兵急匆匆地回家时,T恤衫被汗水溻湿好大一片,笑容如油彩般饱满。

刚下过雨,知了的歌唱并不热烈,程良兵和陈梅坐在我们对面,始终浅浅地笑着，笑着看我们喝水，笑着看我们向村干部了解情况，笑着看我们竖起的大拇指。

他们是焦点，想说话，但是不能。因为他们是一对聋哑夫妻。他们唯一的表达就是如屋外阳光般的笑容。

程良兵胖嘟嘟的儿子小勇坐在门槛上，双手托着脸颊，听我们这些到访者说话。偶尔，他会用简单的手语为自己的父母翻译。小家伙很活泼，像一团跳跃的火苗，坐上一会儿便忍不住在屋内屋外奔跑。他牵着我的手，仰起笑脸，说："叔叔，我帮家里烤烟咧。"我跟在他身后，走向房子一侧的烤烟炉。他打开炉门，低头朝炉子里望了望，顺手加几块桦树桦子。

姐姐程丽挎着满满一篮猪草，从沟对面跑回来。过去几年，姐弟俩一直由奶奶带着在镇上上学，弟弟二年级，姐姐四年级。十几张大大小小的奖状贴满东屋的半面墙，橙黄、浅粉、烫金，各式各样的奖状，俨然是在墙上营造了一个小花圃。

见到程良兵家来这么多人，左邻右舍一下子拥过来，大家你一言我一语。他们说，程良兵家的日子是从三年前开始有起色的。

那一年，他家确定为贫困户，也是那一年，他从外地务工回来，镇上帮扶干部找到他，为他建起一个猪栏。这之后，程良兵起早贪黑拼命干，到年底，一栏猪卖了好几万。他们指着对面坡上一大片绿油油的烟田说，程良兵栽种了二十多亩烤烟，十多亩苞谷，养了几十只土鸡。农忙季节，程良兵实在忙不过来就请工，管吃管喝，每天一百元的工钱，村里不少劳力都在他这儿挣钱呢。

村干部比画出一个"十"字，说："十万，去年这个钱是足足的。苞谷烧酒，酒糟喂猪，猪粪肥田，循环到手的都是钱。"

程良兵的母亲不停地重复着"我儿争气了"！那笑声就像叮咚作响的山泉，很脆很甜。

说话间，程良兵从西屋的酒坛子舀来苞谷烧，陈梅从东屋的厨房里端出刚出锅的腊肉。白色瓷盘里，一块块腊肉红艳艳的，淌着油水，像极了一块块的沙瓤西瓜。屋子里满是朗朗笑声，每个人都为他们的好日子送上祝福，也送上敬意。

在夏日的阳光下，这个朴实本分的庄稼汉子，嘴角微微上扬，食指和中指从鼻根两侧下移至上唇时，握紧拳头，对我们向上跷起大拇指。一旁的儿子从人群里钻出头，给我们翻译说："好，美好！"

在屋外临别的场院，大家纷纷为程良兵竖起大拇指。所有的语言，在这一刻，都换作心语。

2019年12月9日刊于《人民日报》

第十一筐青菜

这是陕西旬阳县吕河镇的险滩村。村里平展展的土地上，一大片时令蔬菜在阳光下泛着油绿的光。

午饭过后，我戴着口罩走进村子。街道两旁的商铺大门紧闭，负责疫情防控的镇村干部，手持话筒沿街走过，他们嗓音有些沙哑。兴许是听见熟悉的声音，有住户推开窗子和他们招一招手。

这就算是新年的问候吧，彼此用眼神道一声保重。

一天进村好几趟呢！一位当地干部说，这个时候，群众看见我们的身影，听见我们的声音，心里才安生。望着各家各户的门牌，村干部说，生活还得继续，日子总会回归平静，对不？

正在村中走着，突然发现，在临近村道的一块菜地里，半蹲着一位老农。

黄色的胶布鞋，裤管沾着泥土，黑色的棉衣拉链敞开，额头淌下的汗水已经浸湿了贴合在鼻梁上的蓝色口罩。见到我们，他直起身子，握着满把青菜的双手在空中对碰了几下，新鲜的泥土从菜根处抖落。

摘菜哩？村干部远远打招呼。

心之清明　　91

他点点头，没吱声，继续忙活。随行的干部提醒了一句，注意防护啊。

老人又点了点头，依旧没吱声，回头友善地望着我们。

这几天还能上街卖菜？我问。

不卖！不卖！这菜不卖！他一口气重复了三遍，很着急的样子，生怕造成误会。

这青菜，我送人呢！他补了一句。

见我没作声，他索性从园子里走出来，站在离我不远处的田坎上，掰着指头数了数：整整十天了！

这菜到底送到哪儿？安全吗？接触了哪些人？一长串的问号在我脑子里打旋儿。

村干部隔着口罩喊话，说说嘛，没事，你说说嘛。

原来，他的女儿是一名护士，就在离家不远的吕河中心卫生院上班，这些日子正在护理患者，已经十几天没有回家。尽管女儿闲下来的时候，总不忘向家里报一声平安，但是他和老伴依旧惦念。

女儿反复叮嘱：待在家里别出门，照顾好自己……顿了顿，他反问道，可哪有不惦记儿女的父母呢？

老两口儿心里发慌，于是就想出这个法子。每天从自家菜园摘一大筐青菜，推着小车送到女儿所在的医院门外——想给医院尽点儿力，是真的；想女儿，也是真的。

怕医院不要，担心这菜不卫生，他就在筐子里写了一张字条，告诉医院，菜是自己种的，新鲜着呢。

女儿知道吗，知道你每天送菜吗？我问。

没说，怕她担心俺老两口，纸条落款我写着"老菜农"。头天送菜，我和老伴儿站在街边，看见保安从院子里走出来，看见筐子里的菜，又返回去，好像在打电话请示汇报。我担心他们不敢收，急忙穿过大街，给保安解释，我就是附近的老菜农，我报了自己的姓名和地址。他们怕冷落了我的一番好意，就收下了那筐青菜，还给我鞠了个躬！

这点儿东西不值钱，是我和老伴儿的一点儿心意，只想让那些和我女儿一起忙碌的医生护士能吃到一口自家园子的青菜。老人诚恳地说。

已经送出十筐青菜了。今天的是第十一筐。老人补充道。

我一时间不知说什么好。要不，我们搭把手，一起将今天的筐子装满吧！我提议。

老人一边装菜，一边念叨，把自己的小日子过好，就是为国家添把力不是？等春暖花开，疫情过去，我和老伴儿要和女儿一起高高兴兴地吃一顿团圆饭。我得跟她说说，你在医院忙活的那段日子，大家伙儿和我们一样，在医院外面给你们加油鼓劲呢。

那个下午，在暖暖的春光里，第十一筐青菜就这样装满了。

我们站在菜园边，一起目送着老人，看着他推着独轮车，载着满满一筐青菜，渐行渐远……

2020年2月17日刊于《人民日报》

炼得泥土烟火色

初夏，雨后初晴，草木葱茏，天上还没有完全消融的云朵镶着金边。临近早饭，忙活了一大早的老张，甩了甩手上的泥水，落座在屋外的枣树下，跷起二郎腿，点烟深吸一口，额头密密麻麻的汗滴好像落了一层蒙蒙细雨。少顷，抬头望望天，自言自语道，天气不稳当，可莫再落雨咧！

不远处的场院边，整齐摆放着十几个刚从操作间里端出来的土盆。他边抽烟边仔细端详着这些泥宝贝，在这一刻，老张眼神里流露出长者的爱恋和慈祥。在他的世界里，这些大大小小的土盆，都是他的儿女亲人，在阳光下具备呼吸和心跳的能力。

屋内，几十个已经在日头底下风干的土盆，两两盆口相扣，沿着墙壁码在一起。正墙中央，悬挂着一块金色牌匾，清晰标注着手艺人老张居所的一项重要文化承载：非物质文化遗产保护项目黑陶制作技艺传习所。据说，经常有文化人和在校学生来这儿学习，老张身兼两职，既是讲解员，也是传习人。

指着这些土盆，老张一个劲重复着：这些日子，一心忙着收拾地里的小麦和油菜，没有多余时间务泥活，家里的存货不多，眼看又到了交货的日子，趁着雨后下不了地，就在家盘弄这些个泥巴疙瘩。

枣树下，堆着好几吨新鲜泥土，怕被雨淋，用塑料布遮盖着。场院上，用草锄敲打匀称的泥土颗粒，摊晒在阳光下，远看好像晾在晒席上的新麦。

不能小看这些泥土。这也不是一般的泥土。是老张从后山山峁上取回来的"生"土，土质细腻，在阳光下闪着油光。老张双手叉在腰上对我讲，这可都是从地面向下深挖三四米，从新鲜的土层取回的上等好土。若是土里掺了杂质，晾干入窑过火时，高温下会爆裂，会影响黑陶的品相。

老张兄弟五个，个个都是制陶的把式。十五岁开始，他跟随父亲学艺。那个时候，老张刚从学校毕业，还是一张娃娃脸。父亲是村里陶器厂集体企业的一名工人，烧制的面盆、盖锅盆和泡菜盆很抢手，不仅在本地一带大有名气，安康的其他县区也都很买他的账。忆起当年的鼎盛，老张站在门前用手当空画了一个圈，道，当时族人大部分都靠制陶谋生，父亲是张氏家族制陶名气最大的一位。

每逢农闲，小商小贩用担子挑着从陶器厂批发的黑陶盆，走村入户吆喝叫卖，有钱给钱，没钱可以用粮食作价，生意做得活泛，苦点儿累点儿，但是一天下来能有不错的收入。

名噪一时的张氏制陶业，从20世纪90年代开始日渐萧条。究其缘由，是市场上出现了大量塑料盆，不光轻便，而且售价也不高。于是，黑陶市场出现了强对手。也就是从那时起，村里的年轻人开始大规模外出打工，只剩下老张和三哥兄弟俩没有丢下这个祖传的手艺。现如今，老张是黑陶制作的第六代传承人。

我蹲在老张身边，他似乎找到了师带徒的那份亲切感，脸上盈满笑意，一问一答中，制陶的大部分工艺都被他讲得清楚透彻。

制陶四十多年，老张把自己活成了一本教科书。啥样的泥土能制出好陶，啥样的土窑通风透气出上品，啥样的天气最适合晾晒成品的土盆且不开裂？老张心中自有摸索出的一套经验，黑陶就是自己端在手上的饭碗，一年五六万元的收入，足以养活一家人。

好土出好陶，陕南雨水充沛，泥土水性大，泥粒饱满能抱团，能满足黑陶对黏性土的苛刻要求。制陶的泥土晒至半干，收拢堆成小山状，在土堆顶部刨一个脸盆大小的窝坑，大瓢浇水，待到泥土颗粒浸湿后，脱鞋上脚反反复复踩上四五遍，踩至泥土生出滑溜感，过水的生土就算是"醒"了。

要让泥土黏性达到最好的状态，还需要用塑料布遮盖，如发酵的面团，在合适的温度里让泥和水深度交融。几个小时后，揭开塑料布，用手分出大小相近的泥团，搬至阴凉处，用事先准备好的灰土，将多余的水分吸收掉，这时的泥土有了自然温度，也就达到了制陶所需的各项指标。

拉坯是制陶最核心的流程，泥团要在案子上和面一般揉捏三五分钟，然后放在坯座子上，用手反复拍打。老张笑着说，制陶的把式，也一定是称职的面点师。和泥和和面一个理，只有将泥和熟了和匀称了，才能烧出上等的陶。

泥团拍打完最后一次，老张用拳头将其砸成一个小窝，然后端坐在坯案旁，用手摁下一个小型电机的开关，转动的电机摩擦着置于坯案下的转盘。此刻，老张正襟危坐，一脸严肃，双手大拇指和食指扶着坯案上螺旋状上升的泥团，三两分钟，就有了一个土盆的雏形，像极了一朵怒放的泥巴花，花瓣是丝绸一般溢着泥水油光的盆壁。

老张抬起头，长舒了一口气，淌着汗水的脸上再次有了笑意。他加重语气道，看似短短的几分钟，要让泥巴听话，巧劲儿全在手上，松紧快慢，全凭着手心里那个微妙的感觉。

老张的操作间只有三四个平方米，除了一台小型电机，再没有其他现代化的工具。操作间的隔壁，就是一口土窑，直径和深浅基本在两米开外，窑腹膨隆成罐状，一口窑一次能容纳四五百个土盆，这样的容量需要空间上的合理安排，窑身上紧下松，让火焰能在窑内回旋缓冲，让每一件陶器充分过火。

烧窑也有讲究，木材首选桦栎木柴桦子，火硬，焰旺，能迅速将土窑的温度升至七八百摄氏度。老张说，烧窑烧的是心性和脾气，如炖汤一般，先是小火热窑，将土盆的水分烘干，土窑的烟孔升腾的浓烟颜色由黑变灰，然后上大火，二十多个小时后，从添火加柴的窑门里细细瞅，直到土盆在火光里闪闪发亮，迅速用砖块封住窑门。

老张讲得很入神，不停地用手比画着。过火的土盆需要在窑里捂三天，木炭灰落满盆壁，为这些即将出窑的土盆着一道深灰的外衣。再开窑，土盆就成了品相和质地上乘的黑陶。拿起窑门外的陶盆，用手敲打得叮当作响，凑近耳旁，能听出清脆利落的金属回音。老张很自信地说，自己烧制的黑陶用上二三十年不成问题。

从十五岁到六十岁，老张感叹，大半辈子都在和泥土打交道，如今身体不中用了，过去一天随随便便能制作六十多个土盆，现在只能根据身体状况，能做多少是多少。他的眼睛掠过一丝淡淡的忧伤，让他遗憾的是，年轻人不愿意学这门手艺，都嫌活脏活累，挣不到大钱。儿子大学毕业自己创业，没有跟随自己学艺，这让他心有所失。年过花甲，盘弄泥土的力气活，让他感到吃力。担心这门手艺今后没有传人，几年前，老张说服自己的侄子，希望他能担起黑陶传承人的担子。没想到侄子同意了，就在他家不远处，四五年前，又建起一口新窑。看到窑上袅袅升腾的烟尘，老张心里多少踏实了一些。

酒香不怕巷子深。老张的黑陶不愁销，安康各县区都有自己的销售网点，定期上门来进货。更让老张感奋的是，如今在安康城开往城东的一路公交车，在他家房前设了一站点，取名"盆盆窑站"。这对于老张而言，是莫大的鼓舞和认可。很多人一下车，就能看到老张摆放在院子里的土盆，就能看见两棵大枣树，就能看见两棵大枣树下腰身佝偻的老张在院子里忙活。

已经三代同堂的老张，不确定自己房头的土窑，每个月是否还能升腾起炊烟一般亲切的青烟。临别时，老张反复嘱咐我，一定要让更多人记着黑陶这门手艺，让陕南黑陶一代一代传下去，让自己盘弄了大半辈子的陶制品，不要消失在市场上。毕竟，在乡村的锅灶上，还有许多村妇依然惦念着安康生产的土盆，毕竟，每一个土盆都承载着好几代人的记忆，毕竟远近闻名的黑陶曾是张氏一族的荣光。

也许在老张的心里，早已将黑陶当作自己一手养大的儿女，也许他讲不出黑陶养生，黑陶通人性，黑陶是阳光、水和火炼出的乡村艺术品。他只是默不作声地弯腰在每一个日出日落，每一粒泥土，每一滴汗水，都交融着他对这片土地、这项技艺最深沉的爱。四十多个春秋，出窑的数十万只黑陶土盆，被他一一给予鲜活的生命体征和密码，也成为他守望一生的泱泱大作。满脸烟火的老张，赋予了每一只黑陶姓和名、高和矮、胖和瘦，也让滚滚岁月生出火红火红的泥土笑脸。这一切，都是他对高天厚土的深情告白。

就像门前那两棵郁郁葱葱的枣树，经风沐雨，根须挺立在大地深处，春来枝繁叶茂，秋来硕果累累。

2020年4月28日刊于《中国青年作家报》

唢呐悠悠

陕南的喜宴上，和土菜老酒一道端上桌的，必然有喧天的锣鼓和悠扬的唢呐。锣鼓响起，主家的心意就到了，场面跟着热火起来，客人手中筷子的节奏就跟着慢下来，就连半蹲在枝头的鸟雀都转过身子，停止叽叽喳喳地歌唱，好似一个个神情专注的戏迷。锣鼓声是雷阵雨，骤然停歇之后，唢呐吹出天边的彩虹，吹出一个艳阳天，吹得客人的脸上泛起酡红的云彩，微醺在唢呐欢畅的曲调里。

唢呐手多半是师徒，是父子，是兄弟，是高矮胖瘦相当的一对组合。在乡间，一对出众的唢呐手，需要相互配合多年，音韵才能融为一脉。就算口中含着唢呐音芯吹得欢实，只要微微侧脸瞟一眼，就能从眼神里读懂对方的心思，就知道这曲落音，下一曲该如何起声。外人听起来，好似从一人嗓子里分流出的两股音。他们性格开朗喜兴，脸上淌着蜜甜的笑，很职业，也很投入。日子久了，乡亲们只要听见唢呐的腔调和声色，就能猜到是哪一对组合，就能听出吹奏的曲目，就知道村子里谁家又添了喜事。

一根油亮油亮的管身，布满豆粒大的气孔，唢呐手鼓起腮帮，在不停的气息转换中，让来自胸腔的每一股气流从指尖下匀速涌过，最终从铜质的喇叭口如飞瀑倾泻。和风细雨优选出的声音，窖藏在大地的每一个角落，只需唢呐一声呼唤，它们就化作漫天音絮，如春风中的蒲公英，舞动在群山支起的谱架。

唢呐响起，乡村大地侧着耳朵，听见风将山冈上啃草的牛羊吹得如云朵散开，听见噼里啪啦作响的柴火从灶膛升起缕缕炊烟，听见漫山遍野的山花在春风里打滚撒欢，听见泥鳅和小虾挠得山溪咯咯大笑，听见金黄的麦田在开镰收割前胸腔里大浪澎湃……这些水洗般干净的音符，如雨后的树叶生出闪光的镜面，每一个旋律都沿着叶脉的河流荡漾出清晰优美的曲线。

广袤的乡村大地，凹凸起伏着一个个饱满生动的音区，只有扎根沃土，热爱生活的人们，才能如唢呐手熟练地手持声音的彩练，让每一个音区，既能独奏一方山水，亦能合唱高天艳阳。唢呐手就是舞台正前方的指挥师，起起落落的每一个手势，饱含款款深情，也寄托着对未来生活的美好祝福。在他们的眼里，大自然的一草一木都有自己的曲库，唢呐手只需将耳朵贴在它们的心房，把耳畔的脉脉律动完整演绎出来，让细小的、柔和的，纯粹而自由的声音，通过唢呐的堰渠流出一条条大江大河，为每一粒泥土，每一株庄稼，每一面青山舀一瓢乡乐的水。

一支小小的唢呐，一头连着山川河流，一头连着日月星辰，在这个并不悠长的声道里，总能听见一份热烈，一份欢腾，一份快意。只要鞭炮响起，锣鼓响起，粗犷的山歌响起，唢呐绝不会缺席这场盛大的交响乐，尽管它只是乡村民乐家族中微不足道的一分子，却能用悠扬柔和的曲调，平缓乡村民乐合奏的每一个高潮，然后再生出新的更大的音浪。

唢呐手是成长在乡村大地的民间诗人，每每举起唢呐，眼前总有一幅徐徐展开的画面，或者是群山端起酒杯庆贺丰年，或者是飘着花瓣的溪流曲绕回旋，或者是肩扛着锄头的老农牵着耕牛下田，或者是新娶的媳妇羞怯地站在屋檐下等待丈夫日暮归来，或者是一场大雪过后山村着一身厚厚的银装……他们忠实地复原每一个被打动的场景，让声音沿着四季走过，走到阳光的最盛处，走到百姓的心坎上。

待到农闲，兴起的唢呐手站在屋檐下、山冈上，或者找一个地势开阔的山峁，为寂静的山村激情独奏一曲。他们要在风调雨顺的好年景，为头顶的天空和脚下的田野捎信；要在国泰民安的好时代，为百姓、庄稼和一切努力生长的生灵祈福；要在身强力壮的好年华，为静好的岁月放声歌唱，让幸福和甜蜜如高山流水、蓝天白云，成为乡村大地繁荣振兴的丰厚滋养。声声唢呐，比春雷更能打动朴素的庄稼人，让他们在农忙间隙，从并不遥远的生活中找到心动的声音，把再简单不过的喜庆，热闹成一个盛大的节日，最终又如摊晒在场院的谷粒，装进乡村文化的粮仓。

唢呐就这样成为陕南最受欢迎的乡村乐器，只要悠扬的唢呐奏响，许多双耳朵竖起来，薄如花瓣的耳膜，总能生出馨香，让每一根神经都松弛下来，绵软下来。唢呐悠悠歌盛世，唢呐就是大地和百姓的对话，只不过是换了一种语调，唢呐也是百姓共同的音腔，被唢呐手用如阀的指尖打开，让山歌和着山歌，让好运连着好运，让阳光拥着阳光，让一切对生活心生爱意的人们，共同陶醉在高天厚土的春风大嗓里，也让每一个音符都讴歌着时代胜景和美丽乡村。

2020年5月19日刊于《中国青年作家报》

家乡的甜水

最早把我带进这座城市的，是一只装着录取通知书的牛皮纸信封。

那是1993年，在一首《小芳》唱遍大街小巷的初秋时节，我第一次踏进这个叫作安康的城市，循着录取通知书上的地址——育才路96号，找到接纳我入学的校园。

我不确定当时的安康城到底有多大，从小山村走出来的我，眼前每一条马路都宽阔得好似大江大河，我不敢轻易地迈开双腿，只好站在行道树下怯怯地张望。

街巷周围的摊贩，从神情举止，轻易辨认出了我的学生身份。你是育才路的吧？一句简单的问候，流露出些许尊重和高看，也瞬间拉近了我和这条路、这座城的距离。

一份亲近感，就这样建立了。于是，拜访一座城市，首先从一条路开始。

育才路在安康城有着非比寻常的地位，从九年义务教育到中专、高中、大学，六所学校的校门沿街而立，每到上下学，过万的学生将不宽的街道挤得水泄不通，叮叮铃铃的车铃声，潮水般淹没了街边小摊小贩的吆喝声。

路两旁栽种着高大茂密的法国梧桐，枝叶遮天蔽日，给这条路平添了清幽雅静的学府气质。每天晚自习过后，借着昏黄的路灯，总有学生手握书本，或倚或蹲，或踱步在树下，旁若无人地夜读。多少年后，熟悉的场景时常浮现在眼前，耳畔仍会漾起一份莫名的感动——寒冬里，落叶在风里窸窸窣窣地打着旋，街上偶尔过往的行人，脚踩着焦黄的梧桐树叶，街灯幽暗，环卫工人手中的扫帚轻轻落下，又轻轻扬起，生怕惊扰了树下的学子。

四年的求学生活，让我慢慢熟悉并热爱上了这座城市。就连育才路上朝夕相处的那些小摊小贩，亦丰富着校园生活，他们的笑脸，他们的语言，就连他们一个不经意的眼神，都是那么友好，又是那么纯朴。以至于多少年后，我们再次相逢，还能彼此点点头，简单地打个招呼。

真正融入这座城市，是在20世纪末走出校园之后。几经周折，在安康城东，我终于找到一个愿意接纳我的单位，尽管是我并不擅长的销售工作，并且要长期驻外。

就像这座城市放飞的一只风筝，我被派驻到千里之外的泉城济南，出差前一天，我自掏腰包，制作了一盒名片，并特意叮嘱店主，将"安康"二字放大些，要让外面的人知道，我是从这儿来的，是从一个盈满吉祥的城市来的。

起初，他们好奇地问我，安康在陕西的什么方位，那里是否黄沙漫天，是否盛产小米和苹果？我不厌其烦地解释，安康在陕西南部，是个伴水而生的城市。她虽然生在西北，却有南方小城的特质，水色，温婉，秀气，宜居。那里山清水秀，遍布山村的泉眼，水壶一样挂在大山的肩膀上，而山脚的江水偏又生成一面镜子，天上的云朵争着抢着对镜梳妆打扮哩。他们都笑着说，你把安康夸得惹人爱呢，得空，一定去安康走走看看。

没想到，我口中描绘的好山好水，成为我递出去的第一张城市名片，并得到他们的回应和接纳。以至于后来，他们不再直呼我"小吴"，而是亲切地称我"小安康"。

年底出差归来，当乘坐的绿皮火车行至与安康接壤的湖北十堰时，我迫不及待地将脸紧贴在冰凉冰凉的车窗玻璃上，不眨眼地往外看，外面一片茫茫夜色，但我却固执地觉得，窗外的一草一木都生着亲人的面孔，都在向我招手。列车终于抵达安康，出站后，听到熟悉的乡音，看到熟悉的城市，我竟站在车站广场，醉汉般迈不开步。蓦然发现，这个叫作安康的城市，竟是这样牵动着我的情感，吸引着我去热爱和拥抱。

几年之后，我换了新工作。当我坐在报社三楼编辑部写稿编稿时，对于报端套红的安康二字，更生出无法言表的敬畏。从那时起，我也有更多的机会向外界推介这座城市。这期间，我参与了"把安康带回家"大型主题征文活动，在分拣和遴选这些文稿时，能品读每一个参赛者对这座城市的赞美和爱恋，甚至能感受到，他们在键盘上敲打安康二字时的真情和力量。穿城而过的这条汉江，也成为大家引以为豪的城市文化符号。

从此，把安康带回家，就成为和游客握手言别时的美好祝福，也是一份寓意深刻的礼物。这座城市的市民认为，安康不仅仅是安康的，也是所有人的，是语言的，也是情感的，永远寄托着美好、幸福和希望。就像奔流不息的汉江水，悠悠荡荡，带着安康的韵律和诗意，一路南下，也一路北上。就像当初我手握着那份录取通知书，带着憧憬和希望去抵达——那梦想的正前方。

2016年9月，"同饮一江水——水源地陕鄂豫三省群众代表考察南水北调中线工程"活动在天津启动。作为采访团成员，我和安康的几位代表走进天津一市民家中，共话南水北调给生活带来的变化。知道我们之中有安康人，各家各户显得格外亲切，他们说，早在我们来天津之前，他们已经去过安康，不为其他，就想看看那里的山，那里的水，还有那里的人。他们还说，看到碧波荡漾的汉江，不由得蹲在岸边，掬一捧水亲热地凑近鼻尖，好像在异乡遇到了亲人。那之后，安康这座城市就时常出现在梦里，梦醒时，耳畔似有哗啦啦的流水声。

看水不如听水，听水不如尝水。作别时，随行的一位成员轻声央求一位老太太，能否让他尝尝从安康引流而来的汉江水。也许，他是想以这样的方式，委婉地告诉带着使命北上的水滴，我自安康来，是娘家的亲人，不远千里，只为来走一趟亲戚。

从老人手中接过一杯清水，他仰起头一饮而尽，嘴里不停地念叨着一句话，甜着哩，转面的瞬间，我不经意发现，有泪水从他的脸颊轻轻滑落。

在北京团城湖明渠，风拂过湖面，似曾相识的水草气息，让我久久地呆立在岸边，粼粼波光拽着我的视线，就像孩子牵着母亲的衣角。在北方，在异乡，在那个烈日投下万道金光的响午，我一一告诉身旁的采访团成员，这水来自安康，来自大巴山深处，来自一眼一眼的山泉，来自北上的汉江河道。每一滴水都镌刻着安康的名字，每一滴水都会说话，她们一定用家乡的口音送出祝福——把安康带回家。

去年夏季，中央媒体来到安康采访生态环保。在座谈交流时，我向他们讲述了这些年来，安康如何守护这一江清水。在讲到作为西北最大的淡水湖和南水北调水源涵养区的瀛湖，及其周边以渔业为生的百姓为了向北方贡献一捧甘甜，自发拆解数万口网箱，继而在库区两岸兴果发家，用巨大的勇气和担当，让产业上岸，让一江清水永续北上时，坐在我对面的一位媒体领导，边听边记，在我们目光相碰的那一瞬，我看见他的眼里蓄满和我一样的深情。

座谈结束，我们双手紧握。和往常一样，我送上祝福，请把安康带回家。他点点头，回我道，汉水情谊长，相逢问安康，这份美好的祝福我收下了。

2020年8月5日刊于《人民日报》

做乡亲们的贴心人

立夏刚过,陕西省岚皋县蔺河镇蒋家关村五保老人王学翠就又病倒了。

这是王学翠今年第十趟去医院。这一回,陪在她身边的不是村党支部书记伍先忠。因为腰疼得厉害,伍先忠也在接受治疗,所以就让儿子伍鑫陪护王学翠。

身体稍稍好转,伍先忠就急匆匆地赶到医院。"咋个样,好些了?"王学翠问道。"比前几天倒是松泛多了。"伍先忠弯下腰,用手摸了摸老人浮肿的脚背。

"今晚让娃娃回去睡。"王学翠指着放在床头柜上的一盒药,说,"他身体也不大舒服呢。""莫事,我来!"话音刚落,伍先忠径直坐到了床沿上。

"莫事,我来!"过去三十多年里,这是身为共产党员的伍先忠最常说的一句话。

一

1995年，而立之年的共产党员伍先忠担任蒋家关村党支部书记。

那时，村子依然贫困。山大沟深之地，即便有时收成不错，富余农产品也运不出去。年轻人一茬茬外出务工，村里一片萧条。

上任后的头一件事，伍先忠决定从通电开始，让村里彻底告别煤油灯时代。

"愿意通电的，请举手！"伍先忠的话刚出口，会场就齐刷刷地举起了手。

群众有热情，伍先忠就有了干劲。初步匡算，各家需要均摊六百元左右的费用。村民们纷纷想办法凑钱。可是近半年时间过去了，仍有好几户没凑够钱。"伍书记，不是我们想拖后腿，是真的想不出办法！"

"莫事，我来！"伍先忠组织几名村干部到信用社贷款六千元，先凑齐材料款，开始栽电杆拉线。随后，他又把贷款分批次全部转到自己名下，一人扛起了所有的还贷压力。

1997年春节，沉寂了多年的小山村终于通上了电。一些老人喜不自胜："真没想到，老土屋还能挂上电灯泡。"

然而，那头，伍先忠家却闹翻了天——直到信用社上门催收贷款，妻子袁永翠才知道伍先忠给家里捅了个大窟窿！

袁永翠红着眼睛数落："背着这么多的债，日子怎么过？"伍先忠一声不吭。

"你把娃娃带好，我去挣钱回来还账。"那一年春节没过完，伍先忠就要出发去浙江打工。听说他要走，家里一下子来了十多个村民："伍书记，你去哪儿，我们跟着去哪儿！"实在拗不过大家，伍先忠最后决定："亏了钱，路费算我的；挣上钱，你们赶紧还账。"

到了浙江后，伍先忠恳求老板，能否每人先支付一个月工资。见伍先忠为人实在，还没开工，厂里就为每人预付了一千元工钱。

这笔钱很快邮寄回了蒋家关村。村民们循着汇款单上的地址找到了伍书记，也给他带去袁永翠的口信："平平安安回来，别苦了自己。"

年底，伍先忠用打工挣的钱还了贷款。

十多年后的 2011 年春天，为了修通一条长 3.5 公里的产业路，伍先忠再次找到银行贷款。与当年一样，伍先忠先让村干部贷款，交上工程款如期动工后，他又一次把贷款全转到自己名下，一人扛起所有的还贷压力。

至今，伍先忠还有十五万元银行贷款没还上。妻子责怪他做事冒失，他却满怀信心："村集体经济发展壮大了，一切都好说。"

二

2014 年初夏，伍先忠病倒了。一检查，早期食管癌，需立马做手术。那时，他的妻子也因病刚做手术不久。

村民们得知消息后纷纷说："就是花再多的钱，我们也要救伍书记的命！"

正在四处筹钱的伍先忠婉拒了这份好意，他只捎给乡亲们一句话："大家安心在家等着，等我回来。"

手术前夜，伍先忠怕第二天出现不测，便找来纸和笔写下："这可能是我最后一次向组织汇报思想了……如果我回不来，请找一个作风过硬的同志带着乡亲们继续奔光景……我还有一些贷款，用于修路，请组织相信我，这些年我没有乱花一分钱，没有还上的贷款，我让儿子替我还清……"

他又给两个儿子留下话："如果我下不了手术台，要照顾好你们的母亲，这些年，跟着我，她没享到一天福。银行贷款你们一定还上，不要向组织提任何要求，一定不能……"

四个月后，伍先忠和妻子袁永翠刚刚回到家中，乡亲们便接踵而至，全村五百多户，没有一家落下。

三

2015年，原蒋家关村与立新村合并为新的蒋家关村，村两委班子要重新选。

选举村党支部书记的这天早上，袁永翠对伍先忠说："老伍啊，你可是搞不得了哦，好不容易身体才好些！"伍先忠点了点头。

全村九十四名党员，除去在外打工赶不回来的十六人，其他七十八人全部到场。群众也从四面涌来。

尽管投票还没开始，但是大家心里都装着一个人——伍先忠。

投票结束后，开始计票。伍先忠的名字响起七十七次。大家正纳闷，是谁少投了一票？

这时，身体还未完全恢复的伍先忠被人扶着站起来，说："这一票是我没投自己。做了这么大个手术，我怕身体撑不下去，影响村上今后的发展！"

"不要紧，还有我们，我们能帮你！""你给思路，我们出力！""这副担子，只有你能挑得起！"

见此情景，伍先忠百感交集，慨然道："既然大家这么信任我，我就是豁出命，也要跟大家一起把村子建设好！"

这一天，回到家，伍先忠刚跟妻子挑了个话头，袁永翠就反问道："你的身体能吃得消吗？你咋不要命了呢？"

这一问，伍先忠无言以对。又想起出院时医生的叮嘱："不要劳累，饮食要规律，定期来复查……"

良久，伍先忠才开口："能为村里办点儿事，就是命丢了，也值！"

打那天起，伍先忠开始与时间赛跑……

四

"品行比成绩更重要。"伍先忠这样教导两个儿子。

"我爸活在信仰里！"在伍鑫的记忆里，家里是父亲的另一个办公室，村民来办事，他总是不厌其烦。

长期的耳濡目染，儿子的心中种下正直善良的种子。"长大后，一定要做父亲这样的人。"怀揣着这样朴实的想法，伍鑫在高中毕业前光荣地加入了党组织。从那以后，伍鑫感觉和父亲靠得更近了。二儿子伍军也紧跟哥哥的步伐，二十三岁那年加入了党组织。

"实际上，父亲是我没有写在纸上的入党介绍人。"伍鑫道出心里话。

那天，伍先忠给儿子打电话，以"我和你妈想你了"为由，让在西安工作的伍鑫得空回家一趟。

回家后吃完饭，伍先忠提议，父子俩一起出门散散步。伍鑫了解父亲，父亲一定是有事情要和自己说。

还没等伍鑫张口，伍先忠问儿子："这几年，村子发展得还行吧？"伍鑫接过话："那还用说，和小时候相比，可以说是巨变啊！"

伍先忠长叹了一口气："只可惜啊，眼下村里需要有能力、能吃苦的年轻人，好多事情还得再推一把。"伍鑫瞬间反应了过来："爸，你是不是想让我回来？"

"嗯，有这个想法，所以想征求下你的意见。"伍先忠满脸温和。"爸，我听你的！"让他没想到的是，儿子回答得斩钉截铁。伍鑫明白，父亲想让自己回来，一定有他的道理。

很快，伍鑫出现在村里，出现在伍先忠的身旁。

看到伍鑫放着每月上万元收入的工作不干，回家创业，大家先是想不通，后来想通了：这都是为了村上长远发展着想啊！受此触动，一些村民纷纷动员子女回村发展。三十多名年轻人先后从外地回乡创业。在年轻人的推动下，村里的特色产业发展得越来越红火。

五

术后几年来，伍先忠的身体恢复良好。医生说他创造了奇迹。伍先忠却说："哪儿来的奇迹哦，我的命是乡亲们拽回来的，和他们在一起，心里踏实，也舒坦，往后再苦再难我都要坚持下去。"

今年2月25日，作为全国脱贫攻坚先进个人，伍先忠走进人民大会堂接受表彰。这位一向坚强的汉子，在会场流下了泪水。

走出会场，想到千里之外的蒋家关村，伍先忠归心似箭。他多么想立马赶回去，和乡亲们一起分享这份巨大的喜悦和荣耀。

在伍先忠的带领下，蒋家关村大步走在振兴的路上。今年"七一"前夕，随着两名预备党员转正，全村的正式党员人数从三十多年前的十多名，发展到整整一百名。这是又一件让伍先忠倍感欣慰的事。

2021年10月6日刊于《人民日报》

运春

如果说正月是一年之中的序言,那么腊月则是后记。年复一年,我们以生命的年轮为轴,在叙述,在表达,在翻阅,或深或浅的脚印,是一个个情感饱满的标点符号。握在手里的桨,在岁月的河面留下长长短短的字句。有时,我们更像是一叶小舟,渡人,渡事,也在渡己。从正月到腊月,从离岸到靠岸,其实就是一次往返,一次运送。

进入腊月,就算天寒地冻,满眼萧瑟,但透过冰雪之中的蛰伏,依然能感受到草木哈着雾沉沉的热气,奔跑在迎接春天的路上。时节的口哨悠扬,万物敏感而忠诚的内心和我们一样,总有一份抵达光阴彼岸的信仰。当雪花凌空盛开,漫山遍野应季的花朵一呼百应,如一盏盏迎春的灯笼,挂满高高低低的枝头,让云朵露出笑脸。

寒风呼啸中,一条通向春天的大道正在铺就。未曾放慢脚步的我们,也更加期待满载而归,再次回到相濡以沫的时节,再次回到亲人身边。重逢总是情感里最美好的章节,总是带有磁性的血浓于水的吸引。

在这个季节,没有什么能比回到故乡更让人心驰神往,就像花朵回到春光，就像鸟雀回到枝头，就像彩虹回到天际。在离家或远或近的他乡，我们每个人都在张罗着归期。回家的路一旦在心中煜暖煜热，情感的根芽一经唤醒，无论身处何方，家的方位和坐标便瞬间清晰起来，亲人的声声呼唤如浪潮般在耳畔起起落落。

到了年关，也就进入了游子情感激活的周期。在梦里，归家的路如丝带在天地间铺陈、延展。老家不远，就在视线尽头，那山那水，那炊烟袅袅的石墙瓦屋，那阡陌纵横的乡村田园。

在亲人的渴望和牵念中，回家过年的念想，如慈母温存可亲的脸庞，让游子魂牵梦萦。

心房充盈着一种莫名的温热，那是只有到了这个时间节点才会出现的一种情感投射，沿着每一根神经游走，从头到脚，有一种无法言喻的心动，让人无所适从，彻夜辗转。

回家过年，是一个不能轻易触及却又常常被提及的话题。在春天还没有到来之前，首先暖和起来的是电话两端的浓浓乡音，好似春风一样，春水一样，春天的云彩和花朵一样，凑了上来。每个人都是春天的一部分，但最浓的春色一定是在心中的家。

一张归乡的车票，是游子手持的线，一头牵着脚步，一头连着思念。手中大大小小的行李、花花绿绿的服饰，已经有了早春的气息。就算额头挂满豆粒大小的汗珠，就算路途遥远，但置身其中的每个人都幸福地笑着、嚷着、呼喊着，生怕这一场奔赴被打断。从脸颊滑落的汗珠比春天的雨水更清甜，也更能滋润每一颗盼望春归的心。仿佛，每一张扬起的笑脸，都是一片片晕红的花瓣，要从这个城市带回春归的讯息，带回属于自己的那个春天。

满满当当的行囊是另一种花苞，挂在或高或矮的肩背上，一定要将花期留给故乡，要换一种方式参与春天的欢唱。似乎没有什么可以阻挡这份热烈的向往，就像春天正在天空的云朵中穿行，就像根须正在冰雪消融的泥土里摆动，就像草木正在春光朗照里将第一枚叶芽捧出。

列车启动的那一刻，进站的兴奋劲儿倏然变浅变淡，人变得有些惆怅。斜靠在座位上，目不转睛地望着窗外，望着和列车反向奔跑的田野，田野上奔跑得更快的山川、河流、庄稼、牛羊、道路和屋舍，双目湿润。这一年来，离开家乡的奔波，早出晚归的工作，正如这负重前行的列车，奔向美好的前方。不大的车窗，此刻俨然就是一块巨大的幕布，无数个场景在眼前一帧帧回放。场景里有自己的影子，有时光中忙碌的日日夜夜，还有已经从屋里走出来的亲人，正在路口热切地张望。

南来北往的列车满载着乡情乡音，一汪浓得化不开的乡愁，把烟雨岁月从大地一端搬运到另一端。人来人往的车厢，有人托腮远望若有所思，有人双臂互抱闭目养神，有人低头不语平复心绪，有人三三两两聊着彼此之间的故事。这一刻，一个个单纯的生命个体，从不同城市将春天运回故乡。高速行进的列车如春耕的犁铧，在广袤的大地上穿梭，而人们亦是一粒粒幸福的种子，将自己播撒在春天的土地上。

在街巷，在村口，在故乡敞开的怀抱里，游子的身影是牵引着亲人视线的一只风筝，高天之下、厚土之上，吸引着亲人的目光。归来时，每个人的心里也都装着一个春天。这春天原本就是大地和枝头最美好的一抹春色。而春天里的每一张笑脸背后，都有一个关于天空的梦想。

腊月的最后几天，是归乡的日子，是团圆的日子。挂在屋檐下的一盏盏通红通红的灯笼，分明是一处处明亮了千年万年的情感标识，比春天的花朵更热烈、更饱满，更能打动每一个奔走在归乡路上的游子。家在哪里，欢声笑语就在哪里，年就在哪里，春天也就在哪里。

如稍作停留的倦鸟，在巢穴里收拾羽毛，解乏消困，蓄积力量，待精神振作之后，我们又将展开双翼，再次沿着来时的路，将故乡的春天、亲情的春天、事业和梦想的春天运向未来。紧握在手中的春之力量，也再次交给岁月，交给崭新的一年。

这时春暖花开，山河锦绣；这时万物复苏，草长莺飞。

2022年1月28日刊于《陕西日报》

生理期

生理期好像只和女同志有关。酒席上，推杯换盏，逼急了，她们会含蓄委婉地说一句：最近那个什么，不好意思啊，身体不适，请体谅包涵一下，我以茶代酒诚心诚意地敬大家。只要这话出来，再口齿伶俐的劝酒者也只好作罢，这是多么充分的理由啊。当然，不排除拿这种说辞作为自己的护身符和挡箭牌，但是有谁会和女同志的生理期过不去，有谁能让女同志拿出生理期的证据来，那样未免太不地道、太过分了点儿。

上学时，老师讲到生理期的有关知识时，女同学一律低着头，不言不语，面带羞涩。男同学听得认真，对生理期充满好奇，总希望老师讲慢点儿讲细点儿，能对异性多一点儿了解。其实，生理期也没什么神秘的，完全用女同志的一句话就可以概括：每个月的那几天。到底是几天，因人而异。但是从生理卫生的角度来考证，那几天应该是规律的，也是有临床表现和注意事项的。总之，生理期如同无数个坐标点，一清二楚地勾画出女同志从豆蔻年华到知天命之年的这一岁月痕迹。生理期陪伴她们几十年，那是她们身体里的河流，习惯了潮涨潮落，也习惯了汛期来临时的泥沙俱下，一旦告别了生理期，或多或少会有一些不适应，甚至恐慌和烦躁,她们明白丢失月信和生理断流意味着什么。从这个意义上讲,有生理期的女人是幸福的,也是水润丰盈的。

其实,生理期不是女人的专属,男人也有生理期,而且男人的生理期反应更为明显。男人在每个月的那几天也会有情绪波动,也会有身体不适,也想安静独处。可能是两三天,也可能是一个周,在这段时间,男人脾气暴躁,会因为一丁点儿小事发作动怒,若是有风度一点,将脾气带回家里,要么来一顿闷酒一醉方休,实在忍不住会对自己的老婆和孩子发点儿牢骚给点儿脸色,若是涵养不够的,会对自己的同事和下属倾泻自己的烦躁,会让他们感到无所适从。当然,大部分男人对自己情绪的处理,选择了独自承受,会闷在心里,自我调整和修复,逐渐蒸发或冷却,不能如女同志那样选择一种渠道和媒介进行生理代谢。于是男人的生理期永远是封闭的,只能在自己的身体里翻江倒海,他们忍受着难言的隐痛,照样喝酒抽烟剧烈运动,他们不会刻意去保护自己的身体。那几天里的他们心神不宁,抑郁焦虑,有时会莫名感伤坐立不安,身体里似乎乌云密布,随时都会大雨倾盆;有时会选一空旷处放声大吼,如一尾被海浪裹挟到岸边的鱼,渴望一口新鲜的海水和氧气;有时会感到空前的迷茫和彷徨,不知道自己的明天在哪里,眼前一片昏暗,在困顿和焦灼中一遍遍推敲自己的人生,期望能找到一个答案,弄清楚活着的意义和理由。

男人不会轻易承认自己有生理期,但无论承不承认,生理期总是不期而至。在某个早晨,在穿衣出门或者上班途中,突然感到自己无精打采,内心飘浮着雾霾或者横铺着尘埃,点一根烟,可劲儿地抽几口,想把心里的不快吐出来;在某个夜晚,躺在床上,分明听见身体内部异样的响动,嘈杂且浓稠,好像被什么包围了,冲不出去,也没力气突围,只好静静地躺着,毫无睡意地等待着身体一截截入眠;也可能是在某个雨天,望着窗外淅淅沥沥的雨滴,心里湿透了,掠过一丝凉意,细密的雨滴如针扎般刺疼身体的某个部位，很想找一处安全舒服的地方把自己藏起来。

　　生理期其实是自我减压自我净化的一个的周期和途径，用短短的几天时间，把身体里的那些个残渣和负能量统统代谢出去，然后，一身轻松地投入新的生活和工作中，让内心变得干净、变得阳光、变得积极向上。生理期的长短不重要，重要的是如何度过，如何借助这段时间让自己在透支之后逐渐恢复起来，饱满而又从容面对。其实，大自然里的很多东西都是有生理期的，比如土地，她们以季节为生理周期。二三月，她们如少女开始有了月信，冬眠初醒的身体，迎来一年里的第一次耕种，每一粒泥头都是一个天然的宫体，等待着种子的播撒，散发着雌性的体香，让春天多了生机和活力。夏季，在烈日暴晒下，她们逐渐被禾苗染绿，无数次汗湿的身体在夜间蒸发、在清晨挂露，她们的生理周期是短暂的，在前半夜伴着流萤入睡，在后半夜被习习凉风摇醒，然后分泌足够的乳汁喂养每一株庄稼。秋季是产期，她们忍受着庄稼和自己的身体剥离时的那份疼痛，眼睁睁地看着庄稼颗粒归仓，生育就是这么伟大。很快，她们又会着床，享受着妊娠的煎熬和幸福，并伴着均匀的呼吸逐渐进入冬季，裹着厚厚的雪花再做一次孕妇。春种、夏收、秋播、冬藏，在二十四个节气为单位的轮回里，土地如女性般享受着一个完整的孕育过程，她们用大自然的方式巧妙而规律地完成自己的生理期，丰腴的身体接受着年复一年的耕种，只要播撒种子，她们就不会荒芜。树木是有生理期的，细密的年轮记录着她们每一个生理期的成长发育，在生根发芽开花结果的过程里，她们默默地为自己也为大自然留下生理期的痕迹，等待着多少年之后的翻阅。河流是有生理期的，河床作为她们身体的一部分，用沉淀的手法让自己宽阔清澈起来，给鱼群和浪花应有的礼遇和生态，让生长在一条河流的物种同脉同宗，她们的生理期只有自己能看得见，偶尔的翻腾和咆哮，是为了更通畅地前行。

生理期以时间为刻度，忠实地记录着成长发育过程和蜕变更新的代价，如无数颗圆润的珍珠，一颗颗串起来，挂在岁月的颈项。没有勇气和决心，很难轻松度过，也难有收获和体悟。试想，没有生理期，我们将会怎样，大自然将会怎样？生理期看似很短，短到刚开始就结束，生理期却又很长，长及我们的一生一世。无论长短，我们每个人都活在生理期、活在循环和代谢中。

2022 年刊于《散文选刊》第 8 期

第三辑

大地有耳

大地有耳

乡下的老人认为，天地之间有一副好大的石磨，上扇是天，下扇是地，风推着磨转，把云朵磨成雨滴，把星辰磨成闪电，把山川河流磨得雷声轰鸣。

雷声是迎接雨水的礼炮，抑或是草木禾苗进入节气的闹铃。城里人听见雷声，第一反应是关闭门窗。乡下人则不然，雷声起，躲在屋檐下仰起脸迎雨，响雷从耳朵里滚过，从眼睛里滚过。心里藏着一个朴实的想法，雷声就是天空和大地之间的某种方言，是一封来自天空的雨情电报。

雷声轰鸣，在乡间和百姓一道竖起耳朵的，还有一种雨滴般大小的生灵——地耳。对它们而言，雨水堪比乳汁。在一场大雨过后，这些大地的耳朵，装满雷声雨声，迅速铺满山冈，比根须、比枝叶、比花朵更准确地找到生长的方向。

打春后，地耳应该是首先睡醒的。它们柔小的身影像一只只翘起的耳朵，听雨水在阳光下奔跑，听落在地上的云彩被风卷起又铺开，听雷声碾过的泥土和石头使劲地翻身。地耳一动不动地趴着，巧妙地捂住身子下面的雨水和雷声，担心阳光下的蒸发会让它们生命的河床再次干涸。蜷缩的耳朵耐心地等待春雷响过，只要春雨浸湿地面，地耳星星点点的黛绿，如火把举起来，为早春增添一抹春色。

乡间也有人将地耳称作地衣，是雨水和雷声一针一线织起来的丝绸大氅，嫩滑如小蝌蚪刚刚脱去的胞衣，裹着一层水湿的皂沫，在阳光下泛着油光。起初是一簇，很快像雨滴牵着雨滴在田野上奔跑，洇出一大片，毯子一般从山头散开，铺满半面山。它们把生命的底色铺洒在山坡上，为天空倒映出一片成长的黛绿，它们要为绵延群山着一身暗纹的衣衫。

几个日头过后，地耳又蜷缩成豆大的黑点，和腐殖的泥土一个色。鸟雀站在枝头，眼睁睁地看着地衣如潮水般缓缓退去，大地露出新鲜的皮肤，地耳再次还原成一粒种子。

地耳的耳朵一直醒着，只要雷声轰隆，它们像窝在草丛中的兔子，警惕地支棱着耳朵，扇扫着身边的细微响动。它们将这种响动给自己听，给大地听，给草木根须听，也给节气和每一粒泥土听。有了这些大地的耳朵，一切神秘都变得释然和开怀。

进入梅雨期，地耳迎来一年之中的生长旺季。不温不凉的雨水和松软油汪的土地，让地耳的身子在发育中开始鼓胀，一双双肥硕的耳朵在风中打开。雨初歇，妇女和孩子就戴着草帽，迫不及待地走出家门，挎着竹篾筐子进山采收地耳。山坡上，一嘟噜一嘟噜的地耳如山花一样繁茂，五指并拢从杂草根部完整捡拾起，不大会儿工夫就装了多半筐。嫩闪闪的地耳如泥鳅的背身黝黑光亮，水湿水湿的一朵一朵，透过光亮的耳膜，似乎能看见菌丝正在大口呼吸。这时，生长在构树和花栎树上的木耳也迎来采摘季。和木耳相比，地耳的身子骨儿更轻盈单薄。乡间人说，木耳是木头花，地耳是泥巴花，一样的花朵一样的血脉，都是产自大山的野味，都仿佛是风雨雷电托生的精灵。

在金秋时节，淘洗干净的地耳做好后能吃出肉的质感和幸福。就着野蒜苗和山韭菜经火爆炒，出锅后冒着肉香，一只白瓷盘子端出云淡风轻的秋天，也端出山里人家热气腾腾的年景。地耳佐以姜末和葱白做馅料，包一案雪花饺子，煮肉般在锅里咕嘟三五分钟，饺子和锅里的水一起沸腾后生出云朵般的油花儿。出锅的地耳饺子，就着一碟加蒜泥的醋汤，满嘴土腥竟能腻住舌尖。厨房里因为多了地耳，就多了一种滋味、一番情调。

这些年，地耳成了饭店里的一道野味。地耳炒鸡蛋，韭菜做辅料，一黄一绿一褐构成秋天的图案。地耳包子，成为一道充满诗情画意的小吃，城里人两三口就是一个，吃得满嘴生香，吃得心旷神怡。地耳当作海带打汤，瓦罐揭盖，几枚地耳、几根青菜、几滴香油、几段蒜苗，清亮的汤色里似乎倒映着蓝天白云，隐约能听见遥远的雷声，正从遥远的山冈上传来，天空越来越低，地耳竖起兔子般灵敏的耳朵，一动不动地等待着雨滴落下。汤勺舀起的不单是开胃的汤，也舀起了一个生动的画面，舀起沉甸甸的季节。

地耳或许是雷声绽放的云彩，或许是雨水风干的种子，也或许是山川河流衣衫上的一枚枚暗扣，它们如花瓣一样散开的耳朵，深情地倾听高天大地的耳语心音，为万物祈祷风调雨顺。人世间，只要灵魂高贵有趣，只要彩虹挂满心空，就算耳畔雷声轰鸣，也有音符如雨滴跳跃。就像地耳。

2019 年 4 月 1 日刊于《人民日报》

水何澹澹

　　山水本一脉，山藏水，水养山，山似宫体，水为月信，生发孕育着大自然的生命。作为长江最大支流的汉江，发源于秦岭北麓的汉中宁强，自西而东，一口气流过汉中，流过安康，最后从湖北汉口流入长江。

　　秦岭被尊称为华夏文明的龙脉，主峰太白山海拔三千多米，是中国地理和气候的南北分界岭，山头积雪消融，就有了汉江源头的那一股清流。北依秦岭，南靠巴山的陕南，群山环绕，山间有泉，泉涌成溪，溪胖成沟，这些毛细血管一般的支流，带着大山的嘱托和体温，从四面八方投入汉江的怀抱。

　　陕南安康水嫩水嫩的，千余条大大小小的支流，从深山老林的苔藓、落叶和石缝中渗出来，饱满圆润如豆类，又晶莹剔透如琥珀，是大自然的精华。来自深山老林里的水清凉甘甜，被交织在泥土中的根系一滴一滴过滤，颗粒匀称，没有丁点儿杂质。盛夏时节，掬一捧溪水洗把脸，山风从瞬间打开的毛孔往身体里钻，整个人一下子就通透了许多，清爽了许多。山里人习惯把泉水称作神水，意为山神的特殊馈赠，吃了山泉水，多半健康长寿，一脸水色不显老。山里的牛羊等吃山草、喝山泉、听山歌，自在逍遥。待牛羊宰杀后，肉质细腻品相好，能嗅到一股淡淡的草腥味。外地人到了安康，对着盘子里的牛羊肉，不舍得丢下筷子，都说吃百草喝神水长大的牛羊的肉能治百病。

安康水系丰茂，汉江就像一条"千足虫"。早年间，汉江是黄金水道，出没在江面的轮船载人载物，下汉口上安康，江畔大大小小的渡口，是修建在岸边的月台，百姓从这里上船下船，从这里大包小包地扛回日用百货，也把农林特产大包小包送上船。那些年，时间过得慢，旅途不慌张，内心从容安逸，和江面一样平静明丽。21世纪初，南水北调工程启动，汉江有了新使命，要从陕南出发，过中原，入京津冀，为缺水的北方送去一口甘甜。安康的百姓起初很好奇，北方城市那么远，位置那么高，汉江咋流过去？后来，政府号召百姓要护林保水，要让汉江干干净净地流出陕西，蓄满湖北丹江水库。老百姓一下子骄傲了起来，都说汉江日后不就成了北方城市的大水缸，我们得像过日子一样，要让缸里的水既新鲜又干净。

为管护好水，在安康好几百公里的汉江，一截一个河长，百姓争着抢着要当，不为其他，一门心思要成为护水使者。水有河长管，山有护林员，早出晚归巡山，没事总是在林子里转悠，山有了安全感，就有了安全的水。百姓也自觉地退耕还林，就连牛羊等也不许上山，要让山里的水和花草树木不受打扰，保持原生态，在富氧的环境里自由呼吸，要在陕南蓝天白云底下生发代谢。老百姓认准一个理——山里的水是从树木叶上飘落的一场雨，是风吹落的云雾和露珠——他们要用越来越密的树根把水土涵养起来，他们甚至为泉水盖上盖子，把溪流旁的稻田改种莲藕，在汉江边栽种大片大片的桃李橘柑，在水足土肥的半山腰密植良种茶树。清明前后，开始采摘春茶，安康出好水，更出好茶，安康茶要用安康的山泉水泡，方能唤醒叶脉，打动茶客。叶子沉浮在水中，水捧起叶子，一升一降，就有了茶韵，就有了茶香的光阴。

一江两岸果园里桃红李白，为清凌凌的汉江扎了一道花篱笆。游客纷至沓来，到汉江边赏景，吃农家菜喝农家土酒，真是好山好水好地方。每年端午，在江面击鼓设擂赛龙舟，一江两岸坐满百姓和外地游客，伸长脖子观看十几支队伍在划桨击水。龙舟雕刻着水纹，寓意风调雨顺，盼汉江丰年，一泓清水永续北上。

　　饮水思源，北方城市的人吃了汉江水，就想到了陕南，想到了安康，于是以寻源的名义来安康观水，坐车沿着山道入秦巴，走村入户。百姓听说是北方的客人，热情招待，不失时机地问：安康的水你们吃不吃得惯？其实是玩了个心眼儿，潜台词是汉江水美不美甜不甜？北方的客人揭开百姓水缸，拿起案板上的白瓷碗舀一碗水，仰起脖子咕咚咕咚一口气喝完，抿着嘴笑道：就是这个味儿。水不醉人人自醉，都说到了这儿醉氧呢。晚上睡在临江的房子里，吹着江风，嗅着江水的体香，身子骨儿飘飘然，就连做梦都晃晃悠悠，仿佛是睡在月下江中的小船里。

　　安康人到北方城市打工或者出差，也不会水土不服，而是多了优越感，很自信地自我介绍——我是陕南来的，是从给你们送水的安康来的，咱们共饮一江水，情分深着呢！

　　近几年，山上的树木粗壮了，百姓栽种的果树开始挂果。育林就是育水，曾经一度变瘦的溪流丰腴起来。水再充沛，百姓也不会浪费。有人从大山脚下取水拿到权威实验室化验，结果出来后，满脸惊喜，安康水富含微量元素，尤其是富硒，这是不可多得的一项指标，只有地处富硒矿带上的安康独有。安康人想到这么好的水，不光要北调，还得让其他城市也能吃上，于是就生产瓶装矿泉水，把山泉水搬进车间。

　　瓶子里装的矿泉水安康人不舍得喝，大部分销到外地。百姓把瓶装水也不叫矿泉水，形象地称作水罐头。人们说，水这么甜这么干净，水里有花果香有草木气，有蓝天白云，有云雾露珠，还有山上的鸟鸣莺啼，活脱脱就是一个浓缩的陕南，一份安康的好礼。

头几年，安康人外出，怕水土不服闹肚子，就用布袋子装一捧本地泥土，或者捡几块汉江的鹅卵石装进背包，若是身体不适，用泥土或者用鹅卵石煮水喝。现如今，安康人出门必带一瓶称作水罐头的矿泉水，在他乡水土不服，小口抿着喝点儿，各种不适全消，大家都说，还是水罐头靠得住，是灵丹妙药哩。

2018年7月24日刊于《陕西日报》

去看望一条河

在陕南岚皋县石门镇歇了一宿,醒来时,天已大亮。

推开窗子,空气湿漉漉的,山风拂来,屋子里满是草露味儿和泥土香。穿衣下楼,人一下子接了地气,从头到脚,每一个关节都活泛起来,像有人热情地拽着,不由得想四处转转。朝阳斜照下,整座山的颜色很自然地有了层次。四周的山很干净,宛若用露水刚洗罢脸,在瓦蓝的天空下安静地对望。

我要去看望一条河,之前,我们有过两次会面,一次是日暮,一次是午后。这次早点儿,在早饭过后。山道弯曲如折,从镇上前行半个多小时,车辆已抵千层河。站在这位老朋友门前,抬起头,脸上的笑是从心里涌出来的,心一下子融化了,少了矜持,多了冲动。

山里的雾气还没有完全散尽,太阳从山头往下跑,我们从林子里向前走。和往年比,千层河好像胖了点,但依然保持着山溪的体态和模样。

两面青山离得很近,也很陡峭,山上的树木呈奔跑状,从山上到山下,树木无论粗细高矮,似乎都在匍匐前行。在谷底,甚至有的树木已经将树冠伸进水中，根须依然扎在离谷十多米的山坡上。

无论是河，还是溪，千层河都生活在故事和传说中。那些小若花苞的石子铺垫在水底，成为松软的河床。那些大过农家磨盘的各色石块，密密排列在谷底，有的棱角分明，面目清秀，有的浑圆壮实，一身力气，也有的仰面横卧，任凭溪水从身体淌过。

千层河是有生命的河，有情调的河。那些浪花如公主般骄傲地次第绽放在某个深潭或者瀑布，然后又消失在水面，寻找另一个开放的地点。瀑布将无数水潭串起来，一个又一个兼具个性特征和生理构造的水潭，俨然是千层河这条水道上的驿站，让浪花和鱼群短暂地休憩，或者在这个柔软庞大的宫底繁衍生息。

从半山腰倾泻而下的飞瀑阳刚且粗狂，那是大自然紧握在手的笔，以这种飞泻的方式完成生命中最动听的吟唱，若是诗仙此时就在山下，他定然会轻拂银须，留下属于这条河、这面山的绝句。

行走在靠河的步道，不时有露水般大小的水滴落下。路旁随处可见的是淙淙流淌的小溪，从石缝或树根旁渗出，清澈、纤细，如小蛇潜行，慢慢地汇聚起来，最终如听话的孩子一起扑向千层河的怀抱。千层河最初也许就是一滴水，是树木、泥头、天上的云朵，甚至是漫山的石头挤出大自然的乳汁哺育它长大，让它有了宽度和深度，有了后来的这个名字。

千层河没有忘记这一切，如今她反哺这片森林，在夜深人静的时候，她将露珠送上山头，让那些口渴的大树和小草尝得一口甘甜。这片森林也没有忘记山下的这条河流，它们以巴山的名义拧雾滴水、捧露下山，让这条溪流逐渐成河。于是，千层河就成为巴山背面这座大山的一条脐带，流淌着最浓稠最近乎母体的血液，滋养着这里的一切。

千层河之所以得名，是因为水的层次，之所以有名，也许就是这种大自然之间彼此照应、相互滋润的法则和规律。走进千层河，我看到的是大自然最原始的纯美和交融，总是能从一条河流的身上找到些许顿悟，然后让自己走得远些、再远些，让自己的路走得宽些、再宽些。

2019年3月25日刊于《人民日报》（海外版）

水罐头

这年头,好山好水可以待客,还能待贵客。好多人到陕南安康,就是奔着蓝天白云和碧水青山。到了这儿,吃喝都在汉江边,不用推杯换盏,甜丝丝的空气也能醉人。

到安康,必盛情以待。席上有道叫作白火石汆汤的名菜,灵魂材料就是几枚河卵石和一汤盆清水。汤盆里放着事先备好的薄肉饼、香菇、青菜叶、葱花、姜末和五香调料,并用细纱布覆盖。待小孩拳头大小的白火石置炉火中烧至通红,传菜生一阵疾跑,将放在托盘里的卵石逐一钳放进汤盆后加盖,瞬间水沸石裂,汤盆内咕噜咕噜热气蒸腾,三五分钟之后揭盖,提起用细纱布包裹的河卵石,雾蒙蒙的水汽袅袅升腾,盆内汤汁清亮鲜美,不愧是一道地方特色美味。石燃水,水裂石,石水一体,浑然天成,乾坤日月和天地风云尽在汤中,魔幻般的烹饪,让食客开眼开胃。一盆汤,浓缩着安康的好山好水好风光,恰似晨雾缭绕的汉江,在乳白和黛绿之间,氤氲着独有的草木香和烟火气。据说,这款菜只能在安康方可烹饪,换到别处,难成其味,究其缘由,是因为难觅作为主要食材的山泉水和河卵石。

秦岭巍峨，怀抱着陕南，手牵着汉江，温热和湿润的气候让这里的一草一木含蓄内敛，若深山闺秀，温婉中也多了几分水色。山脚浸在汉江，山腰沟缠溪绕，山顶草木葱茏，青山倒映在江面，蓝天白云铺在江心，山水环抱，层次分明，一幅画面两种境界。

　　早些年，尊贵的客人到安康，临别必送一盒安康绿茶。安康绿茶是吮吸着干净的空气长大的，如双手伸开的嫩芽，捧起的不仅是鸟语花香，还有雨露阳光和悠扬茶歌。泡茶有讲究，只有上好的山泉水，方才能唤醒叶脉。叶子沉浮在水中，水捧起叶子，一升一降，就有了茶韵，就有了茶香的光阴。遗憾的是，客人回家，却泡不出茶的清香和色度。茶还是安康的茶，唯一缺少的是一壶安康的好水。客人都说，安康绿茶认生哩。只有懂茶的人晓得，植物也通人性，茶最恋水，一旦遇到了伴儿，便能从滚烫的水中找到乡情乡音。

　　在乡间，霜降过后，农家主妇必用霜打的辣椒和萝卜制作泡菜，用一坛好水，贮存和发酵一口鲜辣，让农家灶台多一种滋味。制作泡菜和泡茶同理，必选用上好的山泉水，否则坛里的蔬菜会霉变腐烂。在大山深处，一个村庄至少有一眼山泉，这是村里天然的水缸，也是宗族繁衍生息的源头活水。

　　乡间劳作至正午日盛，庄稼人进屋第一件事，必是从灶台上拿起水瓢，从水缸里舀一瓢山泉水，仰起脖子一口气喝完，这并不会闹肚子，让肠胃不舒服。吃着山泉水长大，每个人都成了一眼山泉，都有着山泉体质，身子骨里早已生出一层薄薄的水垢。日子久了，若是闻不到瓢中的水香，反倒肚子躁得慌。一位逃荒至中原的叔父，几十年没有回故乡，前几年，弥留之际，不吃不喝，唯独想尝一口家乡的水。儿女回到村子，用泥土烧制的水坛装满泉水，连夜赶回中原。棉签蘸水润湿老父亲的嘴唇，又将泉水装进奶瓶，轻轻塞进老人干裂的嘴巴。

　　良久，泪水从眼角滚落，老人知足地咽气而终。饮水思源，晚辈知道他故土难舍，于是又用那坛子装了老人的一捧骨灰，回乡安葬在山泉不远处。叶落归根，不舍的依然是一口家乡的山泉水。

　　老百姓认准一个理：山泉水是从树木叶上飘落的一场雨，只有命根子一样地护好山上的花草树木，才能终年泉涌，也才能让村庄的灶台炊烟袅袅。逢年过节，讲究的老人会让子孙跪在井台上，叩谢涌泉之恩。一瓢一瓢的山泉水，不也是飘香的五谷，或深或浅的山泉，不也是丰年的酒窝吗？

2019年7月9日刊于《中国青年作家报》

燕子衔春来

"小燕子,穿花衣,年年春天来这里……"儿歌里的小燕子,飞过了童年的天空。后来,坐进教室的我,惊喜地看到,燕子娇俏的身影竟然跃动在语文课本的一幅插图里。散发着油墨清香的书页,字里行间,燕语呢喃,恰似那首儿歌的和声,让春天的课堂也有了别样的韵味。

那幅画里的村子,比我居住的村庄要大,地势要平坦。湛蓝的天空下,柳枝轻拂,如春风梳开的一根根绿辫子,山冈的发髻插满朵朵桃花,一条又细又窄的溪流隔开了屋舍和田地,屋瓦青灰,炊烟乳白,三两只燕子从扶犁春耕的农人头顶侧身飞过。大地朗润,这群乌黑油亮的小精灵,好似早春的天空抽出的一枚枚新芽。望着它们浅黄色的小嘴和胸前的那绒棉白的羽毛,望着剪刀一样临空叉开的燕尾,耳畔隐约传来清脆的鸣叫——我突然发现,搬进画中的小燕子是如此楚楚动人。

燕子亦是玲珑的迎春花,燕子归来,万物算是真正有了春的眉眼。

就在某个不经意的早晨,村庄的上空倏然传来燕子忽高忽低、忽远忽近的鸣叫,好似一群归乡的游子,打开翅膀拥抱这里的一草一木,也拥抱着抬头送出笑脸的乡亲。它们和父老乡亲问好,并自由翻飞在歌声里，每一个音符都生着桃红的酒窝，就像花朵爬上春天的枝头轻声耳语——又一年春暖花开，我们回来了。

接下来的日子，燕子和农人一道进入春忙。它们要趁着春光，在屋檐下垒出新巢，要赶在秋收时节，将村里丰收的喜讯带给南方，带给更远的天空。

"燕子垒窝，好事多多"，乡间人认为，燕子是和气的鸟，吉瑞的鸟，勤劳的鸟，垒巢在自家屋檐下，一定是衔着春风的口信而来的。

紧跟农事的燕子，比农人起得更早一些。东方泛白，就开始忙活起来，它们结伴飞向临水的稻田，或者离山泉不远的水塘边，用灵巧的小嘴将泥土和流水搅拌匀称，然后朝着家的方向，一趟接着一趟衔回早春的新泥，仿佛从沾染在舌尖上的这抹土香中，竟能哑摸出浓浓的花香、麦香、稻香。

它们事先在屋檐下，或者农家房屋的横梁上，选准一处向阳的宅基，再用膏脂般细腻的泥土，完成一个三面临空的建筑。一双衔泥的燕子，就是一对春天的情侣，彼此默契地将豆粒大小的春泥裹着绒毛细的草木，一圈绕着一圈，完成泥水和光阴的编织。它们心中一定装着家的模样。小燕子扑棱着双翅，鹅黄的巧嘴熟稔地反复垒砌、夯实、涂抹、熨帖，那些新鲜的、泛着大地原香的泥土，照着花瓣的模样紧紧簇拥在一起。起初是一个弧形的轮廓，渐渐织密，好似五指并拢半握的拳头，更像一只风干的葫芦，居中剖开掏去瓜瓤后浑然天成的水瓢。一只只燕子，俨然是手法娴熟的木匠、瓦匠和泥匠，让巢穴悬空建在屋檐下，并用短喙在巢身雕刻出波浪般细密的底纹，如紧裹着鱼鳞的外衣。

犁铧般穿梭在天空的燕子，或许是大自然另一种手法的春耕春播。这些带着春讯和使命归来的精灵，不就是天空自南向北撒出的一粒粒种子吗？它们落脚在这片广袤丰腴的土地上，翻种每一寸光阴，并迎着春光在农家屋檐下生根发芽。它们衔来的不仅仅是筑巢垒窝的一草一泥，亦是复苏万物的春风春雨，是一个生机勃勃的春天。和它们一样玲珑的燕窝里，燕子们很快就会哺育出新的生命，并一一送上季节的天空，就像大地为春天送上的漫天礼花。

春深，燕子的新巢在屋檐下落成。此时，枝头卸下百花的妆容，一枚枚青涩的果实露出毛茸茸的小脸。此时，忙碌了一个春天的情侣，终于可以在土墙泥屋里孕育爱的结晶。在春天的最深处，它们出入相随，爱的私语如屋檐下的铃铛，是那样清脆悦耳，亦是那般打动人心。

它们时常从巢穴里探出头，望着不远处的那一汪深绿的田野，望着和农人齐腰高矮的庄稼，望着被果实压低的枝头，禁不住再次张开翅膀，贴近这片即将被知了的唢呐迎进夏日的土地飞翔。此刻，仿佛有一片无边的麦浪在它们视线里翻滚，就像它们来途穿越的那片大湖，翻越的那座高山，在金黄的阳光下汹涌着、起伏着、铺展着——这是良田里的大江大河，是被春天高高托起的又一个丰年。

它们深情地俯瞰着故乡的田园、村舍、草木和亲人，用呢喃的燕语传递口信——春天被我们衔回来了，在大地之上，在每一个老农紧握的手心里，就像归来时，天空紧握着我们那样，生怕从云朵的指缝间滑落。

2020 年 4 月 13 日刊于《人民日报》

乡间茶伴五彩花

陕南出好水，好水养好茶，陕南人的茶杯不缺好茶水。

茶是口粮，亦是亲水的五谷。陕南人习惯把茶杯唤作茶碗。其实常是一只搪瓷缸子，缸身绘着图案，伞状的缸盖，把缸口捂得严严实实。

乡间的老茶人，用清冽的山泉水，在茶碗里泡一款好茶汤。他们喝茶讲究口劲，习惯冲泡谷雨过后烘炒出的茶叶，或许观感粗糙，少了品相，但有"嚼头"。每一片茶叶有着阳光和雨水的印记，经得起滚水反复萃取和浸泡。茶叶个头大，茶汤味道就浓酽，饮一口，反复在唇齿之间咂摸几下，总想用舌头挑破每一滴水珠，掏空每一口茶香。

乡下人的茶碗殷实，接地气。当然也有讲究的，冲泡绿茶，一定要选择透明的玻璃杯，让茶绿借着水温慢慢浸出。茶泡好了，看茶叶在杯中浮浮沉沉，好似观景一般。一杯绿茶，让整个屋子氤氲着春天的草木香。

四季更替，眼前的景致也在变换。尤其到了夏秋两季，杯中渐渐丰富起来。来自大山深处的花朵和叶芽一道在水中舒展开来。

旧年冬天泡了玫瑰、茉莉、金桂的杯子，到了春天，便开始耐心等待另一朵花开。

通常是暮春时节，一场春雨过后，园子里的牡丹，在蜜蜂的簇拥下走出叶子的怀抱。淡雅的花香里，花农小心地将它采摘、烘干，让还未绽开的花瓣紧握着和风细雨、呢喃燕语，从大地的枝头走向一杯杯春水。杯中，大朵大朵的牡丹如闪着光芒的浪花。一抹淡淡的浅黄或浅红漾开，牡丹便再次有了春日的妆容。幽幽花香从舌尖上滑过，春天的根须就这样深扎在水中，和春光、春雨、春风一道，被用杯子端了起来。

牡丹花茶清热凉血，活血化瘀，适宜消解春困。到了夏日，野生的金银花又成了杯中的新贵。院子里，大捧大捧的花针，在簸箕里有节奏地起起伏伏，除去叶片和杂草后，在石板案子或者竹篾晒席上滚几个日头，花朵再次收紧如火柴棒大小。

入伏，往杯子里投上几朵，再放一小撮茶叶，滚水注入的瞬间，花朵和叶子倏然从杯底冲向杯口，好似清水放出的风筝，翻飞着，追逐着，欢腾着。少顷，花骨朵渐渐打开，花色绸白，花蕊刚刚露出一抹浅黄。这些纤柔的花朵亦茶亦药，泛着微苦的花茶水，带着一丝清凉，如徐徐凉风拂过舌尖，周身跟着柔和起来，也安静下来。

金银花一直喝到深秋。这时，金丝皇菊如天空撒下的大把金子，在蓝天白云和浓浓秋色里闪着耀眼的金光。一朵花就是一簇光，柔和，飘逸，饱含深情。花瓣散开在天空和大地之间，如阳光的羽毛，在微凉的风中轻轻抖动。满眼爱怜的花农将这些大地上的云朵，和稻谷、高粱、苞米一道搬进晒场。这些花朵，会把丰收的喜悦送达更远的地方——未来的某时某处，金丝皇菊在水中完完整整地绽放，如一团阳光。花丝在杯子里斜射出道道光芒，为饮者增添了一抹融融暖意。

大山养育出的五彩花朵，丰盈着杯中的茶水，也丰盈着寻常的日子。

在群山绵延、清水悠长的乡野，大地的枝头从不缺少花朵。只要对生活满怀热爱，杯子里就有如花的光景。一杯花茶，一段光阴，一幅在清水中缓缓铺开的生态水彩，被纯朴的山里人捧在手心，敬献给蓝天白云，也敬献给轮回的四季。

2020 年 11 月 7 日刊于《人民日报》

大树如山

席间得知，在这个称作大树村的村庄，山里人家待客，除了本地的土菜土酒必不可少外，村里还藏有一景，能让来客眼界大开——山脚下一棵树龄千年的油杉树。

这一日恰逢平利到镇坪的高速公路贯通，天堑变通途，紧闭好几千年的山门好似被打开，村子里像过年一样热闹。千年古树也如大山的门脸一般静候着山外的游客，我们相约，在晚饭过后也去看看古树，就像去拜望村里的长者。

饭后，微醺，我们的脸上镀着一层夕阳的红晕。落日斜照着对面的山头，好似为眼前的这座青山戴上一顶蒲黄的宽边草帽。风吹过，树叶编织的裙裾紧贴着群山的褶皱轻轻摆动。我们反剪双手，沿河岸悠然前行，在蛙鸣和流水合唱的山歌里，神清气爽，脚步轻盈。

河叫小曙河，是陕南镇坪县众多河流的一支，山是巴山余脉，没有准确的名和姓，百姓亲切地称作这山和那山，远山和近山。丰茂的植被如一页页绿色的瓦片，覆盖在山脊上，山势平缓，一山接着一山，一山连着一山，是更大的一页页瓦片，紧致且有序地层叠着，或深或浅的山沟就成了大地屋顶上的一道道瓦楞。

小曙河河水并不宽，河上不知何年架起一座木质浮桥，漫步桥上，身体随着桥面起伏，有节奏地晃晃悠悠，河中的月亮、星星和虫鸣也跟着晃悠起来。河两岸种着苞谷、红薯、南瓜、冬瓜、葫芦和四季豆，农人在瓜架下半弯着身子，用手摩挲着悬在半空的瓜身，夜色中，我们看不清他们的表情，但是能感觉到有一份沉甸甸的喜悦。

河这岸是国道，河那岸是村庄。一条铺满野草的小路曲曲绕绕，随行的友人不住提醒我们：慢些落脚，莫让没过路面的花草藤蔓绊倒。我们的脚步也轻起来，好似行走在平衡木上，双手打开，紧握住湿漉漉的夜色，一步一步向前挪动。

到达树下，抬头仰望，一轮明月高挂在树梢，大家不禁惊叹，好高的古树，好皎洁的月光。入夜来此休闲健身的村民得意地介绍，古树已有千年光景啦。你看那树身，五六个精壮汉子都环抱不住哩。坐在石凳上歇脚，从树上落下来的风，要比河风更清凉一些，还透着些许湿气，让每一个毛孔都找到了呼吸的快感。巍巍树冠，如一面青山耸立在我们的视野里。打开手电筒，循着光亮望去，轻拂的枝叶还未挂上露水，叶针尖细，青翠欲滴，呈现出只有壮年大树才有的气韵和蓬勃。

夜色正浓，油杉树如一座小山挺立在河岸，月色里，婆婆的枝影，俨然是一个个绿色的山崦。大家突然安静下来，也许每个人都在和面前的这棵古树无声地对话。其实，就算不言不语，只要站在树下，平日的劳累、烦恼和茫然，在这一刻都变得云淡风轻。似乎有一双大手，在抚摸着我们的内心世界，那是只有母亲才有的温柔和慈爱。

归来的途中，偶遇一帮村民围坐在大树四周纳凉。一些年岁已高的老妪，挽着发髻，或者梳着长长的辫子，身上散发着淡淡皂香，见到陌生人来访，她们的脸上露出少女般的羞涩和腼腆，却又用热情的眼神和我们打着招呼。很难听懂她们音调婉转的方言，但我能感受到，她们的话题一定美好，也一定与乡村生活和即将到来的秋收有关，也或者，她们又回到了曾经的少女时代，回到一段美好的过往里。

山村的夜晚，没有霓虹灯闪烁，没有车水马龙，也没有临街的店铺，是那样的安逸和清净。远山和近水，星星和月亮，五谷和蔬菜，虫鸣和犬吠，正在用乡村独有的手法表达着乡下老家的深深乡愁。

是夜，我们散坐在屋外的场院，听老人幽幽念叨着村事。他们说，大树村不缺少大树，和湖北、重庆交界的镇坪不缺少古树名木。在大巴山，还有不少好几百岁树龄的夫妻树、父子树、兄弟树、姊妹树，每棵大树都有一个古老且动人的传说，每一棵大树都是一座大山般的存在。

生长在山冈或村庄的这些大树，年轮的光影如涟漪层层散开，每一个雄浑的剖面都是那么惊人，它们生性刚毅如山，如深插在大山腹地的一支大笔，一片森林就是它们创作的一首长诗，一首曲谱，一幅画作；抑或它们在大自然的口述中，为绵延群山和清澈河流编写着泱泱族谱，让后世长存于心。

翌日早晨，在鸟鸣声中醒来。推开窗子才发现，昨晚入住的宾馆和一面青山相隔不到十米，山如刀削了一般齐整。山上的树木比我们醒来得早，鸟雀已经站在枝头迎接霞光，它们神情傲娇，身姿轻盈，成为四面大山围绕的县城里最准时的闹钟。

因采访所需，我们驱车一路前行在山道上，原本生长在河边的芦苇，雪白的绒朵在半山腰摇曳，起初不解，细想，这些逐水而生的植物，其实和岸边并不遥远。山上的绿植和河中荡漾的碧水原本一体，这些大自然选育的寻常草木，就是一辆辆水车，将天上的雨水用叶子捧给河流，又将河水用根须泵抽到山顶，一往一复，就有了一条宽阔的水路。而那些古老的大树，就是一个个驿站，一个个水塔，就是大山怀抱的大山。

素有"长寿之乡"美誉的镇坪，因为山水的富态，生态的富态，才滋养着一个个满头银发却也精神矍铄的百岁老人。这些和长寿的山脉、长寿的河流、长寿的大树相依相偎的老人,原本就是一座山,一条河,一棵树,他们幸福地守望着这方水土,在儿女和草木的家园里,把日子过得有滋有味,把自己活成一部有趣的童话故事。

2020 年 11 月 17 日刊于《中国青年作家报》

蜜罐子

在陕南安康，蜜蜂是一种吉祥的昆虫，和栖在房前屋后大树上叽叽喳喳的喜鹊一样，广有人缘，且深得百姓喜爱。蜜蜂没有喜鹊油滑光亮的身段，也没有清脆的嗓子，但上了年岁的老人总念叨着，蜜蜂是年景哩，能不能有好收成，除了要看田肥不肥，还要看蜜蜂勤不勤，庄稼授粉，就相当于为每一朵花松土、安胎、追肥。嗡嗡嘤嘤的蜜蜂，就是五谷的胎音，能听得到丰年之喜，看得到庄稼腰身一天天圆乎起来。

百姓打心里喜欢蜜蜂，都说小蜜蜂和庄稼人一个脾性，起早贪黑忙活着，就连花朵里打滚撒欢这等美事，都留不住这些劳碌的昆虫，活脱脱一个肩挑背扛的老农，眨眼工夫，就一个来回。外出郊游，蜜蜂像导游，又像伙伴，蜂群活跃的地方，一定山花烂漫，满眼风景。在乡下，蜜蜂也就成为大自然的一束火把，蜜蜂朝哪里飞，春风就往哪里吹，春雨就往哪里落。

蜂箱是蜜蜂土木结构的宅子，悬挂在屋檐下，或者院坝边的大树上，老远看，好似系在树腰的一个竹篾篓，装满春播的种子，沉甸甸圆鼓鼓的。农户晚上收工回家，蜜蜂也一起归巢；早晨农户开门下地，身姿轻盈的小蜜蜂，赶在主人之前就已经上工了。花香勾魂，小蜜蜂也有日子，也有自己的庄园和田野。

早些年，谁家屋檐下若是有一箱蜜蜂，就是富庶的象征。若逢蜜源充裕的好年景，有经验的百姓和收割田里的庄稼一样，从蜂箱收割新鲜的山花蜜。然后，一小罐一小罐送给邻舍，整个村子一起分享一口甜蜜。

在物资匮乏的年代，蜂蜜算得上奢侈品，平日里不舍得尝，只有家里来了贵客，方才从蜜罐子里舀出一小勺，冲一杯蜂蜜水递上，也算待客的稀罕物。杀了年猪，殷实人家会将肉煮至七八分熟，然后在油锅里滴上几勺蜂蜜，等到锅里的猪油和蜂蜜融化沸腾之后，将切得方方正正的肉块放进锅内。瞬间，灶沿旁如放一挂小鞭炮般热闹喜庆，油水和蜜水飞溅，噼里啪啦一阵疾响。主妇站在锅灶旁不停翻动肉块，三五分钟之后，肉块两面蜜黄，捞出来放在瓦罐里储存，浸着蜜水的猪肉有一股淡淡的香甜。逢年过节，从瓦罐里取一方蜜腌的腊肉改善伙食，犒劳家人，白色的盘子衬得蜜黄的肉片，既赏心悦目，也爽口下饭。夹一筷子肉，放在嘴里，舌尖托着肉块在上颚顶几下，肉香便窜满口腔，肉也蜜一般地融化在嘴里。这是丰年里的庄户人家最享受的一口美食。

蜂蜜不光是烹饪的上等作料，也是一味良药。开水烫伤，敷一层薄薄的蜂蜜，能预防感染。感冒咳嗽，紫苏熬水就着蜂蜜喝，头晌喝，后半天咳嗽就能减轻许多。乡间最常见的药方是，舀一勺蜂蜜，茶一样泡水喝，保准消肠火、润肠道。

为了脱贫，安康政府和百姓思来想去，养蜂是不错的选择。靠山吃山，靠水吃水，山里穷，但山里不缺好环境，青山绿水满坡花草，是养蜂的天然场所。走村入户的扶贫干部读懂了百姓的心思，也做了调研，陕南山清水秀，湛蓝湛蓝的天，养蜂不会对此造成污染，不伤害环境，还能产出亦食亦药的上等山花蜜。政府和百姓一拍即合，养蜂就成了脱贫奔光景的产业。说干就干，从外地订购优质蜂种，整箱整箱运回来。

箱子里的蜜蜂被百姓当作宝贝，轻拿轻放。村上干部打趣，要不清点一下，看箱里的蜜蜂够不够数儿？老百姓仰头大笑，一箱蜂子万把只呢，咋能数得清嘛！笑声满山坡，山花满山坡，初来乍到的蜜蜂不认生，也开始满山坡地起舞采蜜。

各家各户将几箱、几十箱的蜜蜂放在房前屋后通风向阳处，放在山坡荒岭，有的干脆放在悬崖峭壁或山洞里，生怕蜂箱漏风受潮。四散在村子里的蜜蜂，成了百姓的指望，他们隔三岔五去看一看，像走亲戚串门，又像去田里照看庄稼，恨不能将蜂箱放在睡房，时时刻刻都能打个照面。

待到收获季，家家户户都放着大桶小桶的蜂蜜。身上沾着蜜香，心里浸着蜜甜的村民簇拥在一起，尝谁家的蜜甜，看谁家的蜜颜色清亮纯净。百姓将蜂蜜灌进大小一致的玻璃罐里，放入事先准备好的礼品盒，使它们看上去更精致体面。槐花蜜也好，油菜花蜜也罢，村里人将这些蜜罐罐统一称作土蜂蜜，它们是大山里的特产和土货，没有一丁点儿污染，黄亮黄亮的。从蜜罐里舀一勺，晶莹剔透的细膏不断线地往下滴。百姓自己为蜂蜜代言：好山好水出好蜜，山里的蜂蜜是山里人的良心，土甜土甜的，保准能尝出五谷味和山花儿香。

远山近岭成了百姓抱在怀里的蜜罐子，几十元一斤的蜂蜜，甜了城里人的舌尖，也甜了山里人的日子。安家陕南的一群小蜜蜂，和扶贫的干部一道，和脱贫路上的百姓一道，在山岭间早出晚归，于蓝天白云和青山碧水间，用朵朵山花和滴滴汗水，把日子酿得蜜甜蜜甜。

2021年8月3日刊于《陕西日报》

秋妗儿

过了中秋，就真正有了秋意，田里的庄稼渐次收获，山上的树叶慢慢变红变黄。早上雾气大，晚上夜色凉，一阵风吹过，落了一地的树叶，那是秋天的脚印，错落层叠在一起，绵软得像母亲纳的千层底。

一年之中，秋天最有韵味。春天是小姑娘，花枝招展，很俏也很艳。夏天似新婚不久的小伙子，一身的力气，瓷实、矫健，冒着汗珠子，总想闹腾出点儿动静。太阳火辣辣的，炙烤着远山近野，烫得草木直跺脚。整个夏天只有一款主打色，风是绿的，土地是绿的，就连飘落的雨滴都是绿的，大地好像就是一条绿毯子，任凭血气方刚的夏天恣意打滚撒欢，蝉鸣如唢呐一般热闹。

入秋之后，天气一下子软和了，蒲叶扇和下火茶派不上用场，太阳换了一副面孔，知了的叫声也不比以前高亢。总感觉秋天慈眉善目，就像邻家的妗儿，穿着贴身的衣裳，棉布质地的衣衫点缀着淡雅素净的小花，俯首弯腰间散发着母性的体香，你和她打招呼，她笑盈盈地望着你。

妗儿就是日子。到了妗儿的年纪，人生就过了一半，就有了阅历和沉淀，不再像姑娘时那么清纯明丽，那么勾人心魂。到了妗儿的年岁，心里装满柴米油盐酱醋茶，两鬓日渐霜染，双手紧握着生计，也紧握着岁月的老茧。年怕中秋，月怕半。过了中秋，从时间刻度上讲，一年还剩下的时间不多了，一晃就是年关。岁之中秋即人之中年，人生入秋之后，少了青春年少的天真烂漫，开始接受并承认现实，软和着性子面对世事浮沉，和婶儿一样从容淡定。秋深处，一草一木都如婶儿，都是婶儿，在风霜洗染之后，依然保持着婶儿的身段和风骨。人和季节一样，都被时间养大，又同被时间收割。如果说人是岁月的消息树，那么季节就是那一枚枚叶子，婶儿则是仰望蓝天的树冠，如一把彻底撑开的大伞，为日子遮挡风雨。

在秋天，很多地方都有婶儿的影子。秋天的鼻息是有韵律的，不急不慢，像婶儿一样已经过了叽叽喳喳的年龄，从生儿育女和繁重的农事中熬了过来，变得沉稳安静。落叶很轻，好像婶儿被风吹散的短发，轻轻滑落在季节的肩头，隐隐菊香浸染着的蓬松发丝，愈发乌黑油亮，饱满的脸盘洋溢秋收时节特有的诗意与富态。婶儿的腰身，不胖不瘦，藏满奶香的怀里揣着丰收的喜庆，嵌在山坡上的石头像扣子一样系在胸前。婶儿的眼睛清亮温和，湛蓝的天空如一方丝帕，遮在头顶，婶儿被庄稼簇拥着，不寂寥，也不娇艳。在经过了夏季的燥热和蒸腾之后，秋季懂得如何顺应内心，妥帖地释放和吸纳。

行走在秋天，在并不遥远的地方，总能静下心。出入视线的是即将离开枝头的树叶，是漫山遍野怒放的野花，你很难想象，在同一个季节里，呈现着两种截然相反的自然现象。怒放和凋谢，高潮和低潮，交织在一起，就是秋季，就是我们视之为婶儿的季节。

农谚道，"山红石头黑，穷人娃子种早麦"。霜降前后，在微凉的天气里，我们在秋收之后迎来秋播，那些松软的泥土好像还没来得及打盹，甚至还余留着上一茬庄稼的体温，可是老农们已经开始扶犁深耕，如此轮回亘古不变。节气来了，节气又走了。好像刚刚才经历了妊娠分娩和哺乳养育，稍歇了一口气的黄土地，又要摊开身子开始孕育。农事总是规律地在节气的指点下，安分守己地扮演着和我们一样的角色，和婶儿一样的角色。婶儿安分守己，在自己的屋檐下，在自己的床铺上，在自己的身体里，熟练地着床、孕育、分娩和哺乳。此刻，她早已不再有春天的香艳，不再大红大紫，不再草长莺飞，但是她有分寸感的身体懂得如何接纳和怒放，万山红遍是大地最高规格的礼赞。

秋天就这样和婶儿一样气定神闲，云淡天高，把很多事和人静静地藏在心里，虔诚而自然地迎接每一个早晨和黄昏。秋阳高照，雁群开始迁徙，有些空旷，有些辽远，有些斑斓，满溢着母性的温和。岁月更替，大地辽阔，我们每个人只是这个季节里的一粒种子，被岁月播种在婶儿一样的秋天里。

2021 年 10 月 12 日刊于《农民日报》

城市插画

晨练时路过小区花圃，一位蹲在路旁的阿姨起身笑吟吟地说，掐几根茴香，中午烙馍吃。我回以笑意，再扭身好奇地看——不知什么时候，花圃里栽了两株茴香，茎秆筷子粗，文竹一般茂密的叶子上挂着露珠。风拂过，嗅到一股久违的清香。这是茴香独有的香型，嗅觉记忆迅速被唤醒。小时候，母亲的菜园里种有茴香，只可惜这些年很少回到乡下，难得一见绿茸茸的茴香，只偶尔在菜市场上相遇。

茴香进城，阿姨的菜案上有了新意。也许她时常抽空回到乡下，照看着房前屋后的菜园，不为将菜篮装满，只是单纯地想让脚上沾点儿泥土，从园子里找回一份亲切感。

这样的亲切感，不经意地出现在城市的某个角落。小区不远处的公园里，天擦黑，总能看到一群老人聚在一起。他们自带音响和乐器，唱着山歌，敲着锣鼓，或坐或站，自得其乐，陶醉在自己的世界里。到此休闲的人被这歌声、鼓声吸引，围在四周。唱到精彩处，掌声雷动。也有人自告奋勇地加入这个乐团，或兴起来一曲花鼓歌；或接过锣鼓，投入地敲打上一阵儿，那神态看上去很是过瘾。时间久了，公园里的这块空地，就成了露天的音乐会。站在人群边，听着，看着，锣鼓敲打的乡音，似一条波涛起伏的河，我们是一群站在岸边望乡的游子。

很想知道这些老人为何要将锣鼓带进城。一次，在一个城乡接合部的移民安置点，听小区物业讲，一些老年人把锄头、背篓，甚至从山上拾回的柴火堆放在楼梯间。物业上门相劝，让他们把这些农具归置回乡下的老屋。老人说看不到这些物件，心里空落呢。天冷的时候，他们从屋里端出火盆，用柴草生火取暖，大家围在一起，橙黄的火光在老人们脸上忽明忽暗，深深浅浅的皱纹也被映衬得格外安详，比映在脸上的火光更温暖的是他们谈论家长里短的那份亲热劲儿。

老人说，现如今日子好了，儿女大了，住进新楼，不再下田干活了，反倒身子骨儿发僵不活泛。我想，老人独个儿是一棵枝叶婆娑的大树，凑在一起就是一片森林，他们的根在乡间的泥土里扎得很深，那里有他们熟悉的天空和大地。

去年夏季，我搬到新家，夜晚窗外传来蛙鸣。我推开窗户，借着灯光，看见不远处的农田里有星星点点的荧光，几处房屋外有宽阔的场院，主人坐在树下纳凉。一条小溪在月光下缓缓流淌，绿油油的苞米地像河一样深不见底……那一瞬间，我似乎回到了乡下老家，竟不愿收回视线，担心眼前的这幅画面转瞬消失在夜色里。

从这以后，每个黄昏我都要到楼下转悠，走着走着就走到了庄稼地，走到那条溪流旁。一个人静静地站在草木和庄稼旁边，等到露水打湿裤脚，月光铺满小路，才恋恋不舍地回家。晨曦初露，再一次走进这些田地，苞谷的红缨在晨风里轻轻飘动，架上的葫芦藤蔓绕出一个绿色的弧圈，紫色的茄子油光发亮，带刺的黄瓜低垂在叶子背后，小葱和韭菜整齐地排成一列，苦瓜黄色的花朵爬满架。菜园周边是密密匝匝的枣树、一丛丛的荆条、枝叶葱茏的苦楝树和野花野草扎起的一道篱笆，让这片园子如一口蔬菜堰塘。住在周边的人告诉我，这里早先叫作枣园，每到深秋，树上挂满红彤彤的枣子，附近村庄的人都赶过来吃枣。我还听说，这里的好多块菜园，是小区的居民开垦的撂荒地，他们自带农具和种子，精耕细作晒席大小的园子，尽可能地让园子里多一些蔬菜品种。平时，他们将采摘的蔬菜送给楼上楼下的邻居和城里的亲戚。

霞光铺满了菜园，一些和我一样习惯早起晨练的市民，长久地站在田地边，尽管不知道他们在想什么，但从视线里能读懂此刻的安逸和沉静。和这草色青青的田园相逢，人的内心释然又恬淡。

这些大大小小的田园，成为闹市之中的插画，如邮票一般，浓缩着城里人的山水乡愁。无论走得多远、生活多忙，心中总有那片或大或小的园子。进城的茴香，为我们带来一份重逢的惊喜，也让寻常日子有了另一番滋味。

2021年11月13日刊于《西安晚报》

乡间古渡

　　山里的空气是湿的、甜的，云雾和雨露沿着林间小道一路小跑，水滴踩踏出一条条拇指粗细、茶杯口粗细的山涧小溪。更为宽阔的水路，是两山之间的河流，那是水滴铺筑的道路，自西向东，朝着天际延伸。

　　隔着一条河，江这边的亲戚聚在一起喝酒划拳猜令，江那边能嗅到农家土酿的清香。也有人说，两岸升起的炊烟，在江心能拧出一个青灰色的麻花辫来，就连两岸古树的根须，都有可能在河床上勾连。

　　语言和习俗并无二致的两岸百姓，却被一河水阻隔。在架桥之前，唯一可以指望的交通工具就是渡船。船是流动的浮桥，被水托着、捧着、扛着，在水中央铺展出一条泱泱大道。

　　做船是个讲究活儿，是上了年岁的老木匠才有的手艺，也是对匠心的考验。长在山梁上的杉木被伐倒后，用木锯拉出三四寸厚的木板，要放在屋外晾晒整整一个夏季，让板材接受阳光的锻造，散发出醇厚的原香。锯、凿、刨、楔、开卯、灌榫……在叮叮当当的敲打声中，木船的雏形渐渐呈现，直到所有的板材如骨肉相连，没有一星半点儿的罅隙。

那边木匠即将收工，这边漆匠开始忙活起来，用上好的桐油掺着石灰，和面一般在石案子上反复揉捏，等石灰团泛起油光之后，在石板上经无数次摔打，直至滑溜到和蒸馍的面一个成色，方才罢手。这样的传统技艺，既能将板缝糊严实，也为船身贴上了一层保护膜。

乡间的把式做一条船至少需要个把月时间。完工后，船夫要绕着船身细细端详一番，然后用手摩挲每一块木板，每一个接口，有时还会凑近嗅一嗅过油的木板散发出的气息，如打量褴褛中满月的婴儿，确认五官端正，眉眼可人之后，方才握紧木匠的一双巧手，并示意家人上酒上菜，热情款待一番。

船夫的心里藏着一个理，造一条船就是建一座房，不光要遮风挡雨，还要经得起日晒夜露，每道工序丝毫不能马虎。"人命的事情哩！"再糙的船夫，嘴上都挂同样的一句话。船夫多半面善，他们习惯将码头称作"渡口"，把过河称作"过渡"，把乡亲们的船票钱称作"心意"。

渡口通常在水缓的浅滩，要方便乡亲们上船下船，方便自己泊船，还得考虑雨天会不会有大风大浪袭扰。日子久了，渡口就成了沿江的月台。一河两岸的乡亲过渡，大老远就边跑边喊，其实没有具体的内容，多是招招手，循着渡口的方向一个劲儿地"哎——哎——哎"，船夫眼尖，明白那人是赶着过河，于是站在船头，收起撑船的木篙，含着烟卷，半眯着眼睛，让木船缓行在水中。

过渡的都是一河两岸的乡亲，赶集的，走亲戚的，进城看病的，送娃上学的，出门打工的，去邻村请木匠为闺女做嫁妆的……船上是热乎的，大家凑在一起，说说笑笑。上船，递给船夫一根纸烟，就算是打招呼。一根含着，顺手点燃，吧嗒吧嗒地抽着，多余的则夹在耳上。大多时候，船夫并不需要摇桨划船，船上的乡亲搭把手，船就在水面上荡起来。船夫只需要在木船靠岸时，握起三两丈长的竹篙，使劲点向水中。人在船里，船在水上，水在山间，山、水、人融为一体，都乘坐在这小小的一条木船上。

　　接过过渡钱,船夫也不清点,大大方方地塞进口袋,也有乡亲歉疚地道一句:"进城办事钱花完了,下次过渡补上?"船夫一笑,点点头,应声道:"先回,先回,莫事,莫事,下回再说。"

　　待乡亲们陆续下船离岸,船夫回坐在船头,望着粼粼的河水,望着一个个远去的背影,望着又一拨打老远跑来的男男女女,望着离自己不远的家,他目光柔和,思绪悠长。日复一日,船夫用一条不大的木船,渡乡亲,渡生计,也渡风渡雨渡年景。

　　每年腊月的最后几天,附近的教书先生会裁了红纸,用浓墨写上"出入平安""风调雨顺""码头迎春"之类的条幅送到船上,权作拜年的礼物,也暗含着大家的美好祝愿。乡亲们认为,船有灵性,重情感,是远亲也是近邻,泊在每个人的心间。只要人心风平浪静,就是平安的,也是祥和的。

　　多少年后,船夫老了,河上次第架起一座座大桥,然而昔日的渡口依然清晰可辨,那里留下了人的脚印、船的脚印、水的脚印,以及岁月的脚印。乡亲们依然会记着那个近水的码头,记着那个一脸沧桑坐在船头张望或扶着木桨笑迎八方来客的船夫。

2022 年 4 月 20 日刊于《光明日报》

汉江看水

初夏，日暮时分，迎着温热的风，沿着汉江边行走，江面铺展着水花，水花间，水鸟和野鸭在嬉戏。

我和一江碧水行走的方向相反，沿着岸边的栈道，自西向东。一些郁郁葱葱的、肥嫩肥嫩的野草，不知是从水中爬上岸，还是从我脚下的这片滩地一起蔓延到水中，零星的野花点缀着眼前这片绿。

比花草要高一些的，是身姿并不挺拔的麻柳树。东倒西歪，高矮不等，粗细不均，有的枝丫挂满枯黄的水草，顺着流水的方向静静地趴着；有的树皮已经脱尽，粗壮的枝干沾满泥沙，它们显然还在呼吸，树梢冒出一簇簇新叶；有的被拦腰折断，只剩下一截孤零零的树桩，就像大漠深处的胡杨，一脸阳光地傲然挺立；极少数依然顽强地站立着，在空中将树冠打开，舒展的枝条随风摇曳；一些筷子粗细的小树，从枯黄的芦苇丛中钻出来，懵懂地投入夏季的怀抱。

自去年初秋那场洪水顺利过境后，我第一次来到江边。我努力还原着那个惊心动魄的场景，内心翻腾着莫名的感动。这花，这草，这散落的麻柳树，还有一片一片的芦苇，曾经被淹没，被冲刷，被闪电和雷鸣包围，被无边的乌云压低，又被雨后的烈日暴晒，但这些都不能阻挡它们进入又一个四季轮回。

那场雨，是狂风从远山之巅裹挟而来的，从沟壑、山溪、幽谷，向低处奔涌。我身旁的这条河流接纳了一切，像往常一样，平静从容地导引这洪流。这些生长在岸边的麻柳树，猝不及防地进入漩涡的中央，但它们捍卫着身后的岸，还有离岸不远处的城市。越来越多的百姓从屋里走出来，靠着经验判断汛情，从头顶乌云密布的天空、从雨滴落下溅起的水花、从大树枝头传递出的风向，他们推断着天空何时放晴。

这些麻柳树最终送走了这场大雨，散发着水草香和泥腥味的河岸恢复了昔日的平静。一些被洪水冲刷至此的枝条、根须、草籽、卵石，在这里重建家园。河水慢慢变得清澈，清澈到和蓝天一色，如镜面一样，映照着两岸的高楼大厦和人们明媚的笑脸。

站在茂盛的花草边，我陷入沉思。这些花草、泥沙、卵石，或许是自洪水的指缝洒落在这里的某种标识。那场洪水没有带走江河之魂，重新萌发的草木，正在装点新的风景。有人在河滩开垦出新的土地，围栏里是一个个只有晒席大小的菜园，生长着土豆、小葱等。整个河岸再次被新鲜的绿色镶边，人们到这里看水或者听水，目光温柔。

夜色渐浓，耳边只剩下哗哗的流水声，闪烁的霓虹灯落入奔流的江水。偶尔有几声鸟鸣从麻柳树的枝头传来，我知道，属于它们的狂欢开始了。今夜，铺满浪花的江面，让我放缓脚步，将视线深情地投向江面，投向霓虹灯装扮的潺潺流水。

2022年5月25日刊于《人民日报》（海外版）

大地水根

在我的老家，孩子的成年礼是从肩头放一副挑泉水的扁担开始的。这是乡间野大苦大的孩子，在挑起生活的重担之前，于柴米油盐的琐碎中，肩头压上的第一副担子。没有仪式，也无须旁人见证，礼成在不经意间。

扁担初上没有磨出老茧的肩头，总是晃晃荡荡，水桶在半空中左右摇摆，如醉汉的腿脚不听使唤。一担水到家时只剩下两个少半桶，其余的被泼洒在路上。

见此阵势，大老远就有人靠路边站，腾出一条道来，一脸爱怜地盯着扁担两端颤颤悠悠的水桶。村里上了年岁的老人，将山泉水视为粮食一般金贵，洒落在路上，又不能一粒粒捡拾起来，眼巴巴地看着糟蹋了，未免有些心疼和惋惜，忍不住提醒：稳住，稳住，腰伸直，脚步放稳放慢，手搭在扁担上，甭东张西望。

山里不缺水，每逢盛夏，草木茂盛处，牛羊出没处，蝉鸣鸟叫热烈处，定然有一汪清流盈盈，泛着银光。更何况，大沟里的水终日哗哗流淌。但是，泉眼里冒出来的水，是最清洌醇厚的窖藏，被簸箕般的树叶一滴一滴筛选过，被植物根系编织的大网过滤过，被层层叠叠的青石一遍遍研磨过，是从大地粮仓里搬运出来的精品。

能有一眼山泉，是一个村子的灵气，也是村里人的福气。但凡老辈人，总习惯将水泉称作老水井。有了年份，就有了故事，如慈祥的老人，膝下是乌泱泱的儿孙，是和儿孙们一样乌泱泱的水波。

村子里的老水井在山脚下，是就着山势凿出来的一个正方体，深浅宽窄亦一米余，井上覆着一块青石板，井外有两级台阶，左右两侧各有一个能放下水桶的小石坪，铺着尺把厚的石垫。晶莹的水珠从拇指大小的泉眼涌出，串珠般顺着井壁洒落，在水面上溅起细碎的水花，也传来叮咚作响的水声和鸣。井里的水盈满后，沿着井外的一条小道流出，不远处是两方水田，一块种稻，一块栽藕。再远处，就是两山之间的一条大沟。

一口井，养活了村里十余户五六十口人，还养活了两块水田，雨水充沛时，溢出井口的泉水顺着水渠扑入溪流的怀抱。自我记事起，老水井从未缺过水，即便是烈日炎炎的夏季，或者大雪封山的隆冬。据村里的老人说，这口井少说也有上百年的历史，在他们记忆里，井里的水一直满满当当。

到井里取水，多在东方露白的早晨。乡亲们起早上工前，总是习惯先担两桶水，让厨房里的水缸和老水井保持相同的水平面。通向老水井的路，在一大早就热闹起来，路上洒下点点滴滴的泉水，也洒下庄稼人的欢声笑语。或许这是一种最朴实的朝拜和请安，在开始一天的辛勤劳作之前，大家先行和老水井打声招呼。

老水井有老水井的日子，老百姓有老百姓的日子，每天打个照面，彼此才能心安。老辈有话，人有情，水才有根。他们按照自己的理解，把饮水思源演绎到了极致。村里有个规矩，牲口一律不能在老水井饮水。起初不懂，后来从老辈那儿得到了答案：不是怕牲口污了水，是怕牲口的粪便弄脏了井身。井就像一位干净整齐的老者,乡亲们要让泉眼里冒出来的每一滴水都没有多余的皱褶,就算日子再苦,都不能让每一滴水打上补丁,就算农活再重再忙,也不能让每一滴水有汗腥味。老水井的水就是这样讲究,这样排场,这样冰清玉洁。

我曾见到一个年岁不大的小子,从井里提水让牛羊解渴,见此情形,村头的老人用拐杖笃笃地敲着石板,皱着眉头,一个劲儿地责怪道:没了王法,简直没了王法。日暮时分,孩子的家人拿着水桶和水瓢,将水井反复淘洗一番后,又给众人赔礼道歉。那种愧疚感,让我第一次也是唯一一次感觉到老水井在村里人心中的位置和分量。

每年夏季最热的那几天,大暑或者小暑节气,村里人会在晌午时分相约前往老水井,他们衣衫整齐、神情庄重,提着桶、拿着瓢、握着铁铲或草锄,要为老水井完成一次清洗。他们小心翼翼地除去杂草,铲掉污泥,就像农历春节前家家户户的大扫除。之所以会选择在盛夏,原因只有一个,日头底下的大清洗不会让老水井受凉感冒。这种说法很有诗意,但更多的是一份饱满的真情。这对于老水井和老水井哺育的山里人而言,都有着节日般的盛大和喜庆。仿佛老水井就是一个村庄的露天大水缸,不能有一星半点儿的浑浊,他们要让这一脉清流沿着最干净的水路,流进最干净的水井,要让草木看见,让青山看见,让头顶的蓝天白云看见,也要让后辈们看见。

人心似泉,泉如人心。老水井之所以绵延百余年,仍清流如常,除了大自然爱的浸润,除了日月四季雨露风雪的陪伴,除了白云帐幔下巍巍青山的藏纳代谢,围在老水井身旁的乡亲,才是这方水土上升腾不息的人间烟火,是他们让悠悠水波露出花容。在地平面以下,老水井如投向大地深处的袅袅炊烟,亦如虬曲盘错的水根,和草木的根系同出一脉,遍布青山的肌理,如碧波荡漾的生命之河向着远方延伸。

若干年后,当我真正担起生活的重担之后才明白,老水井就是一部大地哲学的生动教材，它的肩头亦有一副关于滋养万物的担子。在予和受、出和入、盈和亏、浮和沉之间，老水井仅用一捧清泉就诠释了这其中的深意。也许每个村庄都有自己的老水井，都有自己的根脉和传承，而散布在广袤田野的一只只泉眼，不正是厚土和高天对望的一双双慧眼吗？抑或满天繁星在苍茫大地的倒影，它们在黄土地铺展的云彩里，闪烁着、皎洁着，也慷慨着、指引着、照耀着。

2022 年 6 月 8 日刊于《文艺报》

大巴山里葵花黄

在秦巴腹地的陕南，最早迎接秋天的是和迎春花一样灿烂、热烈的葵花。暑热渐渐退去，随着一抹葵黄为季节铺展出迷人的大地封面，雨露和秋风也开始在阳光下酝酿更丰富的色彩，直到层林尽染，万山斑斓。

这些年，在秦巴山地、汉江沿岸，每逢夏秋之交，总能看到大片大片的葵黄。葵花不再是大地画布上的寥寥数笔，而是已成为一片泛金的汪洋，是可以和碧绿一较高下的另一个色系。十亩、百亩、千亩的葵花，和鱼米之乡的稻田一般，用一浪高过一浪的金黄，紧拽住我们的视线。

怒放的葵花让千里沃野金波荡漾，它们向云雾袅袅的青山脚下流淌。随着葵花的盛放，黄土地迎来了又一个花期。葵花的周边，朵朵明丽的小花在阳光下调皮地眨着眼睛，葵花则高高扬起圆圆的脸盘，每一枚花瓣都流光溢彩。灼灼葵黄不失为花海里最夺目的色彩，相比早春的桃红李白、盛夏的草木葳蕤，葵花更为光鲜和明媚，它为夏秋之际的天空增添了活力和遐想。盛开在蓝天白云下的葵花，许是日头用万缕金线在大地花绷上刺绣出的另一轮日头，金黄的针脚细密匀称。

葵花也是好客的花、热情的花。游人循着葵花的芳名而来，就像葵花逐日那般。与其说游人结伴前来赏花，倒不如说，他们躲开喧嚣，在青山碧水间用心倾听葵花和苍穹的对话。他们更想看到，每一朵葵花是如何在阳光下耸立成一座伟岸的大山，让高天和厚土有了无限接近的可能。甚至有人蹲在地上，变换一种视角，仰视头顶的这轮葵黄。他们猜想，或许只有拿出和葵花一样的姿态，才能真正让阳光洒进心房，才能让仰天接日的大地花朵，滋润如鱼群般游弋在花海中的我们。

赏葵，就是观日；赏葵，就是走近阳光，听自己和自己对话。每年葵花开放的时节，我总会放下手头的工作，沿着大自然金色的脚印，走近葵花，让这抹亮色点染我的双眸，让内心变得丰盈，一次次加深葵花带给我的金色记忆。这份记忆，便是满心满眼的幸福和满足。

在农家小院，我看到满头银丝的老人手握蒲扇，坐在葵花下纳凉，葵花握着同样的绿色扇叶，在风中悠悠拂动，一起一落，是那样悠哉、乐哉，就算蝉鸣聒噪，也无法扰动内心的清净。我也看见弯腰在田坎下的汉子，豆大的汗珠从颈项滑落，在他的身后，葵花肥硕的叶子高举，似乎在向一切劳作者致敬。他们之间一定有约，在秋黄遍野时，挽手并肩，歌唱丰年的喜悦。我看见一群学生模样的年轻人，安静地站在葵株旁，在画板上为葵花画像，阳光是最好的油彩，他们一定会在画作的落款处停顿片刻，然后把自己和葵园的名字并列在一起。

微风渐起，阳光下，千朵万朵葵花起起伏伏，宛若金灿灿的波涛。此刻，耳畔传来和麦浪、稻浪一样的声响。在葵花不远处，鸟雀葵黄的羽毛微微抖动，它们深情打量着热气腾腾的葵园，歌喉里一片金黄，一片丰饶。

金黄金黄的葵花成为大巴山深处的一种景致。我分明感受到，每一朵葵花都是一份盛情的请柬，让那些亲山近水的游人远道而来。游客带火了当地旅游，让越来越多的百姓把日子过得和葵花一样灿烂。每年葵花盛开季，当地的民宿异常火爆，农家饭菜和山货特产备受游客青睐。大朵大朵的葵花，成了百姓引以为傲的金花银花。

2022年8月12日刊于《人民日报》（海外版）

陕南农家酿

陕南不是酒乡，但客到陕南，和农家菜一起端上桌的，必然有一壶称作土酒的农家酿。

早先，陕南人喝酒讲究口劲，烤出的头道酒称作酒头子，白米细面一般盛满坛坛罐罐，有贵客来，方才舍得开坛。懂酒的人，举起杯子凑近鼻尖一闻，就知道酒有多少度，打不打头，口劲如何，烤酒用的什么料，发酵用的什么曲。这些年，陕南人喝酒讲究养生，在选曲、发酵、酿制的每一个阶段都注意分寸拿捏，擀面一样用力把酒的烈劲摊开擀薄。在陕南乡下，人人都是调酒的土把式，手法和推拿按摩一样，总能从某个穴位入手，在三番五次的揉捏之中，烤出性情温顺绵软的农家土酒。

和从生产线上灌注的瓶子酒相比，土酒的酿制工艺是露天的，是有大自然参与的，所以和吃食一样，更懂得陕南人的胃口。酿酒的材料生长在房前屋后，也更接地气，更有烟火气和草木香。农家烤酒最常用的是柿子，霜降过后，柿子树叶落尽，光秃秃的树枝被火红的柿子压弯，打远看，又像一朵朵怒放的花，倒挂在树枝，风一吹，整个树身都颤悠着。酿酒的柿子一定要经霜,最好裹一身盐白的霜花,用深秋的气候,为柿子一层一层去涩,直到甜透心,烤出的酒才有淡淡的柿子甜。

通常是天高云淡的好天气,力满腰圆的汉子上树抱着树枝一阵摇,整个树像过了一阵风,挂在树枝上的柿子,荡秋千似的晃荡着。女人戴着一顶草帽,猫在树下,摇落的柿子像无数小拳头,砸得她们腰肢乱扭,砸得她们咯咯作笑。树上的男人更加带劲,伴着柿子雨点一般落下,刚刚还一树火红的柿子树,只剩下乌青乌青的枝条,树的枝丫轻泛了许多,又恢复了春天才有的腰身。稍有野性的柿子落不下,只好用一根长竹竿挨个儿敲打,陕南人厚道,一般要在树上留下几个柿子,陪着柿子树一道过冬。

和柿子一样,要从树上收获的,还有被称作万寿果的拐枣。说是枣,其实又不是枣,果实没有枣子大,而且外形不圆滑规整,常常是果生果,果缠果,果连果,果小而紧密,一骨抓一骨抓地吊满树枝。入冬后,拐枣是农家娃娃提在手里的水果,在缺吃少喝的年代,拐枣是被当作干粮和吃食塞满学生娃的书包。

和柿子、拐枣不同,另一种烤酒的食材和庄稼一样端棱棱地长在田间。如果没有农事常识,很容易将它认作高粱,这种个头、粗细和高粱并无二致的庄稼,最大的区别在于,粗壮的秆如甘蔗溢满甜汁,故得名甜秆。在房前屋后的空地撒一把甜秆种,入秋就能长到丈把高,生出和高粱一样深红的果实。

酿酒的材料从田野搬回来之后,用铡刀切碎,然后放在大木筲里,撒上酒曲发酵,这是最原始,也最自然的酒料驯化,在深秋不冷不热的气温里,让糖分迷迷糊糊地有了酒精度,也让木筲里的酒料有了温度。烤酒,实际上是从发酵开始的,来自大自然的这些果木,在合适的温度里完成另一种休眠和蜕变。像一个眉目慈祥的母亲,深夜端着一盏煤油灯,蹑手蹑脚地走到床前,为鼾睡中的儿女扯一扯被角。这种情感,也让土酒有了温情，不再刚烈刺鼻，也让这份甜蜜以另一种方式完成转化，为即将到来的大火烧烤，完成所有铺垫。

少则半个月，多则个把月，充分完成发酵之后，也迎来了乡村秋冬时节最为隆重的农事。不亚于春播秋收，烤酒也是收割或采摘，让酒料脱胎换骨，流淌出和山泉水一样清亮清亮的土酒。通常是将锅灶搬到屋外，或者干脆在户外用砖头搭一口单锅灶。烤酒是个大场面，灶膛里填满干了芯的大柴梻子，和过年杀猪煮肉一样，从灶膛蹿出的火苗盈满喜气，似乎听得见火苗眉飞色舞地笑。

坐在锅灶前添火加柴，烤得满脸发红，额头冒出豆大的汗珠。装满酒料的甑子顶天立地，一头蹲在地锅，借助沸腾的水温蒸腾酒气，一头顶着天锅，用清凉的山泉水冷却甑子里的酒，一冷一热之间，一股筷子粗细的农家土酿，从斜插在甑子里的竹管缓缓流出。木质的甑子像一个加盖的大茶杯，沏着蓝天白云，沏着鸟语花香，也沏着酒曲的喃喃呓语，每一滴酒都奔跑在雾气腾腾的清香里。灶台的土罐挺着圆乎乎的肚子，泉眼一般盛接着被大火从甑子里赶出来的清流。

烤酒，需要热锅热灶，通常一口气将木埠里的酒料烤完，并不中断。到了天黑，从田里收工回来的左邻右舍，老远就看到锅灶里的大火把院坝映红，灶膛里似乎滚动着一个火球。酒香勾魂哩，贪酒不贪酒的都吧嗒着烟卷，三三两两地聚过来。烤酒讲究尝鲜，酒盅子不过瘾，干脆从屋里拿出泡茶的白瓷缸子，盛满新酒，挨个儿大口豪饮。抿紧嘴，舌尖扫着满口酒香，不用菜，也不要酒桌子，蹲在地上，一手握着烟袋，一手端着缸子，喝到满脸酡红，喝到身子飘忽，云朵一样，红了乡村的夜晚。陆续离开，已经到了后半夜，明月当空，星星点缀，虫鸣和着灶膛里噼里啪啦作响的柴火，在烤酒汉子半醉半醒的守望中，土香土香的土酒就这样流进火光映红的梦里。

土酒虽土，但有名有姓，或是柿子红，或是拐枣烧，或是秆秆甜，这些就着土酒门户和性格给出的农家酿，其实是风调雨顺的大地佳酿，在耕作劳碌了一年之后，庄户人家举起酒盅，庆贺丰年之喜，让远道而来的客人，分享好日子的甘甜醇香。

2022 年 8 月刊于《延河》上半月刊

乡间石磨

石磨算是我童年的伙伴了,虽不言语,却情深义重。山里的孩子,哪一个没有石头的秉性,石头的坚韧,石头的筋骨?就像石磨,粗狂之中有一份沉稳内敛。

那个年岁的我,总是习惯了趴在石磨上吃饭、看书、写作业。彼时,身旁一定围着眼神慵懒的花猫、黄狗,在地上咯咯嗒嗒低头觅食的鸡鸭,或者是一枝一枝繁如山花的鸟雀。天空晴朗,草木晴朗,山歌晴朗,心情也是晴朗的,那个久远的场景,在好多年之后,依然清晰如故,温馨如故。

朝夕相处中,竟感觉憨憨的石磨是通人性的,欢喜也好,忧愁也罢,我只要绕着磨盘走上几圈,一切心事都变得云淡风轻。这种感觉,委实奇妙。在我朴实且单纯的认知里,总感觉石磨是从大自然的课堂里走出来的山里娃,是石匠敲打出的优等生,是品行端正的成器娃。之所以能雕琢成一件石器,定然是经得起磨砺的可塑之才。

石磨分上下两扇,上扇为天,为阳,为雄,能旋转,可活动;下扇为地,为阴,为雌,用水泥浆砌在磨盘上,是固定牢靠的磨床。上下两扇咬合在一起，如两只严丝合缝的齿轮，靠人力的推动，吞吐并磨碎五谷杂粮。古人的智慧，总是让人折服，石磨是农耕文化的一部分，如两只滚动在历史深处的车轮，悠悠荡荡，一路前行。

在那个年代，能有一副石磨，算是殷实人家了，但我家例外，听母亲讲，安放在屋东头的石磨，是父亲分家时最值钱的家当。其时，石磨已经很薄了，厚三四寸，磨脸有背篓口大小，表面油光亮滑，很有年代感。磨盘是一圈浑圆的青山板，切割拼凑成一个石材的裙边，上承着石磨，下接着青石砌起的圆柱状的磨基。就地取材，又浑然一体，连石磨周围都铺着石板，看起来干净利落，也容易洒扫。

通常每月都要磨一次面。从粮柜里舀出三五斗小麦，挑拣、淘洗、晾晒，过几个日头，就能上磨。麦粒在磨顶堆成一座小山，手臂粗细的磨杠穿过石磨上扇的草绳磨耳，远端撬着磨身，近端是扶手，依靠双臂和身体前倾的力量驱动。石磨的天扇绕着嵌在地扇正中央的铁质磨脐旋转起来，粮食从磨眼漏入磨仓，在上下磨槽轰轰隆隆地对磨中破碎成粉。不大会儿工夫，磨碎的麦粒裸露出的麦芯白，如雪花般自上下扇磨缝中飘洒至磨盘。一股小麦固有的清香，带着些许温热扑面而来，又随风而去。

面要磨三道。头道过面罗之后，落在笸篮里的是上好的雪花粉。提取面粉之后的麦麸上磨，再磨，过罗，谓二道粉，色泽和细腻度略次于头道。三道粉粗些糙些，其实是麦麸和面粉的混合物。在那个物资匮乏的年代，庄户人家总想将有限的粮食尽可能地磨成面粉，不在乎口感，只图能做成一口吃食。

除了小麦，苞谷、黄豆和稻谷，也都借助石磨完成从粮食到米面的蜕变。一副石磨俨然一个露天加工厂，我们手扶着磨杠一圈一圈地绕着，说说笑笑，并不感觉到丝毫的倦意。总盼望着母亲能用新磨的雪花粉为我们擀一案面条，或者蒸一笼松软的白面馍，作为劳累了一天的犒劳。

在当时，这已经是最幸福，也最知足的享受了。

条件稍好一点儿的人家，会建一间不大的磨坊，就算屋外落雨飘雪，依然能在屋内磨面。再者，也让石磨少了风吹日晒和雨淋，将这些石头的农具护起来。

一副上好的石磨，需要石匠精选石料，花上半个月或者个把月时间打磨和雕琢。石匠进山选石，往往独来独往，凭借经验，一眼就能相中一块质地不错的石材。上前端详一番，再用手中的工具敲打几下，从回声，从落锤的手感，从直观的品相，就能判断是否可以锻造出一副好石磨。

选好石材，无须搬运，便开始就地加工。好的石匠不仅需要眼力见儿，也需要一身力气。粗壮的臂膀抡起铁锤，先将铁硬的青石敲打出石磨的雏形。然后手握錾子，按照心中的图纸，剔出赘生的石料。锤起锤落，金属和青石在敲打中火光四溅，扬起的石灰落满石匠的头发和衣衫，如升腾起一层薄薄的雾气。石匠不言不语，目光落在石料上，仿佛是在完成一件艺术品，生怕起起落落的铁锤力量不均，生怕錾子落错了地方。石磨周身雕刻了细密的纹理，最显石匠手艺的，则是以磨脐为原点，用小锤敲打錾子，在上下两扇石磨的咬合面凿出一道道放射状的波形浅槽，是为石质的齿轮。开磨槽，是一副石磨完工的点睛之笔，深浅曲直，尽在石匠经年累月的经验里，如木匠开榫打卯，铁匠回炉淬火，篾匠开竹剖篾，一招一式蕴匠心。

石匠也为自己定下了规矩，再累再乏，白日里不沾一滴酒，怕酒劲儿上头，看走了眼，伤了石料。只有到了晚上，才会举起杯子，抿几口乡间老酒。待到夜深人静，鼾声四起，喉结里传来如石磨转动的轰鸣，磨牙的石匠如咬豆子般满嘴咯嘣响。

20世纪末，农村普遍兴起电磨磨面，省时，也省力，百十斤粮食，只需一袋烟的工夫就好。昔日的石磨渐渐清寂起来，但是上了年岁的老人依然留恋石磨磨出的面粉，筋道，口感顺滑，麦香味浓。老人们扶着磨杠，绕着磨盘一圈圈转，就算脚步已不如以前利落，但步点沉稳，面色从容。也许，在他们看来，石磨不仅仅能磨出他们想要的雪花粉，也能磨出那段不可忘却的光阴。那是记忆的味道，也是岁月的味道，如麦香，总有一丝淡淡的香甜。

2022 年 8 月刊于《延河》上半月刊

云知道

在乡间，云朵是生长在天空的庄稼。老农习惯了早晚抬头看看天，看看天上的云朵，看看天上云朵的气色。其实，都是给地里的庄稼看的。云朵的薄厚、色彩、形状和方位，给地上无数双眼睛透露出某种隐秘的信息。老农能读懂云朵的情绪，云朵知道老农的心思，知道天空和大地每一次对望的深情和深意。

农人早起，推开屋门的第一件事，便是披衣站在场院仰起脸，看一看波动的云彩，看一看日头的神情，看一看青山的头巾和围脖。低下头，就有了农事安排，就知道这样的天气是锄草，是施肥，是将牛羊赶到远处的山坡，还是将屋里的粮食搬到屋外的晒场。遇上好天气，他们不由得哼唱起山歌来，东边唱，西边和，歌声传遍整个村庄，一天的好心情，就这样和天边的云朵一般优哉游哉。

劳碌一天，收工时天色已近黄昏，乡亲们一旦聚在一起就成了一片云彩。男人们衔着烟卷，半挽着裤腿，将肩头的锄头、背篓、扁担、铁铲或犁耙放在地上，坐着、蹲着、站着，或者斜靠在一棵大树上，身上的烟味、汗味、土腥味混合在一起，被风吹散，又被风拽回。女人们索性围坐在一起，叽叽喳喳如一群鸟雀，男人、孩子和庄稼是绕不开的话题。主妇一旦摘掉围裙，是泼辣的、利落的，和男人般壮硕的身子骨儿，早早地在暮色中缓过劲儿来。等到月亮升起来，等到人群散开的时候，他们不约而同地抬起头，透过大树的枝丫，望望村庄之上的天空，望星星，望月亮，望云彩，望东望西望南望北，视线收回的时候，各自的心里都装着一个或阴或晴或风或雨的天气。在回家的路上，倏忽安静起来，像是在翻阅藏在心里的一册账簿，仔细勾画圈选着手头的农活。

  上了年岁的老人，脸上铺满岁月云彩，已然是儿孙们头顶的一方晴空。他们不用看天观云，凭借身体的细微变化，就能敏锐地感知天气的阴晴冷暖，仿佛能听见节气来去的脚步声。夜里，躺在床上，动一动不太灵便的关节和腿脚，窸窸窣窣地翻过身，好像某种感应传遍全身，轻声和床头的老伴儿念叨着，变天咧，身体里起风哩。常常是前半夜说的话，到后半夜就应验了，风呼呼地刮过屋顶，瓦楞里的枯枝败叶打着旋，圈里的鸡鸭被惊得咯咯叫，狗对着漆黑的夜空一遍遍狂吠。这些老人，分明是岁月的云朵，多少次风吹雨淋日晒，才有了身体里的小气候，也才有了和天空、大地、草木、节气对话的一腔乡音。

  乡亲们看天，其实就是把先辈传授的农谚从心里搬出来，一遍遍比对天上的云彩，像一个个看图识字的孩童。那份认真，那份专注，恰似乡间的郎中辨认体内的虚实寒热。天气就是收成，这是乡间的大道理，祖祖辈辈，年年岁岁，总盼着风调雨顺、五谷丰登。在他们眼里，每一片云朵都是自大地升腾起的炊烟。黄土地上的庄稼和人一样，也会感冒发烧、头疼咳嗽，也会手脚麻木、浑身乏力，也会口舌生疮、目赤耳鸣。这些寻常毛病，只需要一场雨、一阵风、一团雾，甚至在天际挂一轮火红的日头，一切不适就会烟消云散。天上和地上，很远也很近，尽在云朵和日月深情演绎的圆缺盈亏中。

  长在田里的庄稼，和天空的云朵一样幸福，一样自由自在。春夏秋冬，这些生长在黄土地里的五彩云朵，在农人的身旁匍匐着、层叠着、挺立着、翻涌着、低垂着，每一幅景象都是那般撩人心弦，又是那般楚楚动人。泥土不语，长空有情，顺着节气向上攀爬的庄稼，总能准确地将渴了、饿了、旱了、涝了的深切感知，用天空能识破的肢体语言传递出去。这份默契，亦是千百年来含情对望的告白。那些和庄稼一样生机勃勃的云朵，不也在耐心等待着来自地面的水汽蒸腾、生发和滋养吗？不也在用云朵的语言，深情呼唤苍茫大地的慷慨给予吗？千姿百态的云朵，不只出现在万物头顶的天空。一切热爱生命的个体，都具备也都有能力演绎属于自己的精神气象。就像田里的禾苗，山坡上的草木，还有涓涓流淌的山溪，奔腾不息的大江大河，以及对每一片云心存敬畏的生灵。

绵延群山，是最接近天空的大地积云。石头的骨骼、泥土的肌体、草木的毛发，无论走向和海拔，也无论年岁和风貌，每一座山都在用无限接近蓝天的忠诚，从未央的夜色中将每一轮朝阳冉冉托起。丛生的云朵，抑或是繁星和日月，投向低处的每一道光和影，都倾泻着一份深沉的爱恋。云和雨、风和电，连同洋洋洒洒的雪花，无一不是天空和大地平仄对仗的诗行。这份豪迈和浪漫，无不寄托着和云朵一样热情讴歌多彩生活的生命群体的美好愿望。古往今来，那些对酒当歌的文人骚客，无数次仰望星空，在天空的案头研墨，喷薄而出的豪情如云朵般掩映着一方心空。他们更愿意相信，灵感的云朵、生命的云朵、情感的云朵，最终在天空汇流成明明灭灭的一道星河。

看天看云，就是看山看水，看风看雨，看花看草，看日出日落，看阴晴圆缺，看过往和未来。天空飘散的云朵，是辽阔大地的倒影，是花开花谢的生发枯荣，是鸟语花香的绵绵音符；黄土地上铺展的云彩，是辛勤劳作的乡亲们，是五谷明朗饱满的笑脸，是村庄白墙黛瓦的朴素淡雅。

这一切，云知道。

2022 年 10 月 21 日刊于《文艺报》

一湖水花

水是有年岁的。古井的水慈眉善目，像极了乡下的老人；小溪小沟的水蹦蹦跳跳，是活泼调皮的孩童；大江大河的水潮起潮落，是浑身充满力气的汉子。客人到了陕南安康，见了瀛湖里的水，都夸这水是扎着头花的俏皮姑娘，楚楚动人。

瀛湖起先不是湖。20世纪80年代末的一个冬天，随着安康水电站下闸蓄水，碧波荡漾的汉江在安康城区上游旋旋绕绕，一滴一滴的水，一簇一簇的浪，山和水就这样紧紧地拥抱在一起。水库库区取名"瀛湖"。湖边的百姓晨起第一件事，就是站在屋外的场院，看看山，看看水，看看村庄的倒影，看看和鱼鳞一样铺满湖面的微波细浪。

四季轮回，把水漂染成特有的瀛湖蓝，像瓷器一样温润光滑。两岸的群山、村庄、屋舍、草木、庄稼、牛羊，在湖水的镜面里投射出黛绿的轮廓。水中的鱼虾一群群游过来，它们游上屋顶，绕着青灰色的炊烟一圈圈追逐嬉戏；它们游上山冈，在无边无际的油菜花海里镀一身金黄。

游船在湖中缓慢前行，船头如春耕的尖铧，将水面犁出道道银白的浪潮，一股清新甘甜的水草香在风中飘荡。游人站在船舱，看茂密鲜艳的浪朵瞬间在湖面摊开，如洁白的蔷薇或梨花、李子花，在水的枝头竞相绽放。

山溪奔流，为宽阔的湖面镶上一道花边。只有到了湖中心，你才会相信，这些来自四面八方的水流，一定是喘着粗气从远山奔跑而来。这些甘醇的水滴，一定是从湖边的大树上落下来，又升腾到油绿的叶面，升腾到和湖水一样碧蓝的天空，完成大自然的循环，让瀛湖周边的丛林四季常青。

岸边的百姓，将屋外的这方水域宝贝一般捧在手中，抱在怀里。早年，他们是靠水吃水的渔民，耕耘着湖水，鱼虾就是他们播种在水中的庄稼。新世纪初开始，他们收回渔网，在近水的岸边栽种果树。一位来自西安的大学教授，爱上了这里的山水，索性将实验室建在了湖边，十几个寒来暑往，让原本生长在南方的火龙果和杨梅，在山清水秀的北方落地生根。那枝叶和花朵恋上了瀛湖，为陕南温润的空气增添了一份甜蜜。收获的季节里，果实沉甸甸地挂满枝头。

每年春夏两季，瀛湖水面似乎和草木一道萌发新芽，纯银的浪花在山风的吹拂下次第盛开。比花朵更为明媚的，是瀛湖特有的鱼种，背身泛着银光，一拃多长，拇指粗细，成千上万条呼啸而来，又呼啸而去，在清澈的湖水中灵动地摆着尾巴。

安康水电站建成蓄水，成就了泱泱瀛湖，也让湖里的水花以另一种方式在更遥远的地方怒放。机房里，水滴汇聚在一起，推拉着，碰撞着，激越着，在巨大的落差中完成一次转换。沿着架设在空中的电线，瀛湖水的力量翻过秦岭，越过巴山，在点亮千家万户的同时，也送去来自安康的祝福和问候。更为盛大的场景是，瀛湖还是一个四面群山箍起的大水缸。被大自然选育出的一方甘甜，沿着南水北上的水路，滋养着北方的城市。在广袤的华北平原，在拧开水龙头的那一瞬，眼前是一团团闪耀的水花，是叮咚作响的清流。

春去春来，年年岁岁，瀛湖水波芬芳，花期如约而至。繁花似锦的湖面是晶莹的水花，是岸边的山花，是百姓幸福的如花笑靥。瀛湖花开，开在近处，也开在远方，开在大地，也开在天际。

2023 年 6 月 5 刊于《人民日报》

放鸟

这是一个阳光尚好的周末,雨水节气刚过,旧年的草皮好似晾晒的一条毯子,在春风里摊开。已近中午,公园里人并不多,在一处斜坡处,我突然听见几声鸟鸣,循声望去,几个中年汉子双手抱头,慵懒地躺在草地上,离他们不远处,是几个笼衣揭起的鸟笼。成双成对的鸟,就着春光忘情地在笼子里唱着,身姿灵动,歌声悠扬。也许它们彼此并不熟识,却像邻居般亲近,那叫声干净、明快,节奏从嗓子里轻柔地流淌出来。

声声鸟鸣,是献给春天的,也是献给蓝天白云和绿草红花的,这些大自然的精灵,分明是时光河流里的一朵朵浪花。相比这些笼中的鸟之绅士,在离城市不远处,那些漫山遍野、有名无名的鸟雀,则更像低处的云朵,年年岁岁,守望着一方山水,也被一方山水放养在草木枝头。

在乡间,在大山深处,每一只鸟雀都是自高天撒向大地的种子。它们植根于广袤田野,双翅如犁铧般深耕着日月四季,也深耕着我们头顶的天空。

每个清晨,在庄稼人推开屋门之前,房前屋后鸟鸣啾啾。它们的嗓子没有圈舍的鸡鸣洪亮,但密集盛大,富有层次。体形要大一些的鸟雀,选择了高处的枝丫，常常是尾巴竖起，身子前倾，向着低处鸣唱，它们一定看到了某个暖心的场景：一只顽皮的小花猫正在院子里打滚，有个少年正背着书包蹦蹦跳跳往学校赶，地里的庄稼正在拔节，溪水沿着水渠缓缓流进稻田，一只牛犊正含着母牛的乳头……低处的鸟雀仰起头，尾巴下垂，像斜靠在草木的沙发上。它们看见一朵白云在追逐另一朵白云，像放牧在蓝天的羊群，看见自远山之巅的日头着一抹霞光缓缓升起，看见大雁正在结伴南飞，看见柿子树上通红通红的柿子在风中摇摆……看见一切美好有趣的事物正在发生。

那些顽皮活泼的鸟雀，并不吝惜羽毛，它们习惯了从一个枝头飞向另一个枝头，短暂地停留之后，一下子跃入枝叶的波面。它们的鸣叫是脆的、急的、连续的，好似一个个在风中滚动的音符，忽远忽近，忽上忽下，让人捉摸不透。它们的眼睛里有一束亮光，在旋旋绕绕的飞翔中，能照亮比它们身姿大不了多少的叶子、花朵，还有青灰色的树干。

那些稳重内敛的鸟雀习惯隐藏在林子里，借着从叶子的缝隙投射下的阳光，总有一些意外的发现：一只正在午睡的虫子，刚刚成熟的山野果子，从高处飞翔的鸟雀口中掉下来的一粒褐红的高粱米。困倦的时候，它们会温柔地爬上牛羊温热的背身，收紧羽毛，浅浅地眯一会儿。很快，又警惕地睁开眼睛，半展着翅膀，悬在半空中来一次清唱，更像是呼唤。不大会儿工夫，身边就聚拢了一大群同类，它们似乎有说有笑，好像在传递着某种信息。语言的秘密，只有它们自己能听得明白。

那些羽毛丰满、体态健硕的鸟雀，始终在高处绕树飞翔，它们叫声爽朗热烈，是天空的王者，不会有异类轻易靠近或者挑战。它们通常是成双成对地出现，葵花子大小的尖喙，能从地面上叼起尺把长麦秆粗细的树枝，在向阳且透气的大树枝丫，建造起脸盘大小的巢，就算风雨来临，也不会担心无处躲藏。这样的巢，也成为它们的老宅，通常要住好几代。孵化出的雏鸟只有能自食其力的时候，才会在不远处建筑新巢，开始生儿育女。这些高处的村庄,蕴藏着鸟类对大地,对长空,对根叶和山水的深情。

有名或无名的鸟雀,和乡间的草木一道在时光里枯荣。它们用翅膀丈量着锦绣河山,只要哪里有新绿,哪里就是它们的家园,哪里就能听见它们欢快的歌唱。

前些日子,参加一次培训,下课休息时,一只拳头大小的鸟雀倏然从半空中疾飞向教室的蓝色玻璃幕墙,撞得砰一声响,很快又调头飞向高空。身旁的同学很是纳闷,怎么好端端的一只鸟,在大好春光里做如此举动。我赶忙解释,这可能是将蓝色的玻璃幕墙当作蔚蓝天空,所以才会如此毫无顾忌地飞过来。

身旁的另外几个同学接过我的话,说最近有个惊喜的发现,在我们培训的地方,鸟雀怎么会如此多,体态怎么比城市里的要大要肥,叫声也更洪亮,品种好像也比我们通常见到的要多呢?一连串的疑问,瞬间在同学之间引起了热议。我想,答案或许是这里的环境幽静,树木繁茂,绿地比老城区要多得多,所以才成了鸟雀的天堂。

举目四望,新城区栽植的树木渐成绿荫,高且大,绿色小山一般耸立在街边和公园。正因如此,鸟雀才会翻越一座座高山,跨过一条条大河,从四面八方赶来。这座城市对于它们并不陌生,因为这里的每一棵大树、每一朵鲜花,都是黄土地孕育出的生灵,都有着相同的血脉和根芽。就像这方天空孕育出的鸟雀,它们一定是嗅到了某种气息,才会不约而同地结伴而至。一只只身姿轻盈的鸟雀,就是绿色海洋放牧在苍茫天空的浪潮。

尽管我不能准确地叫出这些鸟雀的名字,但从它们清脆的鸣叫里我能感知到,这就是时常出没在我记忆里的那群山鸟。它们成群结队,它们逐绿而来,它们是春风春雨放飞在大地枝头的一枚枚新芽。灵动的鸟鸣让万里山河有了另一番情趣和景致,它们或许是一朵朵盛开或待放的花，一身新羽清新如许，装扮着我们多彩的情感心空。它们乖巧玲珑，如舒展的春之画笔，为每一片绿色赋予更为蓬勃昂扬的质感。它们站立在枝头，聆听天空和大地的耳语心音，并忠诚地将听见的一切，原汁原味地歌唱给近处，也歌唱给远处。每一个音符都如绿色的火炬，被草木高高举起，在城市街巷、高山大川间接力传递。

2023 年 6 月 14 日刊于《文艺报》

蝉鸣声声

在乡间，节气前脚迈进立夏，天空和大地就陡然温热起来，欢腾起来，雷动起来。就连树影的晃动，都有了新的气场，这些细微的变化，正在努力传递着一个讯息——又一年夏季来了！草木葳蕤，艳阳高照，在蝉鸣、蛙鸣和鸟鸣的大合唱中，夏日正被油绿的树叶搀着挽着，山一程，水一程，向着村庄和田野款款而来。

枝头已经将花朵献给了春天，迎接夏天的是更为繁华也更为深邃，近乎和云朵一样澄清的草木江河。黄土地已经没有一星半点儿的留白，比色彩更为饱和的，是这个季节特有的生态音符，以一种无可比拟的阵势，空前热烈着乡村四月。

蝉，好似树木在夏季萌发出的新芽，它们用力抱紧大树，大树也深情地抱紧它们，如襁褓中的婴儿，开始生命中的第一次发声。以至于蝉鸣传来时，乡亲、庄稼、草木、牲口，纷纷侧耳，安静下来，微微颤动的耳膜又一次被敲打出幸福的节奏。尽管这熟悉的旋律已经千万次从夏日的某个早晨传来，但总感觉年年相似，又年年不同，这些幽微到不被轻易感知的变幻，也只有身处季节深处每一个情感丰富的个体，才能深刻体察并作出回应。

相比漫山鸟鸣，蝉的歌唱更率真火热，也更具磁性。通常是在东方泛白，枝头的鸟雀对着即将从地平线冉冉升起的红日，打开音腔开始领唱的同时，蝉鸣潮水般从四面奔涌而来。新的一天就这样在歌唱中开始了。这些只有成人拇指大小的精灵，和树木一样茂密地生长繁衍，一个在近空盘旋的庞大族群，将身体内欢腾的热浪如烟花般绽放出来，星星点点，却也蔚为壮观。听蝉鸣，很难听到究竟从哪个枝头传来，又从哪个枝头落下，此起彼伏，很密很细，很浓很稠，很近也很远，如河床上的簇簇浪花，叠着，拥着，洇着，亦如繁茂的枝叶，郁郁葱葱。

相比稻田里的蛙鸣，蝉的音域宏阔，熟练运用共鸣腔体，能一口气完成低音到高音的自由转换，是在烈日下训练出来的金嗓子。当青蛙在银色月光下开始夜唱时，蝉合上双翅，一动不动地蛰伏在叶子的阁楼，开始吮吸着树木的汁液保养嗓子。偶尔，它们也调皮地应上几声，疾缓自如，收放从容，能听得出，那是伙伴才有的默契和小幽默。蛙鸣里能听到水鸣，蝉鸣里能听到阳光的沸腾，光芒相互剧烈地碰撞，野性，雄壮，奔放，如脱缰的野马疾驰在广阔的草原。

乡间更愿意将蝉亲切地称作知了，尤其是孩子们，似乎整整一个夏季都在逐着蝉鸣，在树荫下嬉戏。他们时常是轻手轻脚地走到树下，屏住呼吸，仰头寻找忘情歌唱的知了，将手指聚拢，呈半收状，迅捷地捂住树干，随着知了双翅的扑棱和戛然而止的鸣叫，他们的脸上露出一种友好的笑意。孩子们并无恶意，捉知了是为了将它们放到另一个枝头，是为了亲近，或者满足好奇心，就像从枝头摘下一枚成熟的果实，握在手里，心生爱怜。他们最终还是将这个"音匣子"放逐蓝天，并在长久的注视中，看见知了扑入另一棵大树的怀抱。

夏日的晌午，大地炙热，连树叶都开始迷糊打盹的时候，连鸟雀都躲在大树下歇凉的时候，就连天空的云朵都如芦花飘散至天际的时候，蝉在日头的万丈光芒里穿梭，它们的嗓子眼里似乎有一团火焰在蹦在跳在蹿。一声接着一声，一声连着一声的蝉鸣，让大树从睡梦中醒来，让云朵从天边重新回到日头身旁，让雷声邀来的大风喘着粗气从一座山冈跑向另一座山冈。这时，蝉似乎浑然不知，却又加快音律节奏，它要用自己抑扬顿挫的歌唱，为天空和大地欢迎一场阵雨的到来。一只只褐色的蝉，如风电汪洋中的一叶小舟，起伏颠簸，出入风波。它们能从大树摇摆的幅度里，敏感地预测到大雨将至，更能从闪电中捕捉到天空和大地某种隐秘的对话。它是一只蝉，但此刻又不是一只蝉——是闪电，是雷鸣，是狂风，是千军万马，是一切呼啸而至的力量。

大雨落下的时候，我们无从得知，也无法想象它们躲避在何处。是任凭雨滴敲打着树叶一样薄厚的双翅，让雷电从头顶滚过为嗓子淬火，还是在大风的旋涡里抱紧树身钉子般一动不动？待到雨过天晴，零零散散的蝉鸣再次汇聚起来，如早春的花蕾出现在被雨水洗礼过的枝头，很快又形成汪洋大海，更加潮热的歌声淹没了被雨水灌溉的大地，并顺势为天边高挂的彩虹鸣奏。

鸟鸣，蛙鸣，紧跟在蝉鸣之后，雨过天晴的乡村，成为它们的唱台，那份怡然和洒脱，注定成为每一个夏日里最丰富，也最活跃的赛事。也正是有了这样的鸣唱，山川河流和万物才建起属于自己的曲库，并学会用歌声去迎接和告别。

蝉就这样歌唱着，一声一声，一树一树地歌唱着，万千树木，万千蝉鸣，丰盈并充沛着一年之中最努力生长的夏季。蝉也分明是夏季的一部分，是最打动人心的部分。嗓子里有山有水，有蓝天白云，有人情世故，也有生命个体对大自然纯粹而真切的敬重。它们不遗余力地为一个季节高呼，直到将自己的身体交还给大地母亲，直到在树干上留下生命中的绝唱。

秋风渐起时，蝉鸣和树叶一道凋零，它们褪去的外衣尚在，此刻犹如一粒饱满的种子，或者是一朵收紧的花儿，等到来年夏初时节，翅翼再次如叶芽展开，音腔里依然是旧年的旋律。当蝉鸣再次回到我们的耳畔，如千树万树花开、千树万树绿叶、千树万树硕果——它们歌唱着，连同季节里的一切生命认定的天籁，向着高处，向着远处，向着日头的方向，成为炎炎夏日中最美好的背景音乐。

2023 年 7 月 18 日刊于《中国青年作家报》

田间火烧

打春过后,陕南的人和草木一道开始盼雨。山顶和阴坡的积雪还没有完全融化,老远望去,像春姑娘攥在手里的一方手帕,雪白雪白的,没有一星半点儿的皱褶。有时望走眼了,以为是一片片开得很低的梨花,很快又回过神来,拍一拍脑门念叨着,这才几月,野梨树还秃着枝条哩。

春回大地,最先发芽的一定是黄土地,比黄土地更早感觉浑身痒痒的,是春色满面的老农。他们手心的老茧如一片片被春风拂开的花瓣,隐约能嗅到一股土酿的醇香,从指缝间散开。

去年秋天没有播种的田块,掀开厚雪花的棉被后,懒洋洋地在春风春雨里沐浴薰香。节气的传感,换作春天的声声呼唤。迷糊了一冬的土地已经苏醒,该下地了,是时候开始整地春耕了。

缕缕春风挽着老农的胳膊行走在田坎上,天空湛蓝,溪水淙淙,一草一木都露出早春的眉眼。春光催人忙,像收拾房屋一样,老农开始捡拾地面上星星点点的碎石,将发蔫或者枯黄的杂草拢在一起,将田坎上蓬松的植物藤蔓连根拔掉。他们如晾晒庄稼一样,将这些草木的枝叶和藤蔓在田里铺开,让春风的巧手侍弄着。地气升腾,万物昂扬,就连老农都明显感觉到泥土的气息扑面而来,是暖的,也是深情的。一股热流传遍周身,血脉偾张的庄稼汉不得不停下手头的农活,索性坐在田里,明明灭灭的烟斗升起呛人的烟雾。烟雾后面,是一张张春光明媚的笑脸。

早春的田垄,初暖的泥土保持着旺盛且蓬勃的生命力。庄稼人要做的,就是让这些和自己一样朴实的黄土地,营造出种子和泥土受孕的生机。

春光烘焙过后,那些柴草渐渐地蒸腾了湿气,变得蓬松和干燥,已然成为老农想要的状态。卷曲的叶子和松弛的树皮正在表明,春天的日头已经读懂了一场农事安排。奔跑和游走在田里的蚁群,在交头接耳,在搬动松软的泥土,在仔细地观察老农的一举一动。种种迹象表明,庄稼人正在为春天的第一场农事,准备着一个至关重要的仪式。

老农抡起板锄,金属的银光在春光里画出一道道弧线。泥土刨开的瞬间,一股浓烈的、清爽的,和陈年老酒一般醇香悠然的气息弥漫开来。仿佛随着每一次锄头落下,就能看见一团团闪耀的春光簇拥而来。这是泥土早早盛开的花朵,是黄土地献给每一个劳作者的花环,是光和热的混合体。老农索性脱去棉衣,在田里挖出一个个丈把长、三四尺宽的沟垄,要为接下来的一场活动做好准备。

"烧火粪哩?"从田坎走过的乡亲搭话道。显然,他们已经明白了这场农事的主题。

"烧火粪哩!种几窝春洋芋,火肥能暖芽哩!"回话的时候,老农并不放下手中的锄头,偶尔还会回头看一看远处的庄稼地。麦苗开始返青,油菜正在抽薹,一簇簇野桃花开得正艳,几只麻雀正在枝头轻盈地跃动。

那些晾晒在田里的柴火被拖抱过来,一层层压在地沟上,像铺一张偌大的床,平整熨帖,也松软温存。随后,扬起铁铲,铲来过筛的新泥,将这些蓬松的柴草压得更瓷实些,让草木成为泥土之间的夹层。他们抽来事先准备好的几把稻草，点燃后，塞入地沟，如一个露天的窑，一时间冒起浓浓的烟雾，云朵一样飘向远方。这是春天的大地向天空释放的信号，让天空的云朵看见，春天的田里已经开始忙碌起来，让远山看见，早春的第一场农事正在举行一个盛大的点火仪式。

杂草和树枝噼里啪啦燃烧，地温渐暖，就连老农头顶的空气也暖起来，就连鸟雀的鸣叫也暖起来，如同一个火光盈盈的火炉。不远处的庄稼和草木都将叶子伸过来，无数双大手般围在炉边。被火光照耀的蚁群正在奔跑，很快又围成一个偌大的同心圆，仿佛这是它们期待已久的篝火盛宴。

这样的燃烧往往要持续很长一段时间，直到火焰渐渐熄灭，升腾的烟雾如喷泉般落下，被烧得发黑的泥土，换成一副木炭的面孔。此刻，黄土地愈发迫切而亢奋地期待接纳每一粒种子。庄稼汉红着脸，额头挂满豆大的汗珠，他们知道，烧火粪就是老祖先传下来的田间火烧，俨然是一味偏方，改善大地宫腔受孕的内环境。

春耕过后，黄土地趋于平静和柔和，也变得愈发松软。随着一窝窝春洋芋在田里着床，陪伴在它们身旁的是一捧捧火粪，是碳化或者熟透的泥土，是杂草的灰烬。黄土地从春风的怀抱里接过洋芋种子，它们在泥土的襁褓里享受一份母性的温热，也多了一份春光的质感。一场春雨过后，一窝窝春洋芋冒出嫩绿的新芽，是那般精神，亦是那般茁壮。在农人亲切的目光中，它们开始主宰这片黄土地。注定它们的生命中有一团火，以成长的名义，照亮根茎和叶芽，好似泥土的云彩，光鲜而热烈。

2023 年 11 月 13 日刊于《文艺报》

在那山梁上

在水源丰沛的陕南，山体和溪边的水草一个肤色，迎风舒展的每一片叶子都是一片天然的河床，涌动着层层绿波。碧空之下，群生的山峦，如花瓣和鸟羽一般簇拥紧致。就着山势，高耸的大山旁生出一道道肉乎乎的小山梁，好似常青的藤蔓，一直延伸到远方，延伸到天际。绵延起伏的小山梁，从时空的滑道缓缓落下，又似另一种状态的大江大河，汹涌着，流淌着，最终将油绿的浪潮送到江河岸边。

和人一样，山的个头有高有矮，有胖有瘦，有大有小，它们是群居在辽阔大地的一个特殊"部落"。矮过山头一肩的，就是这一道道被百姓亲切地唤作山梁的小山包。它们看上去有肉感、富态、灵秀，少了笔挺险峻，多了绵软温和，盖着黄土的被子，枕着松软的草甸和落叶，丰腴的身段透出几分迷人的气息。和巍峨的大山相比，既灵性，也温婉，它们是大山家族里楚楚动人的小家碧玉。

脾性软和的山梁也就成了离百姓最近的山，和乡间的大树古宅一样厚重质朴，寻常面孔，暖色调，怀古风，和屋檐的瓦楞一样被岁月反复浸湿、晾干，能触摸到一份陈年的温存。望见山梁，山里人习惯亲热地打声招呼，仿佛它就是村子里抬头不见低头见的一员，就应该嘘寒问暖，就应该笑脸相待，就应该敞开心扉。

梁和梁交织在一起，梁垛如麻花辫子一般，紧贴在大山的前胸或后背。山里人伴着日出日落进山出山，时间久了，这些曲曲绕绕，回旋闭合的小山梁，被他们看作一个无边的大海碗，端得起蓝天白云，端得起鸟语花香，也端得起五谷丰登。山里人沿着山梁上崎岖的小道早出晚归、上工放工，就有了一种特殊的情分，在他们心中，每一道山梁都是慈眉善目的长者。望见山梁，就感觉到家了，走得再远，山梁都能在梦中出现。即便童年远去，芯片一般的山梁用母性的胸怀，为每个人珍存着一段段美好记忆，在某个不经意的瞬间，一帧帧在眼前回放。

蜿蜒的山梁，是群山的余脉，是广袤田野上隆起的根须，也是村庄挺拔的脊梁。每一片蓝天，每一朵云，就连每一个日出日落，都是山梁的背负和托举。道道山梁，也就自然而然地成为山里人内心的精神之所，只有站在梁上，才能看到季节到来时，万里沃野的庄稼如何掀起山梁一样起伏的大浪；也只有站在梁上，他们才能看到日头升起和落下的时候，群山如何在天边被镀上金边；也只有站在梁上，他们才能看到祖辈们耕作的这片黄土地，如何孕育着五谷朴实的理想。

层层梯田从半山坡爬上山梁，生性向阳的庄稼晓得，山梁顶有最干净的空气和阳光，就连梁上的山风都吹着清脆的口哨，是那么洋气，又是那么活力充盈。憨厚的庄稼人，在接受山梁丰厚馈赠的同时，也在用自己的手法，将瓦片一样星布在山峁、山腰、山垭的土地，一页一页遮盖住四面梁体，他们要让山梁如民居的屋顶一样结实牢固，经得起风吹日晒雨淋。在庄稼和百姓的眼里，这一道道山梁，是高悬在头顶的神圣建筑，只有梁上四季芬芳，日子才有奔头，黄土地才会迎来丰年。

于是，草木和鸟雀信使一般，将梁顶的阳光送到山下，送到溪流旁，在蛙鸣和水声中，在稻香和荷香中，让阳光亲吻水面，让水面拥抱阳光。

从叶子上滴落的雨水和露珠，让哗哗流淌的溪流有了悦耳的音符，也为每一道山梁在山脚下建起一个海量的曲库。在夜深人静的时候，借着一抹月色，比水中的卵石大不了多少的树叶，掬一捧山溪水送上山梁，在月光下，它开怀畅饮混合着草木清香的大地佳酿。

处在海拔低点的山梁就这样幸福着，并将这份幸福送到更高处，在天空和大地最贴近的地方，让袅袅升腾的雾气化作婀娜云朵，让蓝天不断收获惊喜。如云朵般铺满山腰的牛羊，会在露珠摇曳的早晨，抑或阳光明媚的晌午，望着远处的山梁，眼里涌动着莫名的感动。它们的每一个蹄印，都翻腾着泥土的热浪，如一酒盏，让草木之间，鸟雀之间，庄稼之间，虔诚地祝福和由衷地庆贺。在风调雨顺的日子里，每一道山梁都在演绎着诗和远方，被山梁宠着、护着、陪伴着的每一个山里人，都在最平凡不过的耕作里，懂得珍惜和敬畏梁上的一草一木，也只有他们才能深刻体悟到：梁是塘堰，是粮仓，是根脉，是山里人的顶戴和信仰。

人敬山，越走越亲，山护人，越走越近，一直走到内心最深处，走到情感的共鸣区。每一道山梁，都有着和我们一样的乳名，那是大地母亲的长情的呼唤，也成为山梁永不更改的籍贯。岁月流长，嵌在大地腹部的山梁，如谦谦君子，气定神闲，卑以自牧，那份豁达和洒脱，足以感动站在它们身后的巍峨群山。山梁带着大自然的使命走向最低处，去酝酿，去涵养，去守护，去和村庄、溪流、水草、牛羊打成一片。山梁是有风骨和情怀的小山，它们不好高骛远，不自命不凡，每一个风轻云淡的日子都满溢着诗情画意。它们亦如天真无邪的少年，调皮地躺在草丛中仰望蝶舞，仰望绿叶，仰望湖面一样平静的蓝天，也仰望内心的那片星空。它们用山的言语告诉万物，学会尊重、顺应和善待，才会大大方方地去爱和被爱。它们用山的良知去熏陶和教化万物，懂得接纳、珍惜和守望，就一定会有意想不到的遇见。就像蓝天和碧水，就像鸟语和花香，就像国泰和民安。

2024 年 3 月 13 日刊于《文艺报》

第四辑

那时桃花

那时桃花

  天气转暖，春风拂过村庄，一夜之间枝头就有了春的气色。
  人们脸上的春色也多了许多，是暖的、甜的，是阳光的面膜撕去之后的欣欣然。庄稼也多了几分春色，齐整、舒展、明朗，隐约能听见初孕的妇女才有的鼻息，这是黄土地的宫腔被阳光的颗粒填满的温热感。
  山野花从低处开到高处，从近处又开到远处。在草木还未萌发出新芽之前，各色花朵将蜜蜂和蝴蝶请上枝头，它们是早春森林里另一种形式的叶芽，在春光里舒展，也在春光里唤醒远山近水，唤醒步入春天的每一种新生命。
  季节的幕布就这样拉开，在黄土地的案头，春风的画笔让水彩流淌，大片大片的桃红柳绿，让春之河流丰盈起来。置身于早春的每一个人，都有一个五彩的梦想，投向远方的目光，也瞬间温柔起来。在鸟雀的歌唱里，在泥土发酵的清香里，在风和雨细密的脚步里，万物结伴前行。
  生于乡间的我，是在春风的襁褓里长大的，每座山，每条河，乃至每棵树，都是我亲密无间的伙伴。这种独有的情感，滋养着悠长岁月，生生不息，历久弥新。

每年春天花开时节，留存在我记忆枝头的那三两树桃花总在眼前倏然闪现。那是一副怎样的面孔啊？以至于能让我热泪盈眶，长久地还原广袤大地上那微不足道却也深刻如初的花开场景。

是的，就是桃花，爷爷屋外不多的几树桃花。打从我记事起，年年盛开，和其他村庄和山野的桃花相比，它也许并没有什么不同，但我却更愿意一次次走近。爷爷曾笑着打趣，这孩子和花亲哩。我笑着握紧他那双布满老茧的手，追问道，这桃树是谁种下的，有多少个年头了。爷爷的回答从未改变，是我在你这般年岁栽种下的，没过几年，我就娶了你奶奶。你奶年轻时生着桃粉的脸蛋呢，排场，也耐看哩。坐在屋外场院做针线的奶奶不言不语，只是一个劲儿地笑。

该有茶杯粗细的桃树，散落在一片竹林边，和周边高大的杏树、桦树、梨树相比，它们是小不点儿，枝条也并不繁茂。但是，当桃花次第盛开时，我总是莫名地感动，像是遇到一位眉眼和善的亲人，不说话，静静地站着，就感到踏实，也温暖。

桃树枝头的花朵颜色纯正，桃粉桃粉，一朵或者一簇，在春风里恬淡安然。尽管那时我并不能准确地形容，抑或表达出内心最真实的感受，但是当我站在桃树下，仰望那些开在高处的花朵时，目光虔诚，一种无以言表的灼热牵动着周身的神经。对于生长在大山深处的孩子而言，花花草草是最寻常不过的自然景象。而我，唯独对桃花心存眷恋，似乎固执地认为，只有桃花才是春天花系里尤为出众的代表，只有桃花盛开，鸟语花香的春天才是完美的，也才是我想象中应该有的春之模样。

也许，是灼灼桃花启蒙了我的情感世界，让一个乡村少年毫无保留地将自己的心扉敞开，每一寸肌肤都被桃花一样温存的春光深拥。呆呆地望着桃花，就像把身心交给课堂的学生，进入空前的专注状态。在我身旁，是咯咯叫着啄食的鸡群，是摇着尾巴的大黄狗，是三几只从头顶飞过的麻雀，再远处，就是弯着腰身在田里锄草的老农。但这一切，都是模糊的，没有人发现或者在意，一个少年和桃花近乎母子间的那份单纯的依恋，又不全是依恋，那是一种道不明的情愫和感知。

恍惚中，一个个花瓣如群山合围，春天，以及春天的枝头被无限放大，而后，又慢慢收拢，那种感觉，是一个乡村少年在那个年龄不具备的想象，但却又真实地存在。

桃花的花期并不长，也就一个多礼拜。当桃粉落下，我并不感到惆怅，因为米粒大小的果实挂满枝头，在即将到来的夏季，鸡蛋大小的桃子再次露出桃粉的脸颊。从枝头摘下大大小小的桃子，握着手里的好像并不是让乡村少年垂涎的五月桃，而是一团阳光，一杯情感的蜜酿。每到这时，奶奶站在不远处，扬起拐杖指着桃树，笑盈盈地提醒我，你看，你看，叶子底下藏着那么大个桃子呢。但她并不知道，在刚刚过去的那个春天，我曾和她一样站在场院边，望着在花间旋旋绕绕的蜜蜂，用同样的口气在心里念叨，轻点儿，轻点儿，别碰落了桃粉的花朵。

多少年之后，牵手走过一个甲子的爷爷和奶奶相继离世。在另一个世界，他们的屋外是否也栽种着桃树，奶奶是否回到面色桃红的少女时代，每年春来爷爷是否赠她一树繁茂的桃花？只是每个春天花开时节，我依然如少年时木木地望着朵朵桃花。尽管时光流转，但我对桃花固有的那种喜爱，并没有一丝一毫变化。相反，愈加深沉，愈加浓烈。望着枝头明媚的花朵，无数次回到生我养我的乡村，回到爷爷家的屋外，回到那几株桃树身旁。那是一种兄弟姊妹般的血脉深情。

多少次，我循着桃花的那抹色彩步入春天，也曾站在花海般起起落落的桃花园，望着人们从四面八方赶来赏花，他们把最美好的笑容留给每一朵桃花。我慢慢明白，其实最美好的花朵不单单只有春天才有。我们每个人都有一副和桃花一样的面孔，但不是每个人都能幸运地遇到让自己怦然心动的春天罢了。而我，当初对桃花那般迷恋，以至于多年后这份情感依然，也许是那时的春天，那时的年岁，那时的情感枝丫，需要一副和桃花一样的笑容。也许，在我望着桃花的那一瞬间，那一副笑容已经出现。那是春天的容颜，亲人的容颜，是少年内心深处最期待出现的容颜。也或许，在我的目光和花朵相逢的那一刻，我也露出和桃花同样的笑容。

2022年3月2日刊于《人民日报》（刊发时有删减）

温暖的火塘

当锅灶边的火塘被柴草点亮，陕南的冬天就到了深处。各家屋檐下，大树桩子早已码成一堵墙。在乡下，人们烤火，桦木火硬，头夜烧出的火炭捂在炭灰里，能做第二早的火种。柏木过火后满屋清香，能养神除躁；泡桐木木屑松软，一点就着，是火塘旁常备的燃料。除夕夜，火塘里要火光盈盈，预示来年逢好运。

火塘或方或圆，一只铁壶吊在火塘中央，四周可围坐七八人。老人烤火，要的是个伴儿，塘里的小火苗燃烧在火塘中央。悬挂在火塘中央的铁壶晃晃悠悠，猫和狗的眼神晃晃悠悠，"咝咝啦啦"的响动从壶嘴冒出来，一缕一缕的热气也晃晃悠悠。老人一边忙着手中的针线活，一边念叨着，春天和出远门的儿女一道，能早一点儿回来。

小孩烤火，图的是能听见火笑，没有干透的柴桩子烧过芯之后，断成两截，湿气推着火苗瞬间扑出来，火塘里似有咻咻笑声。这是孩子们耳朵里欢快、温暖的声响。

汉子和主妇烤火，是为了解乏，常常是晚饭过后，火塘新添了干柴棒子，尺把高的火苗照得满屋亮堂，壶里的水像跺着脚在跳，待热气把壶盖掀起来，就着滚烫的水，在火塘旁泡个热水脚，一股温热传遍全身经络，这是一天最享受的时刻。

落一场雪，乡下才算是真正过冬。这时，庄稼人才会停下手里的农活儿，一家人围着火塘坐在一起，听雪花簌簌飘落，听风摇门窗吱吱作响。瑞雪兆丰年，旋舞的雪花亦如风筛过后的粮食，轻盈地落入大地粮仓。屋外坐了一场大雪，火塘里却有了些许春意，每一个火苗都如一朵盛开的鲜花。噼啪作响的柴火，好似一挂鞭炮，欢庆漫天飞舞的雪花。透过门缝，屋外留下一地火红。在这个冬夜，漫天雪花如同为新春递出大自然的请柬，那些裹着雪花外套的小麦和油菜，感受到火热的泥土，正在布置着一场盛大的迎接仪式。

火塘如摆在乡村夜晚的宴席，左邻右舍吃过晚饭，落一身雪花走东家串西家，手握茶杯，就着塘里的柴火，念叨着这场大雪，也念叨着开春之后油绿肥壮的庄稼。他们围坐在一起，心里话和家常话被大火烤出来，汗津津的额头如飘落了一场毛毛细雨，生出豆大的汗珠。爽朗的笑声袅袅升腾，直到夜深，直到火苗有了倦意……

塘里的火是节气的一部分，烤过小雪、大雪，烤过小寒、大寒，一直烤到打春，烤到万物有了春风外衣。这时，每个人的心中都装着一个火塘，热乎乎地忙碌在庄稼旁。

2018年12月22日刊于《人民日报》

村事

在我小时候，若是谁家孩子受到惊吓，那段日子一定餐饭不思，神思恍惚，蔫如秋后的树木叶，一脸的霜灰。见此情形，大人心疼地嘀咕，娃娃该不会是丢魂了吧？没了精气神，这样的日子久了，孩子就会真的病倒。

时常是天将黑，邻家的母亲会牵着孩子的手，在村里一声接一声地呼唤着：乖娃子回来了哟——回来了！俺娃子回来了哟——回来了……不远的屋里家人传来应声：娃回来了——回来了。喊声迫切，应声真诚，一喊一和，让乡村的夜晚多了童话的语言和情节。

每逢这时，各家的大门吱呀一声被推开，让屋里微弱的灯光洒满乡间小路，循着一抹亮光，乡亲们一起为孩子唤回精气神。在郎中还没把脉给药之前，这是乡间常用的土办法，用这种心理暗示，让小孩子获得精神上的一份安全感。

乡下人朴实地认为，魂是一口气，魂是精气神。日月天地，世间万物都有精气神。到了深秋，房前屋后的柿子一日日红透，如深春的一树繁花。老农忙罢地里的农活，背着背篓，扛着竹竿，站在树下仰头敲落经霜的柿子，捡拾回家后或烤酒或制作柿饼。他们手中的竹竿似乎长着眼睛，总会多少留下几颗柿子。究其缘由，是为空落的枝头留个念想，让越冬的鸟雀能有一口吃食，让来年的春天老远就看见挂在树梢的一盏盏红灯笼。有了和春联一色的柿子红，虬枝盘曲的柿子树就有了魂，即便叶子落尽，满目萧瑟，来年必然又是硕果盈枝。

草木逢秋，叶落归根。人上了年纪，经的事情多了，也就有了秋的眉眼，不再孤傲冷峻。同理，上了年岁的树，风吹雨打，饱经沧桑，气色就暖和了，就成了村子里比老人更老的长者，也就有了辈分和地位。喜鹊把巢垒在树的枝丫，要的是一份安稳，百姓将房屋建在树冠下，图的是荫泽一方的吉祥。村里人从树旁路过，习惯了放慢脚步，摸一摸皴裂的树身，或是在树下歇一脚，算是亲热地打声招呼。若是要问这树的年岁，老人清一色地回道，老早老早就有这树，我们打小就在树下玩耍，怕是有好几百年哩。再问，这树经风过雨好几百年，为何还能如此粗壮，枝叶又如此繁茂？老人们定会神秘地递话，这树被村里人当作老祖先一样供着，逢年过节，总忘不了为它披红挂彩，烧纸进香，能不枝繁叶茂，能不长寿富态？

一棵棵高大挺拔的古树，是村庄的魂。在乡间，沟岔山峁、梁垭坡堡、坪坝塘溪，不仅是村庄的地理风貌，也蕴含着人文气质和历史由来。有了这些自然特质，村庄才会有名有姓，才有魂。这是长进村里人内心的血缘介质，是大自然赋予村庄的灵魂和肉体，无论过去多少年，只要提到这个地方，就知道这里的山有多高，这里的水有多长，这里的土地有多肥沃，这里的草木有多葱郁。

大自然的魂就是高山流水，是屋舍村庄，是年年荣枯的草木，是生生不息的家族繁衍。魂如一眼古井，满蓄着安详平和，涓涓清流终年不枯，滋养着一方水土、一方百姓。

这些年，乡下人的日子一天天富起来，不比早年为吃喝犯愁，一水的新村新景，乡亲们住进花园洋房，种在地里的不光是庄稼，还有观光赏景的五彩农业。城里人厌倦了高大建筑，厌倦了雾霾和汽车尾气，也厌倦了城里的喧嚣。赶到周末，纷纷驾车下乡休闲观光。在鸟语花香里，把内心的烦恼忧愁放空，呼吸着甜丝丝的空气，吃着农家土灶做出的家常饭菜，兴起时还会在民宿里睡到自然醒。于是，乡村如井，甘甜着城里人的心魂，在层层浸润后心神变得通透。似乎只有回到花鸟鱼虫的身边，回到蔬菜和庄稼的身边，回到山泉和溪流的身边，内心才安静熨帖，也才能找到安放灵魂的大地摇篮。

随着乡村振兴战略实施，巨变中的美丽乡村，如巨大的磁石，把那些外出务工的壮年劳力从大城市吸引回来。他们带回来的不仅有眼界见识，胸怀气度，还有已经疲惫多年的灵魂。脚下的泥土香和灶台的烟火气，呛得游子满眼是泪。他们端着海碗，蹲在院坝边，晒着家乡的太阳，熟悉的味道从舌尖上滑过，他们醉汉般拔不动脚、迈不开步。草木和庄稼拽着他们，生怕一松手他们又要丢下身后的村庄，远走他乡。

一个又一个丢了魂似的空壳村，因为游子归来，再次有了欢声笑语，村庄胖乎起来，有了早年的气色和容颜。他们是村里的后生，这些年，无论走得再远，耳畔总有一种熟悉的呼唤：魂回来了哟——魂回来了……这是母亲的声音，是血液中流淌的声音。尽管岁月的年轮里缠绕着他乡的霓虹灯和月光，但只要他们一回到村子，就有了乳名和乡音，不再形单影只，孤苦飘摇。

他们是带着根须和叶芽回来的，从此不再担心水土不服，也不用再频繁掏出"落款"在这里的那张身份证。从此之后的每个早晨和黄昏，被乡村母亲牵着手，沿着露水打湿的乡间小路，如多年前的那个孩童，一脸幸福，一身轻松。

2019年3月7日刊于《西安晚报》

趁你小

最近两年，突然感觉自己老了。先是头发老了，两鬓和头顶渐次泛白，起先是一根，后来是一簇，到最后成了一片，霜打了一样，泛白发蔫。慢慢地，眼睛老了，以前一眼就能识出的小五号字，现在得眯着眼睛才能瞅清楚；耳朵也老了，爱人一句话说了好几遍，还听不出头绪，好像那些声音从耳朵某个地方漏了，没有传进耳膜；腰也老了，时常腰肌劳损，疼得弯不下腰，非得一贴膏药才能缓解。到最后，胃老了，不容易消化的东西多了，肚子虚胀，肠鸣音自己都能听得见，咕噜咕噜地叫个不停；牙齿老了，修着补着还得哄着，硬的酸的过甜的东西不敢尝，否则牙齿就软了；最要命的是瞌睡少了，整夜整夜地失眠，在床上翻来覆去，胡思乱想。好像变得邋遢了，不修边幅，腰背佝偻，皮鞋落满灰尘，头发蓬松没个型，只是胡子照常每天一剃。

时常也在心里喊，嗨，那谁，你可不能这么早就老了，好多事儿还没干呢。其实，我哪能老啊？上有几位年过花甲的老人，身体三天两头有毛病儿，下有才上小学的女儿，整天得接送、检查作业，还得攒点钱供她上大学呢。有一天，我胃疼得厉害，一位同事开玩笑说，可别英年早那什么了,我说,咋可能呢,我要是有个闪失,你说我那年轻轻的媳妇可咋办?

　　一晃就到了上有老下有小的年纪了,身体到了分水岭,真不比年轻时候。刚毕业那阵儿,打一夜的牌,第二天早上洗把脸,继续上班,没事一样。现在就不行了,玩到后半夜,不管输赢都想眯一觉,和伙计们开玩笑,再不休息会儿,说不准出牌时把自己当没用的张子扔出去了,那可就废了。同学们一聚会,总是没完没了地感叹,时间可真快啊,简直像恶狗撵上来了一样没命地跑,一眨眼,额头就有了皱纹,有了增生的前列腺和乌青的眼袋,身材也臃肿了,不再眉目清秀,不再风华正茂,浑身一股子的霉味儿,像一扇钝了的石磨,懒懒地不动,泊在岁月中哈欠连天。

　　年前的一个晚上,女儿伏在我背上,小手边不停地拨弄我的头发,边念叨着,爸,你咋不去染个发,你看你头顶一大窝白发呢。我说,染就算了,你帮我把白发拔了吧。女儿嘟着小嘴,爬到我怀里撒娇,不拔,拔一根生一窝,再说,拔了你多疼啊。突然感觉怀里的女儿长大了,稚气尚浓的小脸偶尔闪现大人般的语言,身子骨很沉,一米五几的个子已经凑近我的肩膀,作业本上的字迹已没了涂改的痕迹,变得工整娟秀,爱人有时会从厨房发出求助信号,乖,赶快去街口的小卖部买袋盐回来……

　　女儿真的慢慢长大了,而在我的眼里,她还是个孩子,好像才断奶不久,好像不用纸尿裤还没几天嘛,眼前还浮现着她颤巍巍地在屋里乱跑的无知无畏和无邪,耳旁还萦绕着她上幼儿园时,离开父母怀抱的哭闹声。可现在,她明明已经可以以举手的方式回答老师的提问;去超市买东西,也会像大人一样很守规矩地排队;在街上去公厕,会仰起头看清男女厕的标志才会入内;外出旅游,也要给她预订车票机票了。就在去年国庆前夕,她有了自己的身份证,去派出所取证的那天,她乐呵得合不拢嘴，非要我请她吃饭庆贺一下。

十岁的女儿还是孩子，二十岁、三十岁……五十岁、六十岁，只要父亲还在，她就是个孩子。可现在，她真的还小，夜里睡觉还会蹬被子，早晨起床偶尔要点小性子，受到委屈总是流着眼泪，把脸藏在父母的怀里寻求安慰，考了好成绩嘴角上扬，受到批评小脸阴沉，明明还是孩子的做派和心理嘛！怕老了的同时，我更怕孩子长大了。总是挤出时间，尽可能地多陪陪她，我真怕，毫不掩饰地怕，怕一眨眼她就长大了。很长一段时间，我早上七点二十分出门，左肩挎着她沉甸甸的书包，右手握着她的小手，父女俩一高一矮地走出小区，我要眼看着她挤上公交车，然后等公交走远了才转身。牵着她的小手，我感觉是一种幸福，有时我的手还没伸出来，她会下意识地主动握住我的手，好像这已经是一种语言，在我们一大一小的手上默契地传递。我曾经看见一位父亲在女儿的婚礼上动情落泪，他说，小时候总盼着女儿长大，现在长大了，该成家立业了，自己又觉得不舍，突然感觉自己的心被掏空了。我知道，总有一天，我会牵着女儿的手，将她托付给另外一个人，也许我照样会流泪、会不舍、会一遍遍地叮嘱：你们要好好相处，要彼此包容，要经营好一个家。

如今，趁着女儿还小，我不能轻易地老去，要把划拳打牌的力气省下来，多抱抱她，终有一天我的怀抱会漏风漏雨，少了力气和温暖。趁着她还小，我会帮着她系上鞋带、扣紧衣扣，接过她肩头的书包、擦去她脸颊的泪水，多少年之后，我会弯不下腰身、眼花耳聋、门牙落尽，成为她身旁的那个丢三落四的糟老头儿。趁着她还小，我省吃俭用，一平方一平方地为她积攒首付和月供，待她长大后，会有一个通透的婚房，推开窗户就能看到绿地和蓝天，楼下的花圃里，父亲呆呆地坐着，身旁放着拐杖、老花镜和一张报，只是头顶的白发多起来了，多到数不清，她会像小时候那样，伏在我背上，轻声地告诉我，爸，你的头发全白了，一窝连着一窝呢。趁着还小,我会多喊她几声乳名,等到有一天我嘴角歪斜,嗫嚅着嘴巴再也叫不动喊不清她的名字,只能躺在阳台的摇椅上,吃力地招一招手,小孩子一样望着她,示意我渴了饿了真正老了。

        2019 年 6 月 25 日刊于《中国青年作家报》

樱桃花殇

在乡下，果木被庄户人家当成庄稼和牲口养着，和婆娘娃子一样心疼着。房前屋后，见缝插针种一些农家果木，日子一旦有了水果味儿，就甜蜜了，也就有了富态相。桃树、杏树和梨树是最常见的果木，桃树矮而枝茂，花开时一片桃红，媚而不艳，一抹粉红竟能拽住人心，二三月看了桃花，再美艳的花朵都装不进眼。

麦熟时吃杏，一身的瞌睡浑然被麦黄的杏酸醒了。杏树高大，即便熟透也不需看管，馋嘴的孩子和过客一般伸手不能及，只能仰望绿叶间那星星点点的杏黄，口里泛酸。杏花和梨花一样雪白，只是梨花白得更纯，杏花少许透粉。梨是秋季的水果，中秋前后，青绿的梨子渐渐变黄，散发着梨香。

农历二月为杏月，三月称桃月，而正月里最早报上花期的当属于野山桃和樱桃花。打春前后，漫山遍野的野山桃几乎一夜之间粉白，恍若落了薄薄一层雪，满眼枯黄里映衬出早春景象。庄稼人认定一个理：野山桃开得越旺，年景越好，一年必然风调雨顺，五谷丰登。

季节以花送信，温婉中多了些许生机和诗意，也为庄稼人送来一份念想。正月十五前后，樱桃花紧跟着山野桃花开始打苞，绿豆大小的花苞被嫩绿的花衣紧包着，侧耳似乎能听见花骨朵儿窸窸窣窣使劲儿脱去花衣的声音。樱桃树喜阳耐寒，一般栽种在敞亮处，油沙土最佳，松软通透，方便根脉呼吸，黄土太肥就腻了根系，枝叶必不茂盛，果实也会小些。樱桃花开，小麦发蔸，豌豆泛绿，菜园里的菠菜拔出花穗，蒜苗开始怀薹，春天算是真正到来了。樱桃花素白，常常簇成一个个花团，少有单开的。花朵多为五瓣，细密如睫毛的花蕊探出花心，起初雪白，渐次粉白，花谢时变为浅黄。樱桃花期不长，也就个把礼拜，怕辜负了大好春光，就可劲儿地怒放，一树一树的樱桃花远望雪嫩，白茫茫一片，近观素雅玲珑，一尘不染，让人不忍心触碰，唯有用心感受一树樱白如何在个把月时间孕出红玉般剔透的小果。

春暖，樱桃花开，嗡嗡嘤嘤间，春气醉人，棉衣一件件脱去，遇到好天气，晌午可以穿上薄衫在地里干活。春光里，田间地头少有闲人，大人们开始春耕播种，老人和孩子坐在樱桃花盛开的屋外，手里也有农活。从地窖里捡拾来红苕和洋芋，铺晒在院坝，将冻伤长疮的一个个分拣出来，然后逐一收拢，装进透气的背篓或者竹篾笼。

趁着好天气，翻开早已深耕的园子，在扑鼻的泥头香里开始下种育苗。红苕需要人粪提苗，洋芋需要木柴灰打窝，脾性不一。大人们总是喜欢讲这些常识给蹲在一旁看热闹的晚辈听，藏在季节里的农事常识一代传给一代。当然，大人们兴起时还会就着好光景打开嗓子，让窝了一冬的山歌出来晒一晒，到了这个季节，再老诚、本分的庄户人都憋不住嗓子里的痒痒。腔调如何暂且不论，歌词总是少不了困在无限春光里的农事和花事。

"抬头一看田坎坎哟，麦子绿得油闪闪，豌豆正在冒尖尖，樱桃花开一片白哎，一年光景惹人醉哪，哎樱桃花开一片白哎，一年之计在于春呐……"山歌一唱，地里的庄稼和房前屋后的果木算是彻底睡醒了，在太阳底下伸懒腰，打哈欠，身子骨儿清爽了不少。山歌春风一般吹过屋前正在怒放的樱桃花，花瓣竟然醉了般飘忽起来，落得一地花香。在春天，庄稼汉也是一朵花，一朵盛开在田里的花，一朵盛开在床铺上的花，一朵盛开在山歌里的花，只不过是怒放的状态和形式不同罢了。

乍暖还寒的早春时节，到了晚上就有了些许凉意，忙了一天的大人早早上床铺开身子骨儿，懒懒地享受被春光晒暖了的被窝。好动的孩子躺在母亲的怀里，竟然生不出睡意，仍然贪着白天的山歌，缠着要再听一段方可入梦。女人的嗓子细些柔些文静些，山歌里自然离不开也少不了春天里的花花草草。"房前樱桃屋后菜，樱桃一开蜜蜂来，菜园要翻种新菜，樱桃好吃树难栽，菜园子勤翻好种菜，哎，樱桃好吃树难栽，菜园子勤翻好种菜哟！"这歌好像山泉从嗓子眼儿里冒出来的，野生，自然，山歌从屋里轻轻地传出去，屋外的樱桃花香又轻轻地飘进来，一出一进，整个夜晚就有了乡村情趣。

樱桃好吃树难栽！乡下的山歌都是这么唱的，一代唱给一代，一代传给一代，唱得含情入心，把樱桃树唱得娇贵起来。实际上，樱桃树并没有歌里唱的那么难栽。打春后，等樱桃树冒出茸茸嫩芽，一场春雨后，有经验的老农手提锄头在樱桃树下走一圈，自然会发现根须裸露处生出的小苗，抡起锄头，三两下就挖出一株根须裹土的樱桃树苗。栽树的窝坑是事先准备好的，苗木端放在坑中央，覆土踩实，一株新苗落窝大吉。多则半月，少则十天，新栽的苗木就缓过神来，细嫩的枝条有了水土气，根须不认生，已经找到了落脚处。

清明前后，海拔稍低一点的樱桃熟了，一口樱桃酸竟让人魂牵梦萦，一年一年，熟悉的味道总能吃出不同的心境和感觉。娇嫩的樱桃果挂在枝头，若是摘下来，隔夜变得乌黑，兴许是离了树枝，断了血脉，伤了果子，果肉自然就不再新鲜如初。指头大小的樱桃果挂在绿叶间，总是惹人眼馋。初上市的樱桃价比过肉价，也难怪，为了春天最挠人的一口樱桃酸，再贵都值。这些年每每看到城里的樱桃上市叫卖，总想起老家屋后的几株樱桃树。确切地说，几株樱桃树硬是将屋后的荒地变成了一小片果园，若是诗意一点的叫法，称作樱桃坡则更佳。起初只有一株，不知父亲从何处挖来一株树苗栽在房后，在树周垒砌了一圈的碎石护住幼苗。待我上小学二年级时，樱桃已经挂果，每到春天，眼瞅着樱桃树开花坐果，心里生出馋意，就盼着樱桃早一天长大红透。等到果实泛黄，总会跑到树下仰起头，找几颗向阳的果子摘下来，塞进嘴里尝鲜。

小学快毕业的时候，因为家里要盖厦子，父亲不舍地将樱桃树连根挖掉，裸露的树根像一根根血脉，湿漉漉地滴着根液，似乎能感觉到根脉生疼呢。父亲说，樱桃树的根好深，铺得好远，难怪每年果子繁茂呢。粗壮的樱桃树竟成了一摊柴火，堆在屋后，我的心里一阵莫名的感伤，好像失去了一个伙伴。

第二春，那些樱桃树根竟然旁生出许多小苗，父亲一喜，将好几株稍大一点的樱桃树苗移栽在房左的斜坡。谁知，往后的几个春天，但凡樱桃树根延伸之处，皆生出高低粗细不等的小苗，于是屋后房左的坡地成了樱桃园。每年樱桃熟透，左邻右舍总是被热情厚道的父母喊来吃樱桃，屋后的那面坡笑声爽朗，好不热闹，人在树下，果在叶间，邻居都夸果甜，都说这一树一树的樱桃能卖不少钱呢。父亲站在一旁，消瘦的脸庞溢满开心的笑，额头的皱纹里洒满春日的暖阳，慈善而祥和。

父亲站在屋前的院坝和乡亲搭话，都说他不舍得吃自己的樱桃，要大方哩。父亲只笑不语，他最懂自己的身体，是不宜吃这略带寒性的果子的，更何况每年樱桃熟时，旧病复发，就连能站着看乡亲吃园子里的樱桃都很吃力。时间久了，邻舍在打春前后来我家，和父亲商量，挖走樱桃苗回家栽植，省得日后再来烦扰。憨厚的父亲笑着看着，说道，再过些年，我们沟里家家都有樱桃树，家家都有自己的樱桃园了。

冬月，樱桃树睡熟了，父亲病倒了再没起来。一年最冷的时候，飘了一场雪，如樱花一般雪白，父亲却终究没有等到来年樱桃花开，没能看到乡亲们再来我家吃樱桃。

他的油黑光亮的棺材被邻舍抬着，在唢呐声中，在一片哭声中，在凛冽的寒风里，亲人簇拥着他的棺木沿着樱桃园里熟悉的小路送他下葬。园子里的樱桃树还在睡着，它们又何尝不是父亲一手带大的孩子，只是它们冷得睁不开眼，还不能为父亲开一园素雅的花。我曾无数次幻想，若是父亲熬过那个寒冬，等到打春再陪我看一季樱桃花，就算他累了困了，他想走了，我一定会央求乡亲们路过樱桃园时放缓脚步，让我的父亲再多看一眼他的樱桃园，看看被他无数次踩踏的小路上铺洒的那一瓣瓣樱桃花，让雪白的樱桃花映衬着他油黑的棺材，让他走得排场些，暖和些，也让这高高低低的樱桃树知道，那个常来园子里疏枝除草的父亲去了另一个春天。

第二年春天，樱桃花如往常一样怒放，白茫茫一片。园子里清冷肃静，少了往常的春意和热闹，樱桃花把枝头压得很低，盖住了昔日那条小路，樱桃树醒了，父亲却睡熟了，彼此错过了一个季节，就错过了一辈子。在那个寒冷的冬天，就着泪水和思念，父亲被我们栽种在樱桃园里，在寒风和大雪中，他冷得能落脚扎根吗？春天离他那么近，他却走得那么急。那之后，园子里的樱桃结得不如往年多，多少年之后，沟里家家户户都有了自己的樱桃园，每年春暖，整个山沟樱桃花盛开得一片雪白。那些有着一样血脉的樱桃树是否记得，曾在它们熟睡时，父亲轻轻地从它们身旁走过，去了另一个春天。我在心里暗暗祈祷，父亲的屋舍依旧坐落在一处樱桃园里，那里樱花盛开，那里春光明媚，那里山歌悠扬。

2019年8月27日刊于《中国青年作家报》

老宅

乡下有句老话，房子越住越暖和，人住房子，房子也住人呢，日子久了，相互才摸得透脾性。新房子住进去，人气还没聚拢，多少有些冷清，还算不上真正的门户。这好比衣服，头一回穿上身，周正但不妥帖，等洗过之后，布料吃了水才柔和妥帖。

在陕南农村，修房子是和娶妻生子一样的大事。有些人，忙活一辈子，也没能力为儿孙添一砖一瓦，一家好几代人只能窝在一起，挤得房子四壁淌汗。最先露怯的是锅灶和睡房，吃饭时得排队，大人倒好办，小孩子急得嗷嗷叫，饭还没有吃到嘴，胀一肚子的气。一张床要摊好几个身子，半夜磨牙打鼾梦呓各种声音此起彼伏，一直热闹到屋外鸡叫，大家才陆续窸窸窣窣翻个身，床上又是吱吱呀呀一阵响。家里后生身子骨儿长开之后，睡房只得搬上楼，一块晒席铺一床棉被，就算一张床铺。到了夜里，楼上楼下的响动交织在一起，就连洞里的老鼠都搞不清楚外头到底是个什么场面。

房子不够住，就得起新房，庄户人家省吃俭用好多年，才敢破土动工。乡下建房讲究多，要选山向，要勘地基，要讲开间和进深，要选粗壮的大树立柱架梁。除了耕地和荒坡，一个村子就那么大点儿闲地，通常新房紧挨着老宅，要么墙连墙门对门，要么坎上坎下房左房右。

找好了地基，择一个黄道吉日，竹竿挑起的鞭炮把村子震得山响。这声响比吆喝要管用，左邻右舍搁下手上的农活，赶来帮工凑热闹。村里长者个个都是匠人，干得一手砌墙的好活。大石头垒砌了地基，找准了水平，木工就开始伐木破皮打卯灌榫。几天之后，三五间房子的骨架在又一阵鞭炮声中立起，裹着红布的房梁架上去，木工手握斧头逐个敲打一遍笔直的柱头，算是和这些百年不朽的木头打一声招呼。这时，主家备好的酒菜已经上桌。依习俗，立柱架梁的酒是要喝好喝透，喝到后半夜，喝到屋外的草木挂上露水，喝到眼里的月亮酡红，这才打着酒嗝，在道贺声中各回各家。

乡下人修房，就是为儿孙修百年的基业。在他们看来，勤劳、持家才是最好的山向。石墙最接近大山性格，不光扛得住风霜雨雪，而且冬暖夏凉。在石匠手里，薄厚方圆不一的石头，像案板上的瓜菜，被锤打出另一副面孔。砌墙最考验眼力，不断地找平，又不断地填补，到最后，石墙如刀削一般平顺规整。

墙体成型，房子算是有了合身的外套。最后一道工序就是在椽子上铺上瓦叶，在木梁上坐脊，让屋顶阴阳两面在房子最高处弥合，形成一个拉锁般的建筑暗扣。石墙和瓦顶最搭，青山绿水间，一色喜鹊羽毛灰，彰显宅子的古朴深沉。房子落成，一家人累得脱一层皮，尽管受尽了烦累，但心里乐呵也亮堂。往后的日子，终于能敞开身子大大方方地过，不再担心锅灶太小，睡房太挤，就连出门进门，走路的声音都腾腾有力。所谓老宅，一定是传过代，几十年的光景，如袅袅升起的炊烟，和石墙瓦房一个色，是飘散在村庄上空的一团云朵。紧挨老宅的，不光是邻舍，还有伏在岁月肩膀上的亲情延续。老宅和气，逢年过节，挂一盏灯笼，照亮老宅的门窗，也照亮红火的日子。老宅有老感情，相处久了，邻里之间的血脉就通了，言语就软和了，遇到大事小情，总能敞开门窗，递出一声问候一张笑脸。谁家有了喜事，笑声从这家传到那家，谁家有了忧愁，老宅的人坐在一起宽慰劝导，屋里一下就铺满了阳光。老宅内敛沉稳，和经了世间事的老人一样，忧乐甘苦嚼烂了之后，不动声色地咽下去，总相信在某个早晨推开门，像迎来日头一样迎来好运。老宅是隐在大山深处的高人，在春夏秋冬迎来送往里，人气愈来愈旺。一处老宅，藏着一个家族故事。那些当初栽入地基的木头，已经将根须伸向村庄深处，层次分明的石墙如越缠越紧的年轮，屋顶的瓦片是常青的叶子。人世间，最好的住所，就是老宅，那不单单是石头砌成的高屋大宅，能迎来三月春暖，也能面对寒风呼啸，是情感的驿站，也是生命的驿站。

那些坐落在大地之上的老宅，如一部泛黄的古书，忠实地记录着村庄史。它们是文化的，也是可以传承的，无论时间多么久远，老宅的音容笑貌始终鲜活可亲，就像一个长辈，春去秋来，永远活在人们记忆深处，可以一生守望。

2019 年 8 月 29 日刊于《西安晚报》

豆花儿三开

八山一水一分田的陕南,黄土贵似黄金。相比成片的小麦、水稻和玉米,产量不高的黄豆不是农田里的主角,也不是饭碗里的主粮。

黄豆生来硬气,是不挑剔的庄稼,通常播种在向阳的沙土地。

春深,泥土被阳光的酵母活化。伴着农人高举的锄头接地,一个个大若碗口的窝坑,盛情以待着圆滚滚的豆子如春天的雨点落下。少则十天,多则半月,黄豆从大地的怀抱中抽出新绿,指甲大小的叶芽如婴儿柔软的唇瓣,等待着春天的哺育。

豆花儿一开,盛夏来。

烈日下,豆田被一汪深绿浸染,藏在叶子背面的是豆花儿明媚的笑脸,如野葛花,清瘦玲珑;似荞麦花,素净内敛。或白或紫,或胖或瘦的花朵,如无数双翅颤颤的蝴蝶,在油绿的豆田里翻滚出一簇簇浪朵。花香袅袅,母亲头戴草帽,弯腰在豆田里除草,豆花儿大小的汗珠,从洒满阳光的额头轻轻滑落。

晌午,日头的万道光芒如一把把鼓槌,敲打着豆叶蒙起来的大地鼓面,欢快热烈的音符在豆荚里排列成饱满的豆粒。黄豆粒婴儿般微弱的心跳和呼吸，带给豆田一片蓬勃生机和活力，也让豆荚的怀抱有了生命的心音。

豆花儿二开，秋风起。

入夜时分，逐着夜风起舞的萤火虫，为肥壮的豆秆挑起晶莹的灯盏，起初是星星点点，渐次成簇成片，温热的豆田再次迎来明明暗暗的一地碎花。劳累了一夏的母亲，隐约听见不远处的那片豆田传来丰收的夜歌。那些被她用汗水呵护长大的豆子，高举着微光的花朵，在豆田里狂欢，也为一场即将到来的秋收布置盛大的庆典。

秋色一日浓过一日，伴着南飞的雁群，漫山红叶围着一地豆黄，沉甸甸的豆荚将豆秆压弯。豆田里，母亲的腰身比豆秆弯得更低。她要趁着天高云淡的好天气，在豆荚还没有炸开之前，将它们搬到屋前的晒场。风吹日晒过后，胖乎乎的豆子便如同凯旋的勇士，卸去一身毛茸茸的盔甲，露出阳光笑脸。

豆花儿三开，年关到。

腊月最后几天，农家厨房年味渐浓，红的，黄的，绿的，白的……满满当当俨然蔬菜仓储室，一抹抹光鲜的色彩，让灶台的四周首先有了春的气息。乡间人认为，在迎春的菜谱里，水嫩爽滑的豆腐，是用植物精华调制的奶酪，浓郁的豆香能消融大鱼大肉的油腻，让舌尖漾起暖暖的春意。

母亲用升子从粮柜里舀出秋收的黄豆，有节奏地颠动着簸箕，肥圆肥圆的豆子，哗啦啦落进筐篮里。在母亲看来，做豆腐和种地一样，最好的种子撒进田里，才能开花结果。干瘪的豆粒和泥沙，会坏了自己做豆腐的手艺，也损了黄土地的名声。在完成最初的分拣之后，将豆子摊薄晾晒在竹篾席上，让每一颗都露出秋黄的原色。

磨豆腐，不仅是磨豆子，也是磨水性，磨心性，磨脾性。清亮清亮的山泉水，能让豆粒的身子骨儿松泛起来，让豆壳如隆冬的蜡梅花一般绽放，让放在灶头旁的小水筲里溢满醇厚的豆香。

天擦黑，父亲早已经将屋檐下的石磨擦洗干净，搬上半人高的磨架。父亲握着拐把儿，沿着磨身推拉出一个弧线。母亲则将早已泡好的黄豆，一勺一勺从磨眼里喂进去。石磨里滚动的声响，好似天边遥远的春雷，磨沿周边满挂着雪白雪白的豆浆，牛乳般牵着长线落进广口木盆。

最终让厨房里热气腾腾的，是母亲用卤水催开的一锅豆花儿。

农家豆腐讲究口感，个头饱满的土黄豆，清冽甘甜的山泉水，酸度适中的浆水汤，农家传统的柴火灶，是必不可少的四件料。缺一样，山野豆子就不能在清水中被激发出植物的原香，沸腾的豆浆就开不出雪白的豆花儿。

母亲从木桶里捞起最后一勺黄豆灌进磨眼，转身用细纱布滤去豆渣。豆子的原浆从布眼里涌出，如泉眼的清流淌入灶台上的浅口盆。

见状，我便赶紧将晌午拾回来的木柴塞进灶膛，把锅暖热。母亲将豆浆入锅，先是小火温煎浆汁，待锅里腾起热气，再大火提香。而后，就着铺满锅口的热气，从泡菜坛舀出一勺一勺酸汤倒入沸腾的豆浆里。少顷，泛着油光的豆浆，在卤汁中结出雪白的絮朵，一眨眼工夫，又如初晴的天空，云朵绕着日头倏然散开。

起豆花了，满锅的豆花儿。

雾气沉沉的灶台背后，母亲舀出几朵豆花儿放在碗里。案板的另几只碗里，是提前切好的蒜苗、红油辣椒、陈年米醋，有时，还有少许只有母亲才清楚的香料。

就热吃，凉了伤胃呢。母亲递话道。

巴望在灶台前的我，早已按捺不住满嘴的馋，扑腾起身，端起碗便狼吞入肚。那份豆香，那份滑溜，那份酸辣，成为乡村少年冬夜里最值得回味的丰年馈赠。

放下碗筷时，往往已是深夜时分。昏黄的油灯下，母亲早已将白嫩嫩的一锅豆花儿捞入铺着细纱布的竹箴筐,用木板压稳压瓷实。天亮之后,揭开纱布,便是满满一筐的豆腐。母亲用刀把豆腐切成小块,放在小水缸里浸泡着。水做的豆腐离不开水,否则就失了新鲜,就会变柴,不再细腻如膏。

做完豆腐,年就真的到了。和母亲年龄相当的乡村大厨,会结伴前来,揭开水缸盖,亲热地望一眼水中熟睡的豆腐。他们知道,和瑞雪一色,和白米细面一色,和柔软的棉朵一色的豆腐,不仅仅是一道菜,也是年景。和豆腐一起端上餐桌的,是一份美好而淳朴的新春憧憬,一份农家人最简单的幸福。

2020年1月15日刊于《人民日报》

头顶的云彩

陕南腊月,当野桃花信使般将春归的消息传遍山冈,天空日渐温润,灰蒙蒙的云朵如积雪消融,久违的湛蓝潮涌到远山之巅。

春气从大地升腾到头顶,揭开绒帽,手指插入发丝的瞬间,分明感到:该理发了!几乎在同一时间,乡亲们想到了传统的年俗之约。辞旧迎新,一定要为自己和家人讨个好彩头。

打我记事起,腊月的最后几天,爷爷家门外的小院坝就是一个露天的乡村理发馆,四叔是村里人都认可的业余理发师。20世纪80年代末,四叔刚二十出头,浓眉大眼,高中毕业后在乡里上班。闲暇时间,他总爱到镇上理发馆转悠,日子久了,也照猫画虎般学到点儿理发的手艺。也因是理发馆的常客,他可以让理发师按自己的脸形设计发型。先洗,后剪,再吹,末了打上定型的发胶,乌黑的头发洋溢着青春气息。村里人都夸四叔时髦,都说他的精气神全在头发上。

起初,四叔怕手艺不精,会让结伴而至的乡亲失望,只笑不应。一番推辞过后,曾是村里剃头匠的爷爷慢腾腾递话道:"邻舍都相信你哩!沉住气,莫急莫慌,心明眼亮,推子握紧搭平就好。"见此情景,四叔笑盈盈地应一声："哎，记住了。"话音刚落，已转身开始准备。

等到炉火烤得乡亲们满脸通红，火炉上铁壶的壶盖也被蒸汽掀得嘭嘭作响，四叔起身，拎了椅子和围布走向屋外。我亦起身，提着铁壶紧跟在四叔身后，先在脸盆里兑好温水，再将理发推子擦得锃亮递到四叔手上，镜子也放在他伸手可及的地方。

不用抓阄，理发的顺序装在每个人心里。轮到自己了，摘掉帽子，拿一把木梳子将窝蜷的头发梳顺后，紧憋一口气，把头扎进脸盆，犁耙般的手指反复抓挠搓洗头发好几遍，直到洗头膏泛起满头雪白的泡沫。站在一旁的四叔，示意我从水桶里舀出一瓢瓢温水为乡亲们冲洗头发，再递上擦头的毛巾。

进入角色的四叔，一下子神气起来。不论年龄，也不论辈分，他一个劲儿地叮咛："稳住，莫乱动，当心推子伤了头皮。"只见他跨开双脚呈"八"字状，一把桃木梳子将湿头发梳顺，双目对着头顶细细端详一番，左手搭在头顶，握在右手的推子从脸颊、从耳畔、从后脑勺向头顶缓缓地推。连接左右手柄的一副压缩弹簧，咔哒咔哒地传导着四叔指间的力量，也让推齿伴着手掌和弹簧的松紧节奏，在潮湿的发丛中穿梭。四叔憋足劲儿，鼓起腮，不时吹落一绺绺剪掉的头发，并左右移动视线，仿佛正在创作一幅炭笔素描，在对强弱、明暗、虚实的修正中，让发际线尽可能流畅，让发型更加立体。

半个钟头左右，四叔紧绷的面部变得松弛。我赶忙拿起镜子递到乡亲手上。他们端着镜子左照照、右看看，瞧见棱角分明的一头短发，咧开嘴，笑着夸赞四叔的好手艺。

想想也是。乡亲们辛苦了一年，虽然平时也理发，但只有到了年根，才能腾出时间细细捯饬自己。他们用手在头上反复摩挲，散着热气的头顶，似乎有一片柔和的云彩，在跳跃，在铺展，在弥散。

那一刻，四叔握在手中的仿佛不是推子，而是一支温水泡开的毛笔，在每个人的头顶绘出辞旧迎新的精气神。他努力让每个人容光焕发地走进新年，让明媚的春光洒在每个人的头顶。

多年之后，四叔在县城有了自己的新居。他时常念叨，现在生活好了，每天都在过年哩。而今，镇里和村子的理发馆外，炫目的霓虹灯日夜旋转。添了白发和皱纹的四叔，不忘抽空去理发馆打理一款和年岁相称的发型。任凭时光变迁，"从头开始"的年俗不变，为生活讨个好彩头的期待不变。每临年关，四叔依然会去楼下临街的理发馆，坐在舒适绵软的转椅上，如听话的孩童披上围布。理发师手中的电推剪嗡嗡作响，好似天际传来的春雷。

望着明亮的墙镜和镜中自己的发际线，四叔仿佛看见一团祥云升腾而起，越过头顶，越过楼宇。此时此刻，盛世祥和的祝愿，尽在和四叔一样热爱生活、珍惜生活、创造生活的万千劳动者的展望和憧憬里，如头顶的五彩云朵在春风里飘荡。

2021 年 2 月 11 日刊于《人民日报》

大沟

老家四面环山，由北至东到南，山体回旋，状若小写的"n"字，西山如一把门闩，横插在大山的出口。大沟发源于北山山腰一汪草木掩映的山泉，起初那里只有三两家住户和十多亩水田，油渣坡地只有在夏季晌午，地面隐隐泛白，其余时日，一脚踩上去能洇出水来，既湿又滑，只适合苦荞和大豆生长。

大沟从北山流进我们的村庄，已有一丈多宽，像一条水毯子横铺在两山脚下。沟两岸依次是稻田、耕地和村庄，山的脚泡在水中，蓝天白云泡在潭里，村里人看天气不用抬头，望一眼晃悠在水里的天空，就辨得出阴晴。在我的记忆里，大沟总是那般粗细，那般不急不慌。

沟边的坡地太陡，怕撒下的种子难落脚，每隔二三百米，就用石头垒起一道丈八高的大坝，缓冲雨季的湍流，日子久了，淤积的泥沙为贫瘠的土地镶起一道护边。

水田并不方正，如月牙，依山势横卧在沟旁，田里盛满红砂糖一般绵软的稀泥。水田种稻谷，也种莲藕。稻米饱满，一灶柴火蒸出一锅冒油的白米饭，就算不就菜，也不舍得丢下筷子，松软的米粒能尝出水香，尝出暖暖的阳光味,尝出忽远忽近的蛙鸣;莲藕肥壮,水洗后白白胖胖,可当作水果生食,甜脆多汁。

作为村子的大水缸,沟里人晨起开门的头件事,就是先到大沟担水,然后回家烧水洗脸、沏茶。每到日暮,大沟尤为热闹。夕阳余晖里,从地里收工的乡亲陆续围在一起,在欢声笑语里淘洗一天的疲劳。牛羊牲口低着头,喝饱了之后,双眼微醺,不紧不慢地舔着水中的涟漪,兴起时撒欢,碗口大的蹄子踩得水花四溅。大家盘腿坐在石头上,待到天擦黑,湿气上升,才慢悠悠地扛着农具往回走。

大沟有一人多深的水潭,沟边有大片竹林,也有几人合抱的大树,从大坝落下的水珠串起来一道道帘子。冬天再冷,手伸进水里并不感到刺骨。

出门久了,进村后望见大沟,就像望见老宅的屋檐和门窗,大沟也如家门口的大黄狗一般,亲热地扑上来,用哗哗流淌的水声和你打招呼。

大沟很普通,也许只是一条成长在大山大川里的溪流标本,绕着村庄缓缓流过。有溪水环绕,是一个村庄的幸福。水流是一个村庄的魂,大沟亦如此。

几年前,陕南降雨成灾,一个被泥石流吞没的村庄满目疮痍,昔日清水潺潺的山沟,被乱石和泥沙填埋。我站在村口,视野中是被冲毁的稻田、被狂风折断的怒放的荷花。乡亲们从四面八方赶回。在往常,他们是沿着溪流旁的小路回家,而那个夏季,从半山腰汹涌而来的泥石流,模糊了他们回家的路。

无论在何地,看到来自家乡的水流,能读出乡音。南水北调中线工程沿线省份考察团去天津和北京访水,在北京团城湖,一位来自陕南的代表,望见碧波荡漾的湖面,竟伸开双臂扑向水岸,像在他乡遇到了亲人。他知道,这水来自家乡,流经他的村庄。水流声是村庄的耳语,每一道涟漪都似母亲额头的皱纹。

我站在这位老乡的身旁，忽然感觉这湖水是如此亲切，隐约听见了大沟的流水声，由远及近，又由近及远。在和湖水的对视里，我看到故乡的大山、水潭、草木、稻田、竹林和几人合抱的大树，它们像一列呼啸而过的火车，在水中奔驰。站在湖边，我陡然生出莫名的感慨，大沟、大河、大江，不就是我们的精神源头吗？它们比合围村庄的山峰还要高，比头顶的蓝天还要深邃。

　　像一只龙头风筝，大沟被大江紧紧地拽着。而我，也似一只风筝，被大沟拽着。多少回，大沟在我的梦境流过。

2021年3月6日刊于《西安晚报》

满园竹青

　　老家四面环山，是一个深藏在山沟里的自然村落。

　　草木根须从接天的山头匍匐至山脚，一枚枚手掌大小的叶子，满掬着清冽的溪水，为蓝天白云，也为绵延群山送上一捧甘甜。逶迤前行的小溪两旁，依次是水草扎的篱笆，条幅般拉开的稻田，幽深静谧的竹林。再远处，是旱地和屋舍。

　　竹林不大，一片挨着一片，如一团团绿色的云彩，在山风中晕染。这些草木中的绅士，腰身笔挺，姿态优雅。仰望蓝天的簇簇竹叶，为每一轮朝阳挂出露珠镜子，也为林间啾啾鸣唱的鸟雀支起谱架。

　　朴实的山里人对竹子的情感胜过庄稼，他们甚至用脸贴近被岁月洗濯、被云朵擦拭、被山风吹干过后的竹青——这是大自然给予黄土地的发肤。

　　距溪边不远处的屋舍四周，同样有一片郁郁葱葱的竹园，园子也一定被收拾得利落干净。晨起洒扫场院，主妇们总会走入竹园，俯身拾掇枝头落下的枯叶和鸟粪。有时，还会顿下脚，伸手触摸挺拔的竹竿，抬头望望如瓦片般有序排列的茂密竹叶，从窸窸窣窣的拂动里感知天气的细微变化。也或许，叶子的背面有天空的口信。

能有一片成荫的竹园，是宅子的福气，也是庄户人家的福气。

夏季最热的时候，层层竹林荡起深绿的波浪，送来丝丝凉意。吃过晌午饭，在地里辛苦了大半天的庄稼汉，于院坝边择一处靠近竹林的位置，放上竹编的靠背椅，一枚竹叶就是一把扇子，梦中，身边好似围着层层凉风；隆冬时节，一场大雪过后，竹叶上堆着厚厚的积雪，孩子们躲在竹园里，抱着竹竿撒欢儿地摇晃，雪花如落瀑倾泻而下，儿时的欢声笑语暖热了不大的园子；几场春雨落下，一夜之间冒出满园竹笋，春风催长，笋尖一日日拔高变胖，在我们的头顶擎起枝叶，如一把绿色的大伞在春雨里撑开。

好客的乡间百姓，把苍翠青竹视作近邻，在石墙瓦屋里能摆放几件像样的竹具，也能为寻常日子增添一份贵气。相比笨重的木制家具，用竹篾一根一根编织起来的座椅、茶几、凉床、背篓，不仅少有虫蚀，搬动轻便，而且日子越久，这些竹活越发油亮光滑。

村子里的篾匠因此也受人尊敬。篾匠的一双巧手，让一根根面条粗细的竹篾灵巧地在指缝间自由穿梭，好像握在手里的不是竹篾，是缝补衣衫的针线，是被满手老茧熨帖过后的悠长光阴，是用汗水浸染出的丝绵。

舅爷就是位手艺出众的篾匠。相比村里的其他篾匠，舅爷更懂得如何呵护园子里的竹子，也更懂它们的脾性。近水的竹子绵软，是制作座椅和凉席的首选；临山的竹子刚劲，能使背篓和竹篮经得起风吹日晒；向阳的竹子耐沤，只兴竹编晒席，铺在场院不怕受潮；喜阴的竹子性寒，可做厨房的笊篱，可入锅捞面，能扛油煎水烫。

我曾无数次听奶奶说，在那个缺衣少食的年代，过继给旁姓的舅爷，靠着一片不大的竹园，养活了一家人。几十年光景都在一片园子里度过，竹子如他同宗的兄弟。

每年逢夏,他总是一手提着装满工具的竹篾笼子,一手扶着搭在肩膀上的木锯,笑嘻嘻地出现在奶奶家的场院。舅爷性子温和,个头不高,短发,圆脸,胡须稀疏。进屋稍事休息,不作声地在屋内走一圈,就知道这个夏季需要新添哪些竹活。

时常在某个早晨,舅爷提着锋利的弯刀走向奶奶家院坎下的竹园,如把脉瞧病的老中医,抬头看看,低头瞧瞧,用手反复摩挲着竹子,然后再用刀背轻轻地将竹子挨个儿敲打一遍,惊得鸟雀从竹叶丛中四散。他并不急于抡起砍刀,而是先用这种独特而古老的方式和竹林打声招呼,或者是篾匠代代传承的礼节,也或者是只有他才能悟透的某种秘密——来自手心和耳畔。

我跟在他的身后,不作声,眼巴巴地望着。

终于选好了自己中意的竹子,蹲在铺满竹叶的园子,一手扶着修长粗壮的竹子,弯刀在半空中抡出一道弧线,落向地平面的竹根处:梆——梆——梆,三五刀过后,一根茶杯粗细的竹子嘎吱一声轰然倒在其他竹子的肩头。一股浓郁的竹香扑鼻而来,那是被竹根泵吸的土腥和悠悠清水的混合物释放出的大地原香。坐在不远处的我,看见舅爷俯下身,弯刀如啄食的公鸡频频点头,从竹林里挖出新鲜泥土,他半跪在地上,一把接着一把捧起来,盖住花瓣状的竹茬刀口。

盖上土,要不然就会伤了竹林的元气,砍一根,来年要新添一根呢!舅爷喃喃自语。

砍下的竹子被他扛到奶奶家的场院,如摆上案子的蔬菜,依旧反复掂量一番之后,舅爷如大厨一般开始忙活。一个晌午的工夫,一根根竹子被他用竹刀对称地劈开,剔除如脂肪被竹青包裹的篾黄,最后只剩下薄厚匀称的竹篾。

新鲜的竹篾需要摊在地上晾晒,接受温热的地气和日头的二次加工。舅爷在屋檐下跷起二郎腿,半眯着眼,或许是在打盹,或许是在脑海里勾画篾活的小样，也或许是在用心感知竹篾被阳光最后一次着色的"火候"。

接下来的日子，屋外的那棵柿子树下就成了舅爷一人的露天操作间。阳光从叶缝洒下来，知了躲在枝头一声高过一声地嘶鸣，微风拂过，柿子树叶沙沙作响。穿着白布短衫的舅爷坐在凳子上，半弯着腰身，散发着幽幽清香的竹篾在他手中来回拨动。

阳光下，舅爷只在乎手中的篾活，甚至连奶奶递给他的蒲叶扇、菊花茶和防蚊的风油精，也都被他随手搁置在地上。

偶尔他会直起身，向后仰一仰腰，然后俯身拾起一把竹篾，握在手里轻轻抖动一番，以便它们充分接受日头的熨烫。阳光下，那些金黄色的竹篾，好似一条汹涌的河流，源头被他紧握在手心，富有弹性的篾条有节奏地抖动时，仿佛在阳光的河床哗哗作响。睡眼蒙眬的我，却仿佛看见他握在手中的不是一把竹篾，而是一把粗细匀称的面条，在蒸蒸暑气中等待下锅。

随着舅爷手中的最后一样篾活收工结束，一个夏季就匆匆结束了。很快进入秋收，奶奶家新添的竹篾笼、背篓、笸篮、晒席，一一派上了用场，一片秋黄衬着一抹竹青，成为秋日里最能代表丰收的色调。

来年打春，逢几场春雨，破土而出的满园竹笋，胖乎乎的，紧裹着一身镶着绿边的褐色外衣，笋尖噙着雨点大小的露滴，如一身竹青的画笔，吮吸着大地砚台里的绵绵春光。竹园一日暖过一日，一日繁茂过一日，就在舅爷砍伐的竹子不远处，密密匝匝地围着一圈新竹。我的耳畔仿佛传来舅爷的絮叨：盖上土，今年夏季砍一根，来年春上就得添一根，这样才能护住这片园子！

当时我并不懂得舅爷的心思。直到现在，他生病躺在床上，握着我的手一字一句道，竹子性强，和我这个倔老头一样，苦也罢，累也罢，都得耐着性子，挺直腰杆，守住本分，总怕误了光景。这时，我才知道,舅爷原本也是幽深竹林里的一根竹子,既临山,也近水;既向阳,也喜阴……满园竹青如这春光,如舅爷的满目慈爱,不浓,也不淡。

2021 年 4 月 17 日 刊于《西安晚报》

迎春的灯笼

故乡陕南，除夕夜的喜庆是由一盏盏通红的灯笼烘托出来的。辞旧迎新，在群山合围的小山村，次第点亮的万家灯火，如山花，如红叶，如星斗，如无数张洒满霞光的笑脸，让茫茫夜色红润通透起来。

天擦黑，随着挂在屋檐下的门灯一盏盏点亮，不大的村庄一下子绚丽多彩，春意盎然。就连瑟瑟寒风都生出融融暖意，让夜的双颊变得桃粉，有了早春二月的气色。站在屋外，循着光亮望去，挂在屋檐下的一对灯笼，好似节气的藤蔓生出并蒂的花朵，又如乡村夜晚最深情的双眸，让农家小院有了另一番光彩和情致。

屋内的火塘亦是落地的灯盏，火光就是灯光，灯光亦是火光，跃动的火苗映照着一张张喜兴的面庞，也映照着一年一度的这个未央之夜。就连整间房子，都氤氲着淡淡的馨香，噼啪作响的炉火，舞动着春的鼓点，也让除夕夜在一方火塘盛开出透红的花朵。大家围坐在一起，就着炉火，就着亲情，就着欢声笑语，静静地等待着一个崭新的开端。除夕夜，是团圆夜，更是灯火夜，每个人的内心都有一轮像炉火般灿烂的朝阳，正被旧岁轻轻托举起来，高过地平面，高过每个人的额头，高过屋顶上空，高过绵延群山，最终从正东方冉冉升起。

炉火的光亮透过门缝洒在屋外，暗红的鞭炮屑如一层薄薄的落花铺满场院，灯光和火光叠在一起，让夜晚的每一个角落都变得光亮。炉火烧出的草木香，连同伴着灯影摇曳的烛火气，在山村夜色里弥散。孩子们手提着灯笼，如枝头的鸟雀，在院子里叽叽喳喳个不停，笑声汇聚成欢乐的海洋。

除夕夜的孩子们，原本就是一盏盏欢乐的灯笼。小手冻得通红，但他们对灯笼的亲热劲儿，绝不亚于一粒粒糖果，或者一身合身熨帖的新衣服。和孩子们稚嫩的脸庞一起被照亮的，还有他们单纯的内心世界，以及从眼神中流露出的那份清澈。

烛光摇红，大小和形状各异的灯笼，是清一色的竹骨纸糊，多半是圆柱状的冬瓜灯，或者是鼓圆的大尺寸橘灯，也有巧手扎成的鱼灯和各色俏皮的花灯。

早在腊月初，他们就开始张罗这一盏看似寻常的灯笼。也就是从那时起，孩子们就开始想象着年的模样，想象着除夕夜如何挑起灯笼，照亮房前屋后的一草一木，照亮伙伴们天真无忧的年趣，照亮长辈和蔼可亲的笑脸。山村的每个孩子，都渴望属于自己的灯笼，就像新学年崭新的书包、课本和蜡笔一样，散发着缕缕淡淡的清香。

扎灯笼是老人们最擅长的手艺。一根酒盅粗细的竹子，一把锋利的竹篾刀，在他们手中摆弄三两下，就能从篾黄背面分离出面条宽窄薄厚的篾青。泛着幽幽竹香的篾青，在他们手中折弯、竖起、交错、支撑、互托，一个玲珑的灯架很快完工。找来一块泡桐木板，角尺规整划线，木锯齐边成形，牵钻抽拉打孔，一个稍大于灯身下口的简单灯座便成了，既方正，也平整。末了，再将一段两尺有余的篾青对折，插入木孔，环形的手柄径直沿下口穿过，从上口提起，让灯身坐稳在灯座上。不大会儿工夫，一个看似简单的灯架，在老人的手中变戏法似的完工。

糊灯，浆糊打底，红纸贴面，好似为灯架穿上外衣。若是少了红纸，最简单的办法是用雪白的油光纸糊面，再找来过年点馍花的颜料，用筷子当画笔，在灯身作画，或大朵的牡丹，或丰登的五谷，或春归的燕子，或成双的蝴蝶……直到灯身五彩斑斓。

孩子们提着灯笼在夜色中奔跑，星星点点的亮光，如星斗洒满整个村庄，他们也以最乡土的方式迎接新年的到来。忽闪在寒风中的烛光，温暖着孩子们红扑扑的笑颜，也温暖着祥和的除夕夜。

夜已经很深了，零星的礼花和鞭炮声，从这山传到那山，又从那山传回这山。灯笼里的蜡烛已经燃尽，孩子们陆陆续续回家，除夕夜的狂欢暂且告一段落。睡梦中，屋外的门灯在风中轻轻摇摆，一抹烛红从门缝里投射到床头，光影起起落落、明明暗暗，如母亲的双手在轻轻拍打他们进入甜美的梦乡。

梦中，他们看见一盏盏灯笼如山花挂满草木的枝头，明媚的春光里，鸟语啁啾，麦苗泛绿，溪流叮咚，山坡上偎绿依红的牛羊，如天空的云朵缓缓飘散……他们结伴在阳光下奔跑着、狂欢着，他们看见迎面而至的春天也同样奔跑着、狂欢着，花瓣状的脚印铺满山冈，他们看见每一缕春风都提着和灯笼一样的山花，装扮着屋舍、村庄和田园。

2022年1月29日刊于《人民日报》（海外版）

苞谷花

"苞谷花喽——"小时候的冬天，每每听到这样由远及近的吆喝声，我和小伙伴们便一溜烟儿跑到村口，跟在老师傅的身后，帮他拎着那只被烟火熏黑的蛇皮袋子，一起在村子里转悠。

老师傅肩上扛着爆米花机器，手提袋里是零零碎碎的家伙什儿，耳上夹着纸烟，灰白的头发蓬松杂乱，一条毛线织的围巾在衣领绕了好几圈，脚上的棉靴子又厚又大，灯草绒料子的鞋面上被烧出豆粒大小的窟窿。

老师傅一边喘着粗气，一边不停地吆喝着，不时注意周边有无应声。到了这个季节，农活不多，村里人多半是在屋里烤火取暖。听到熟悉的声音，木门吱吱呀呀次第推开，探出一张张热情的笑脸。

见状，老师傅迫不及待地将爆米花机从肩头卸下来，从棉衣口袋掏出火柴，点燃纸烟，就势蹲在屋外的院坝边，笑盈盈地问一句：今年好收成，给娃们爆几斤苞谷花？屋里人不作声，转身从粮柜里舀几瓢秋收晒干的苞谷粒，装在竹筐里端出来。

老师傅顺手从筐里捡拾一粒，咯嘣一咬，问一句，坡地里收回来的当年苞谷吧，还有一股日头味道。

在老师傅侍弄爆米花机的同时，主人已将一大捆干柴桦子放在他身旁，回头不忘提醒，苞谷要开花儿，得大火催哩。说是机器，其实就是一个几十斤重的"黑葫芦"，更像乡下老式的水坛，两口收窄，锅腹浑圆，能盛一斤左右的苞谷粒。落座，架锅，生火，握着锅体一端的摇手不停地翻转。几分钟之后，老师傅半眯着眼将苞谷粒装入煨热的锅体，手持螺杆密封机盖，并用眼神示意身边的孩子添把柴火，让熊熊火苗裹着锅体。

每到这当口儿，老师傅不言不语，摇手转动得越来越快，好似舞动着一簇橙黄的火焰，火光映着他额头密密麻麻的汗珠，也映出孩子们期待的眼神。在草木萧瑟的冬日，寒风中，透过火苗中铁黑的锅身，老师傅依稀看到花开的景象——一粒粒金黄油亮的苞谷，好似含苞待放的花蕾，在春天的枝头轻轻拂动，比蜡梅更璀璨。

当他放缓手中的摇手，火苗也渐渐矮下去，孩子们知道接下来要发生的一切，双手捂住耳朵躲在屋檐下。他徐徐起身，将机盖对准事先准备好的蛇皮袋子，麻利地用钢管将机盖阀门打开，随着嘭的一声巨响，锅内的压力将白中带金的苞谷花喷至袋内，整个场院弥散着烟雾和苞谷花的清香。

烟雾尚未散去，孩子们如觅食的麻雀蜂拥而上，冻得通红的小手从袋子里抓起滚烫的苞谷花塞进口中。在没有山果的冬季，一捧苞谷花就成了孩子们最中意的点心和糖果。

老师傅并不计较工钱，可能是几角钱，也可能是几斤粮食。在孩子们眼中，老师傅是名副其实的乡村大厨。山寒水瘦，在炉火盈盈的农家小院，苞谷花陪伴了我们整个冬季。

多少年后，在城里见到添加了奶油和糖的苞谷花，再也尝不出小时候的那个味道。

恍惚中，我仿佛又回到冬日的午后，铅灰色的天空飘着雪。老师傅静静地坐在场院，黢黑的铁锅在呼呼的火苗中转动着。在他身旁，是一群眼里跃动着火苗的叽叽喳喳的孩子，是随风旋起的落叶，是一个鼓囊囊的蛇皮袋子。火光熄灭，地上的积雪很快消融。

2022 年 2 月 12 日刊于《西安晚报》

遥念冰棍

知了可劲儿地叫，一声急过一声，一声近过一声，嗓子里好似有团火焰在跃动。教室外杨树叶子沉住气，很安静，晌午的太阳从叶缝斜照到地面，投射出一束一束白花花的光柱。花坛里的花草被晒得发蔫，叶子低垂，泥土裂开一指宽的缝，如一张焦渴的嘴。偶尔起一阵细小的山风，喘着粗气的叶子，如孩子们手中的书本塞塞窣窣被翻开，并不感觉到凉爽。

教室的窗子已经全部敞开，靠近后排的学生用手支着下巴，眼睛眯成一条线，一松手，头就会滑落到桌面。老师站在讲台上，吱吱呀呀地在黑板上写着拳头大小的粉笔字，后背的衣衫被汗水浸湿，露出星星点点的汗渍。同学们安静如树，豆大的汗珠从后脑勺的发根涔涔而下。

这是炎炎夏日的午间课堂，连空气都能拧出汗水。

冰棍——冰棍！卖冰棍喽！操场上熟悉的叫卖声几乎和下课铃声一同传来，同学们循着声音的方向夺门而出，教室的热流如一个被撕裂的旋涡，淌出些许凉意。冰棍——冰棍！卖冰棍喽！在中年男子并不洪亮的声声呼唤中，同学们蜂拥而至，疾跑的脚步将地面的尘土拍打起。

孩子们不停地抿着嘴,眼睛亮晶晶的,高举的手拥成一簇。加重自行车旁,中年汉子小心翼翼地打开装满冰棍的木箱,从隔热的小棉被里取出一根根冰棍,如刚出笼的小馒头,递给围在四周的孩子。箱子里散出来的凉气,让每一张稚嫩的面孔都满溢着惊喜和期待。冰棍——冰棍!卖冰棍喽!叫卖声如阵雨洒落在操场上,洒落在孩子们汗津津的笑容里。这个闷热的晌午倏然有了丝丝清凉。

更多的孩子只能站在教室外的走廊上张望,失望的表情和口袋一样空瘪。他们转身走向离教室不远处的一眼山泉,双手掬起一捧泉水打湿内心的焦渴和烦闷。内秀一点的孩子会用桐子树叶折成一个漏斗状的叶勺,蹲在泉旁,一勺一勺舀水喝。除了冰棍,山泉水是最好的天然饮品。也有学生如初生的牛犊,仰起头,径直将厨房外的水龙头含在口中,水阀拧开的瞬间,水花从嘴角喷出来,打湿上衣领口。他们顺势用凉水洗一把脸,小脸清醒和顽皮了很多。

中年汉子依旧在高声吆喝,一转眼工夫,手上攥满了皱皱巴巴的毛票。同学们迫不及待地撕掉包装纸,张口衔着冰棍,吮吸着,眼神里流露出最单纯的满足。吃五分钱一根的冰棍,在 20 世纪 80 年代末也算得上是奢侈了,毕竟一个鸡蛋在当时也才卖到七八分钱。

孩子们握在手上的仿佛不是一根简单的冰棍,而是一顿丰盛的大餐。在那个物资匮乏的年代,这些来自工厂的副食,总能打动每一个孩子的童年。与其说含在嘴里的是一根小小的冰棍,倒不如说,他们尝到的是遥远的县城里那份陌生且渴望的都市气息。

那时,国营副食厂生产的小冰棍,包装并不洋气,白纸包裹的长方形冰棍上,"冰棍"两个字格外醒目,字体稍稍做了艺术化处理,看上去饱满浑圆。冰棍里插着一个细把儿,也许是一根竹签,或者是一段竹片,握在手中,一股清凉沿着这个"导体"迅速凉遍周身。

课间十分钟,一根根冰棍在孩子们急切的吮吸中变薄变瘦,直到剩下一根竹签。他们珍惜地把竹签含在嘴里，不舍得松口，深情地回味着。冰棍如一把蒲叶扇，让闷热的身体里刮过一阵凉风，风里有水果的清香，有山泉的清凉，还有丝丝缕缕的冰爽。

铃声响起，同学们从操场边的树荫下跑回教室。再一次回到现实中，回到座位上，他们的眼中满是对一口甘甜的久久迷恋。

操场上，卖冰棍的中年男子手握着草帽，悠悠地扇着，白衬衫的扣子解开，贴身的那件绿色背心洗得发白。他并不躲到树荫下，头顶烈日陪伴在后座架着冰棍箱子的自行车旁。他不停地用衣袖擦拭着脸上淌下的汗水，不时抬起头，眯起眼睛，看看天上火辣辣的太阳。

等到下课铃声再一次响起，他会继续吆喝：冰棍——冰棍！卖冰棍喽！一直吆喝到箱子里的冰棍卖完，他才会骑上那辆破旧的自行车离开操场。第二天晌午，他依旧会来到操场，依旧在下课铃声响起后，用沙哑的嗓子吆喝叫卖。

冰棍陪伴的童年，随着小升初的考试挥手作别。这之后，我进入位于集镇的中学，最热的那些日子，操场边的知了依旧声声急、声声近，可喜的是，彼时教室里有了吊扇，操场边的小卖部有了两三角钱一瓶的汽水。再后来，到了城里上学，每到酷暑，有了更多的选择，小奶糕、汽水等应有尽有。

而今的酷暑，上初中的女儿会从街边冷饮店买回包装精美的冰激凌，靠在沙发上，将美味的冷冻奶制品一勺一勺送进嘴里，或者，索性来一瓶冰镇的饮料，拧开瓶盖，咕嘟咕嘟喝得酣畅痛快。女儿根本不知道，二三十年前的那些个夏天，有一群和她大小相仿的孩子，几分钱一根的冰棍便能让他们欢呼雀跃，也让他们获得长久的满足。然而，那些囊中羞涩的孩子，冰棍近在眼前，却似乎又遥不可及。那远与近，已不是简简单单的一根冰棍的距离。

一切都成为历史。如今的夏日，人们过的不仅仅是一个季节，更多的是追求一份多姿多彩的时尚。望着满脸幸福的女儿,我的思绪再次回到那个盛夏的晌午。闷热的教室里同学在打瞌睡,老师用粉笔在黑板上吱吱呀呀地写着字,操场上那个中年汉子站在加重自行车旁,等到下课铃声响起,中年汉子一边望着蜂拥而至的孩子,一边不紧不慢地吆喝着:冰棍——冰棍!卖冰棍喽!

2022 年 8 月 18 日刊于《陕西日报》

情满压岁包

小时候，总盼着过生日、过节、过年。这些美好的日子，不仅能满足孩提时代最单纯的物质需求，也让寻常生活有了别样的滋味。

年是孩子们心目中最大的节。在孩子的世界里，年往往来得更早一些，从寒假开始，就觉得迈进了年关。我们盼望着新衣和糖果，盼望着喜气洋洋的年画和俏皮的花瓣子，还有长辈们给的压岁包。

确切地说，那不只是字面意义上的压岁包，更是炉火旁的成长礼，是一份握在手心里的爱。通常是在大年初一的早晨，吃完迎新的饺子，穿着新衣的我们，扑通一声，喜滋滋地跪在长辈的膝下，送上比"新年好"更有乡土味儿的问候与祝福。长辈们见状，便爱怜地伸出手，将我们拉进怀抱，满是老茧的大手热乎乎的，那侍弄庄稼的粗壮指节，像是被春风熨帖过，变得温柔起来。

映着炉里的火光，他们从衣兜里掏出几张皱巴巴的毛票，塞进我们沾满糖果甜香的小手，并一个劲儿叮咛："拿着，拿着吧，钱不多，去买个本子，买支笔，好好学习。"

每逢这时，我总会转过脸，用眼神询问父母。他们轻声叮咛："拿着，拿着吧，等你长大了，出息了，甭忘了尽孝。"面朝黄土背朝天的长辈，把所有的念想和憧憬，都寄托在与田里庄稼一般高矮的晚辈身上。接过那些被汗水浸润的压岁钱，我们原封原样地转手交给父母。等到新学期，这些零零碎碎的压岁钱就成了我们的学费。在那个经济拮据的年代，从小懂事的我们从不会乱花一分一文。

不知从什么时候开始，我们个头蹿得和长辈一般高，恍然间就过了收压岁钱的年龄。等到成家立业，有了儿女，更感觉时间过得飞快。

在鞭炮和礼花声中，在迎来送往的祝福声中，我们也长成了长辈的模样，将一个个满溢着喜气的红包递到孩子们手中，看他们欢乐的笑脸。

长辈们已经满头银丝，腰身佝偻。看到他们，童年那个熟悉的场景又回来了——我会下意识地蹲下，甚至单膝跪在地上，同样把被春节的喜气泗红的压岁包塞进老人的棉衣口袋，然后说："我们长大了，平日里工作忙，难得回家，你们要好好照顾自己。"

那个带着我们彼此体温的压岁包，好似一枚岁月的邮票，沿着情感的邮路，把所有美好的祝福、饱满的亲情，从今年邮送到明年，从这一代邮递到下一代。

2023年2月1日 刊于《人民日报》

母亲的手机

几年前母亲从乡下进城,空荡荡的一个屋子,就她一个人居住,显得清冷且孤寂。我每逢周末就去陪母亲吃顿饭。

不知从什么时候起,母亲开始和我念叨起乡下老家的零碎事儿:谁家田里的庄稼长势喜人,入秋后苞谷穗子能码半间屋,汗水算是没白流;谁家新娶的儿媳妇添丁进口了,胖乎乎的大小子惹人爱,一家人乐得合不拢嘴;谁家又在老宅旁起了新房,坐北朝南,是个二层小洋楼;谁家的鸡圈拆了,群养的土鸡被赶到了山坡上,鸡肥蛋多,城里人争着买哩……她滔滔不绝,完全沉浸在自己的精神世界里。

开始我没太在意,直到有一次母亲提及老家荒芜了多年的田里种上了朝天椒,绿油油的,一眼望不到边,辣椒采摘后有人上门收购,一斤能卖好几块钱,我这才忍不住问了一句:"你住在城里,哪儿得来这么多的好消息?"

坐在一旁的姐姐回道:"妈是从抖音上看到的,如今乡下的亲朋好友都爱玩抖音,就算干农活再苦再累,也会忙里偷闲上传个视频。"

我突然意识到,古稀之年的老母亲有了新的爱好。

母亲递过话："刷抖音挺费流量的，我要了楼上邻居家的Wi-Fi密码，人家怕我忘了，还专门给我写在纸条上。"

我乐了，望着坐在对面的母亲，她也正笑盈盈地望着我，一脸得意的神情，像一个淘气的孩子。

去年母亲过生日，姐姐专门给她买了一部智能手机。在这之前，母亲一直使用老年机，只简单地用于接打电话，我还担心智能手机功能太多她反倒不会用。

暑假，外甥从外地回来，无意间又向我透露了一个信息。平日里，他隔三岔五会和外婆视频聊天，了解她的饮食起居，也看看她的容颜气色。后来我又得知，母亲的微信里已添加了不少好友，大多是和她一个年岁的老朋友、老姐妹。

我不知道母亲是如何用微信聊天的，是视频、音频，还是文字输入？

总之，那之后很长一段时间，我的脑海里总是闪现母亲刷抖音、用微信和朋友聊天的画面。

窗明几净的客厅里，母亲戴着老花镜，半眯着眼睛，斜靠在沙发上，左手紧握着手机，右手不时地刷新屏幕上的视频，方言或者土味普通话配着不长的画面，母亲看得专注，听得入神，消瘦的脸上笑出了褶子，整个屋子是那样安静，又是那样热闹。那一刻，母亲仿佛是一个坐在乡村教室里的小学生，一部手机就是一册课本，课本中的每一幅插画、每一段描写，以至于每一个活泼可爱的表情，都深深地吸引着她。不大一会儿工夫，她便好像完成了一次丰富多彩的乡村游。揉揉眼睛，回味一番，意犹未尽，她再次将手机捧在手里，那些乡间的烟火，那些斑斓的果园农田，让她嗅到了久违的泥土香，这香气也充盈着她单调的晚年生活。

这是在田里劳作了三十多个年头的母亲，在告别故土，告别田舍、庄稼和牛羊牲口之后，对曾经的家园以另一种方式亲近、回望。一桩桩故事，发生在她最熟悉不过的那片土地上。只是岁月流转，曾经在她播种大豆、玉米、小麦的梯田里，如今种上了高产的辣椒、油菜，栽种着柑橘、核桃和拐枣；曾经扶犁深耕的黄土地，现在清一色地换作了旋耕机机械化作业；曾经弯弯绕绕的乡村土路，如今已是宽阔平展的青灰色水泥路，路两旁还加装了安全防护栏，栽上了行道树；曾经低矮简陋的石墙瓦屋，如今已是一幢幢拔地而起、窗明几净的小洋楼；那些面朝黄土背朝天、四季辛勤劳作的乡亲们，如今化身新农人，一手握着农具，一手握着手机，将乡村的美景和趣事直播到天南海北。

母亲再熟悉不过的小山村，眼下还成了拍摄视频的热门取景地，明丽灿烂的油菜花、挂满枝头的柑橘、漫山遍野的山花、在果园里低头劳作的老农……而声声蝉鸣、啁啾鸟语，连同铺满稻田的蛙声，都成了视频清新的背景音乐。这一切，都让母亲魂牵梦萦。

一部智能手机成为母亲和乡下老家情感交流的介质。正在发生的美好，都在她的指尖下轻轻滑过。母亲握在手中的不仅是一部智能手机，也是一卷徐徐展开的山水长卷，老家的每一处景致、每一个变化、每一副面孔，都让她感受到乡村振兴的脉动，让她骄傲与欢喜。

2023 年 3 月 17 日刊于《光明日报》

放牛时光

在少有马和骡子的地方，牛就是活跃在田间地头的"壮劳力"。牛吃草，吃树叶，吃庄稼秸秆，喝甘甜的山溪水。偌大的山野好似一个没有边界的牧场，青山绿水放养着高矮胖瘦各异的牛，牛群放养着山中的一草一木。有了大自然的滋养，它们显得贵气、富态、憨厚，是另一种状态的云雾和雨露。日子久了，牛群点缀着漫山遍野的花草，成了白云底下最幸福的生灵。

再听招呼的牛，也得有人跟在身旁放着、望着、陪着。上了年岁的牛一般不会闯入庄稼地，它们知道，田里的庄稼是从肥厚的蹄印里冒出来的，和牛犊一样有着黄土地的血脉和毛发。只有那些还未拖过犁铧的牛犊会时不时一头钻进庄稼地，调皮地偷食比野草更爽口的禾苗，终究还是在一阵吆喝声中，再次撒欢进入山坡，满嘴的五谷香里有另一番滋味。

比牛犊高不了多少的乡间孩子，假期的大部分时间都在田野。田野是宽阔自由的第二课堂，孩子们即使远离了笔和纸，也不能闲着。放牛，就成了不用肩挑背扛的好营生。放牛不能粗心大意，需要好眼力和好心性。尤其是到了夏季，整座山像是被绿色的叶子一层一层砌起来的，牛羊进山，不大会儿工夫就淹没在深绿色的浪潮中，稍不留神就消失在视线里。

日头初升，放牛娃从牛圈里赶着牛上山，在一处水草丰茂处落脚。在溪边或是向阳的山坡上，牛群散开，低下头觅食，先大口啃食地面上的青草，再用肥大的舌头卷起灌木的叶子，间或抬起头望着从树叶的缝隙投射下的阳光，若有所思地悠悠回味浓郁的青草香。偶尔会有麻雀落在牛背上，灵活地转动着身子，叽叽喳喳地叫着，将牛背当作小憩的驿站。忙着吃草的老牛起初习惯了这样的林间互动，有时还会甩打粗壮的尾巴，惊得鸟雀如风吹落叶般四散。

在山里长大的孩子，眼尖，心细，懂得望着四面青山察言观色。夏季放牛，不光得看牛看山，还得看天看云看从远处吹过来的风，天气没准说变就变了，一阵风呼啸而至，树叶翻卷，整面山瞬间由油绿变成灰绿，浅灰的雨雾升腾，一场说来就来的雷雨很快就落了下来。

孩子们将细长的荆条在空中挥舞得呜呜作响，吆喝着牛群从林子里钻出来，沿着山道一阵风似的将它们送回圈舍。遥远的雷声和雨声像是大山的吆喝。牛群通常比放牛的孩子更有经验，见到天空或者山坡上微妙的变化，会停止啃食，抬头望着远处的风吹草动，翕动鼻翼捕捉空气中细微的变化，急切地一声高过一声地哞哞叫。这是牛群能听懂的号令。它们庞大的身躯如山风般从高处的山头沿着羊肠小道折回。顷刻间，平日里不急不躁的牛像是草原上的骏马，蹄起蹄落，山道上尘土飞扬，奔跑声在大山间回响。它们身后的孩子，一路欢笑，一路紧跟。

最享受的，还是在立春前后赶着牛群上山。彼时，天气日渐转暖，那些旧年的枯草，如大山的羽毛，被乍暖还寒的春风一遍遍梳理，整座山变得松软和光亮。这是仲春到来之前的铺垫，是草木的诚意和礼节。牛群进山只能啃食一些枯黄的野草，它们的眼神恬淡安静，似乎在聆听春天的脚步。一幅初春的山水长卷,已经在它们的眼前徐徐铺展。这些耕作的高手,用一个个蹄印在大地上写下关于春天、关于春耕的诗行。它们摆动着尾巴,用响亮的身体号子,迎接又一个山花烂漫、草木返青的春天。就着山间初融的雪水,以镶嵌在山体上的水窝为杯,它们和蓝天白云一道庆祝春天的到来。

阳光明媚,牛群在山坡上安静地吃草,放牛的孩子躺在绵软的草丛中,听鸟鸣新曲,听风吹落叶的沙沙声,听初醒的溪流淙淙流淌,听山歌在田里唱响,听着听着,就在春风铺开的大床上进入梦乡。

不远处的老牛,眼里泛着慈祥,裹着春风的身体渐渐有了些许倦意,深黑或者金黄的毛发在柔柔的风中是那般妥帖,又是那般柔顺。这些牛群像是春意萌发的大山,立体、动感、饱满,满是希冀和温暖。

休养了整整一个冬季的牛群会再次进入田间,用犁铧将泥土翻开,让春风、春雨、春阳在土地里生根发芽。农人的声声吆喝和滴滴汗水,如荡漾开来的声波和水波,让泥土的清香没有边际地飘向远方。春耕的图景,是春天最富诗意、最触动人心的画面。身体前倾的耕牛,紧绷着光滑的皮毛,憋足劲儿,半眯着眼,用肥壮的身体拽着早春前行。对它们而言,身后落下的每一粒种子最终都成长为一片茂盛的森林,都会丰沃成一条绿色的大江大河,都会翻腾成大地上的金黄的浪花。

等到春耕春播结束,春天就真正到来了,山野新绿,山花烂漫,牛群结伴进入草木葱茏的大山深处,安然地享受着舌尖上的春天,沐浴着春日的暖阳,吃着肥嫩肥嫩的野草和树叶,张望着春耕过后的田地,耐心等待泥土深处的种子在春风的怀抱里抽出星星点点的叶芽。直到田里泛绿,直到农人弯腰回到每一株禾苗的身边,这些养育着黄土地也同样被黄土地养育着的生灵,才会站在山冈上,长长地舒一口气,发出悠然且饱含深情的叫声。

真正的放牛郎不是那些天真可爱的孩子,而是这些和土地朝夕相处的牛群。它们放养着节气，也放养着节气里的山水、草木、庄稼，还有一份沉甸甸的希望。它们将悠长的时光放养在每一个日出日落中，也放养在每一次的春耕春种中。

2024年3月25日刊于《陕西日报》

婴儿老

但凡上了年岁的人，会出现两种境况，或越老越小，成了小孩一般在儿女面前撒娇；或脑子满了钝了也就慢了，微热的记忆忽明忽暗，成了不醒事儿的"婴儿脑"。老小孩会像我们小时候那样撒娇，需要有人嘘寒问暖，生怕秒秒钟的忽略，婴儿脑就没了记性，独自幸福在自己的世界里，真正成了晃在摇篮里的小小孩，成为怀抱着年轮的一株参天大树，根系深扎在晚辈的血脉里。

岁月牵着我们的手，走着走着就老了，老成小孩，老成乐子，也老成一抹夕阳红。十多年前，和妻子恋爱那阵儿，春节拜年，岳母带着我去看望妻子的外婆。同在一个村子，相距不到五百米，待我们吱呀一声推开屋门，堂屋的火盆围坐着一圈人。外婆坐在一条长凳子上，怀里靠着拐杖，黑色的帽子没有完全遮盖住额头的银发，脸上的微笑比炉火更让人暖和。在她起身和我打招呼时，我主动迎上去紧握住她的手，她笑着，望着，半眯着眼打量着我，让我坐在身边，拉着我的手不松。门牙落尽的嘴巴嗫嚅着，想说什么，又没说出口。灯光下，我们婆孙俩成为炉火旁的焦点。我笑，她也笑，许久，她才从老式棉布衫里掏出一个橘子递给我，炉火旁的人都笑了，都说她把我当小孩子呢。我剥开那个有外婆体温的橘子，掏出一瓣塞进她的嘴里，婆孙俩的第一面就留下了橘子甜。

那之后，只要我们回家，总能见到外婆，见到她拄着拐杖，老远就喊我，黝黑的脸上洋溢着笑，满头银发梳得整齐滑溜。那时外婆精神矍铄，说话嗓门洪亮，很少见到她发脾气，唯一一次生气，是因为她嫌我吃得少，不像一个小伙子的饭量。其实也不是生气，是她收起了惯有的笑容，旋即又乐呵地望着我。

婚后两三年，外婆脸上的笑容渐渐隐去，说话少了逻辑，见了我总是重复问吃没吃饭，即便是饭碗刚刚搁下。岳母说，外婆怕是老糊涂了，年轻时候可不是这个样子。再往后，外婆已经不认识我了，每次回家，我和她打招呼，她不应，脸色阴沉，满眼孩童般的漠然和警惕，生怕我在甜言蜜语之后，用一颗糖把她拐跑。外婆摩挲着手中的拐杖，静静地坐着，陷入无尽的沉思。那个曾经嫌弃我饭量小的外婆，吃饭时，端着饭碗，用筷子在碗里漫无目的地拨拉着，一顿饭能吃半个多小时，到最后不是吃完了，而是饭凉了。

外婆彻底丢失记忆是从她去世那年的夏季开始的，岳母去给她洗澡换衣，外婆已认不出岳母是谁，曾抱怨岳母没有礼数，在她身上乱摸。每个黄昏，外婆坐在屋外，身旁斜靠着拐杖，旁若无人地望着远方，雾蒙蒙的视线停留在另一个世界。凑近耳旁喊她，外婆扭过头，或不语，或喃喃发问，你是谁，我咋不认识呢？起初，晚辈都以外婆的神情举止为乐，日子久了，一提起外婆，大家一眼的泪，都说外婆遭罪呢，连儿女都不认得了。

女儿出生的那个冬季，外婆卧床一两个月后合上了眼，听说，外婆去世的头两天变得清醒了，再次露出她招牌式的笑容，小孩子一样又说又笑。儿孙都以为她饱饱地睡一觉身体就好了，就能拄着拐杖，继续和我们乐呵，可是外婆睡着了，再也没有醒来，成为我们记忆里那个八十四岁的老小孩。

另一个老小孩是我的外婆，一米六七的个头，身材匀称，不臃肿，年轻时一定皮肤白皙，晚年的外婆，笑容丝绸一样柔滑有质感。外婆患有哮喘，走几步歇几步，上气不接下气，说话快了，咽喉好像有个气流旋涡，将声音裹挟在嗓子眼儿。外婆做得一手好茶饭，在十里八村有口皆碑。她家的厨房和睡房只隔了一道篱笆，灶台和案板收拾得干净整齐，她做饭，外公添火加柴，火稍大她就生气，火太小她也给外公甩脸子，外公说，外婆做饭时太难伺候了。外公就这样伺候了外婆五十多年后，罹患食管癌撒手人寰。外婆躺在床上，哭着数落外公，鬼老汉身体咋就这么不中用，说走就走了呢。自此，外婆少了发落对象，好像神态老了许多，厨房也冰锅冷灶。八十出头，外婆开始变得邋遢，絮絮叨叨，更多的是一个人自言自语。更为可惜的是，外婆丢了厨艺，饭菜要么淡了要么咸了，吃不出先前的那个熟悉的"外婆味"。

外婆变得糊涂是从某一年冬季开始的，我放假路过大舅家去看望她，脸上有些浮肿的外婆窸窸窣窣地爬起来，我扶她坐在火炉旁，外婆默不作声地望着我，许久才发声，你吃烟不，我身上没带烟，但年轻时烟瘾可大了。我望着讲究了一辈子的外婆，知道她犯糊涂了，患有咽炎和哮喘的她，闻到烟味都嗓子不适，又怎么可能抽烟呢。小舅打工回来，买了棉袄给她穿上，外婆逢人就说，有个小伙子给我送了件棉袄，穿在身上暖和着呢。小舅满怀伤感道，我娘不认识我了，我娘迷糊了。外婆在迷迷糊糊中大小便失禁，儿女轮流在床前一把屎一把尿地照看，但是外婆已经不认得她曾经一把屎一把尿拉扯大的儿女了，她眯着眼在床铺上养神打盹，床前放着尿桶，枕边落满头发，她成了一个吃饭都需要有人用餐勺喂的老小孩。懒懒地睡到快九十岁，外婆睡完了她的一生，连咽气都在梦中。

去年冬天，我去送别一位老人。老人生前临水而居，屋后是青青竹林，门前是悠悠汉江，江对面是石山，早些年，曾有人从山上将石板一页页剥离，装船运到各地售卖。老人家的石板房很大，东西走向，大门向西，后门面东，儿女的屋舍围在老屋周边，喊一声，各家屋里就有应声。老人个儿不高，走路利索，操劳命，待人接物厚道大气，是个典型的严母，据说，七十多岁时曾经握着扫把儿抽打犯了错的儿子。

老人的毛病是最近几年添的，起初，不知道冷热和饥饿，身上的衣服脏了也不知道换洗，整日需要有人照看。后来，整夜不睡觉，半夜起来在屋里转，翻箱倒柜找东西，问她到底找啥，又不作答。再后来，就真真成了老小孩，见到儿孙就要吃喝，明明刚撂下碗筷，又一个劲儿地喊肚子饿。老人的大儿子已经有了孙子，六十多岁的他像一个走读生，早上回去陪伴母亲，晚上一身疲惫回家照看孙儿。他说，老娘神志不清，身边得有个人和她搭伴，平淡的叙述中，能感受到他内心的翻腾。耄耋之年的老母亲已经和自己的孙子一样需要有人时刻陪着、看着，好似一松手，她就会摔倒，就会一身尘土哭着喊疼。他们已经喊不醒自己的母亲了，在石板房外，她走在前面，儿孙们跟在后面，只差在她腰上系一根布带，紧紧地拉着。灵醒了大半辈子的老人已经不洗脸梳头了，儿子扶她坐在椅子上，佝偻着六十多岁的腰身，不太灵便地为她梳头。屋外的场院，两个老人偎在一起，一个满头银发，一个两鬓染霜，他们彼此幸福着，像是回到了儿时，只是此刻的位置变了，母亲终于能安静地坐下，即将闭塞的记忆通道，只容儿子一个人侧身经过。

老人的晚辈有五十多人，一身身孝衫成为小雪节气之后落在灵堂前的第一场雪。入殓的那个晚上，我看到如覆雪花的儿孙白茫茫一片跪在老人漆黑的棺材前，相框里的老人和蔼安详，照片应是在老人身体精神的某个年节所拍摄，按下快门的那一瞬间，老人一定是望着眼前的儿孙，满心知足。而那个晚上，相同的场面再现，只是老人像孩子一样无忧无虑地睡着了。入夜的小山村，寒风萧瑟，儿孙们抱着礼炮，堆放在屋外依次点燃。是送别，也是呼唤，漫天绽放的烟花映照着寂静的小山村，腾空的烟花打着清脆的口哨，像极了婴儿脱离母体时的声声啼哭，一声接着一声，挠人心绪。

　　天亮后，在离家不远的墓地，老人将如初生的婴儿被大地的襁褓轻轻包裹，来年开春，儿孙们依旧回来看她，在鲜花盛开的屋外，听她入睡在阳光里的细细鼻息。

2024年4月23日刊于《中国青年作家报》

第五辑

乡愁未了

石头部落

我曾以为，石头就是未融化的泥土。你看，那漫山遍野的石头，如森林般茂盛，如浪潮般汹涌，如巨大的骨架般壮实。我更愿意诗意地认为，每一块有名无名的石头都是阳光留下的脚印，深的、浅的、大的、小的，密密麻麻的，繁若星辰。

在乡间，石头是一个温情脉脉的词语。老辈们形容自己的儿孙，笨得和石头一样，不懂得变通，没有心计。其实，另一层意思是，这些脾性接近石头的晚辈是有棱角的，朴实，本分，能经得起敲打。也有人索性为初出生的男娃起名为石头，小时候是小石头，规规矩矩、周周正正，经得起摔打，老了就是老石头，经得起世事，也经得起风浪。

也许应了老人们的期盼，有些唤作石头的孩子，长大后就成了石匠。他们靠打磨雕刻石头讨生活，一门心思地盘弄大大小小的石头。石磨、石碑、石槽、石门墩、石碓窝、石碾子，这些或大或小，或方或圆的石器，成为乡村生活必不可少的物件。石匠就是石裁缝、石大厨，和木匠、瓦匠、篾匠一样，都是地地道道的手艺人。一块石头，在石匠手里就是一块上等料子，是绸子缎子是毛呢子，是五花肉是棒子骨是精瘦肉，是萝卜白菜是葱姜蒜,是篾黄篾青篾片篾丝,他们打眼一看,就知道能将这些岁月钙化的晶体打磨成什么样的器物。

其实和石匠一样,打小和石头一道长大的乡间百姓,人人都是摆弄石头的高手,他们将大小、形状不一的满地碎石用手刨出来,砌成一道道整齐的石坎,将泥土如牲口一样圈起来,在山腰垒出一块块梯田,也让庄稼有了一口吃食。他们用钢钎和铁锤从石山上取回好几个汉子才能搬动的石方,在向阳的宅基地砌石墙起新居。这样的石墙瓦屋,冬暖夏凉,经风经雨,能住好几代人。这样的石墙是乡村艺术的最高境界,每一块石头都巧妙地罗列摆布在一起,它们相互咬错,相互支撑。巧手的石匠,凭着经年积累的经验,抡起手中的铁锤,敲打出想要的长、宽、高,敲打出一个新鲜的剖面,将石头优秀和积极的一面敲打出来,也将精神和硬气的一面敲打出来。一处新宅,就是将无数个石头齿合在一起,每一面墙体都是一座有棱有角却又疏密有致的小山。这山,是按照石匠的手法成长起来的,刀削过一般齐整,是用刨子刨过,用凿子凿过,用石匠粗糙的大手熨过的。石匠的好手艺,尽在石头和石头之间的黏合与勾连之中,是纹路清晰的复合体。

散落在山野的每一块石头聚在一起就是一个部落,泱泱族谱中记载着它们的生辰、辈分、年龄、婚配和子嗣。一些有灵性的石头,总是懂得如何热情地留住身边的植物和动物,是和气的、亲善的,铺满阳光的脸庞满溢着一份亲近感。它们的周身裹满青苔,洁白的苔花已然是岁月甄选的石头花,晶莹、纯粹、热烈,让近乎金属质感的石头升腾着热气。乡间老者的记忆里,总是留存着一些有年岁、有故事的石头,这些石头是他们的长辈,在老早老早之前,演绎了一个个美丽的传说。劳作之余,后辈顺着传说中的那份美好去亲近,在长久的站立中,努力还原当初那个魂牵梦萦的场景。他们总愿意相信,人是能说会道的石头,石头是有血有肉的人。这种演化和轮回,总是悄无声息却又惊天动地。

山上的石头是一副完整的骨架，笔挺也粗犷，温存也细腻，被泥土的脂肪厚厚地遮盖着。生长在石头上的草木，总是一脸傲然，它们修长的根须像一道道闪电，毅然投向石头的缝隙里。它们是生长着枝叶的石头，沉稳内敛，纵使狂风骤雨，纵使烈日当空，都不会动摇昂扬向上和蓬勃向下的生长信念。山下的石头是溪流一手喂养大的精灵，是和鱼虾一道嬉戏的伙伴，有着鸟雀一样柔顺亮滑的羽毛，唯有清流能够拨动它们的心弦。一串串叮咚作响的音符，和流水一道传唱到更远的远方。这些被溪水一道道洗濯的石头，赤裸着身体，雌雄群居在一起，繁衍着、恩爱着，也碰撞着、拥抱着。石头冒出的火花是纯银色的，和流水一个色，一簇一簇地盛开着，寒来暑往，永不凋谢。一些逶迤前行的溪流，是从半山腰的石缝里一点一滴汇合起来的，沿着山道曲曲绕绕地流淌，在路之尽头，从峭壁落下一挂瀑布，如一道没有弧度的彩虹，将石头的浪漫演绎到极致。

　　来自高山之巅的石头，始终在奔跑、在匍匐、在接力，它们如雁群般朝着江河迁徙。在无数次摔打过后，颗粒状的生命如卵泡般具有旺盛的生命力，在河床和岸边，这些比河鲜更善水性的群落，牵动着浪花和水鸟的视野。它们躺着、站着、蹲着、趴着，千姿百态地构成另一道河流，它们巧妙地扎起一道石头的篱笆，让同样来自远山的流水多了一份乡情。到底行走了多少山路、水路，到底经历了什么样的磨难，它们才会为河流铺筑起一条泱泱大道，让水滴在河道砌出一道宽阔的墙体，这该是一种什么样的默契，让它们彼此成全？也许只有这些来自大山的石头和大山肩头的水滴知道。这种不屈和刚烈，交融和成就，让河流以及河流两岸的人们满怀敬意。

　　高山流水，是大自然的骨和肉，亦是苍茫大地千万年咏叹的平仄诗行。血脉相连的一汪情感，让每一块石头都在感恩水的滋养，水的冲刷，水的亲近，它们并不冷峻的表情，总有一团热烈生动的光焰，也总有一份留恋近处也抵达远方的信仰。水有峰，是铺满浪花的江河流长，山有峰，是亲吻蓝天的情感海拔，山水相拥，让万物的双眸含情脉脉，也让日月和四季的轮转生生不息。在生命的高点和远方，总有一种深切且亘古的呼唤，让群山绵延，让河流奔腾，让锦绣河山如诗如画，如切如磋，如琢如磨。

母亲的病

确切说,我不知道母亲的第一场大病始于何时,又是如何熬过来的。

但我能明显感受到,年过半百之后,她的身体每况愈下。乡下的邻居,在她这个年岁,依然辛勤劳作在田里,有的甚至比男劳力都要泼辣和壮实。也就是从那时起,母亲开始责怪自己的身体不听使唤,已经慢慢干不了重活。阴天或者雨天,她的身子骨隐隐作痛,经常是皱着眉头,尽管不言不语,但是所有的痛苦都写在蜡黄的脸上。

村里有个医生,能看一些小毛病,药柜上摆放着寻常药品,还有一些蓬松杂乱的草药,村里人既不叫它药店,也不叫药铺,习惯叫作"药摊子"。隔三岔五,母亲念叨着,到药摊子上去捡点儿药。

和村医一番交谈后,母亲目不转睛地望着柜台上的药,一遍遍打量着标注价格的药盒。村里人晓得母亲的心思,并不说破,顺手拿来最便宜的药品递给她。这些药到底管不管用,只有母亲知道。因为家里实在没有多余的钱再去药摊子看病捡药。这种"精神上的治愈",在很长一段时间支撑着她,就像她无比相信,田里只要按时施肥锄草,就一定能有好收成。

她学会了抽烟、喝茶，烟和茶都很廉价。一支烟常常抽几口，熄灭，然后不大会儿工夫再点燃。茶杯里的茶叶很粗，称作大脚片，她小口小口地抿，不是为了解渴，是为了解忧。我清楚，自从父亲过世之后，家里的农活放在她一个人的肩头，一起放在肩头的还有债。她越想把日子过好，身体的负荷就越重，小毛病如地里的杂草一样，不时露出了头。

那时我正上初中，花销不大，但是每个礼拜都要从家里拿走几元钱的伙食费，不多，但是依然让母亲犯难。我暗中已经做好了准备，初中毕业之后和村里的伙伴一起南下或者北上，到工厂去，到建筑工地去，到能挣钱的地方去。这是我的小秘密，但依然被母亲识破。她不止一次提醒我，不指望你有多大出息，但是要对得起自己的努力。

初中毕业，我如愿考上了高中。但我知道，这不是我想要的，因为家里的条件和母亲的身体状况已经不允许我长久地坐在课堂里，像其他孩子一样无忧无虑地学习。接下来我要面对更为严苛的中专备考。那段时间我住校，我并不知道母亲的身体状况如何，只是每周回家总见她在地里忙活。她不问我的学习成绩，就像我不问她的身体状况，这或许是我们彼此才懂的约定。但是，我和她都盼着彼此好。

待我进城读中专的时候，回家的次数更少了，但是花销更大了。一个月准时回家一次，每次都要带走一百多元的生活费。记得那阵儿小麦很值钱，一斤一块多钱，母亲全部心思都用在种地上，多收一百斤麦子，就是我一个月的口粮。母亲的身体好像越来越好了，家里不见了药盒，只是她依然抽烟、喝茶，依然一支烟分几次才抽完，一杯茶喝几口再续满。

母亲真正大病一场是在我毕业之后，那时，妻子的兄弟结婚，我们一起去了甘肃。一个大雪天的午后，我接到了邻居的电话，他好心地给我传递一个信息，你妈在屋里躺了好几天，好像身体不舒服，你抽空回来看看吧。放下电话，站在异乡的街头，天寒地冻，大雪纷飞，我不知如何是好。我只好求助嫁到邻村的姐姐，让她摸黑去看看老娘，给我反馈信息。那是我第一次感觉到心急如焚，却又无能为力。好在姐姐很快找了村医，母亲总算又从床上爬起来，并一个劲儿地交代姐姐，就说我好了，都能下地干活了。

从那以后，母亲习惯隐瞒自己的病情。一旦给我打电话，必然是已经病倒了，第一句话一定是，娃呀，我咋感觉身体不对劲儿。

我也曾很多次提醒她，有病早点儿告诉我，免得自己遭罪，免得小病拖成大病，适得其反哩。母亲每次都答应得很干脆，但到头来，依然是小病自己扛，不作声，问其缘由，也只有一个，不能给你添麻烦，我知道你工作忙。

我第一次带母亲去医院看病，是她腰疼腿也疼，走路吃力，一跛一跛。拍了片子，拿给我熟识的一位骨科医生，他问坐在一旁的母亲，你年轻时摔过跤？母亲点点头，轻声地说道，是呢。再问，当时没有去医院治疗？母亲依然点点头，红着眼圈应声，那阵子儿子正在上中专，背着一背篓苞谷，摔倒在地里，爬起来之后感觉腰疼，但地里农活多，没空去医院看，过了几天好像好多了，就没当回事儿。只有我知道，是家里穷，根本没有多余的钱抓药吃。医生责怪我，你看看，你看看，这是骨裂的痕迹，你母亲早前摔跤，骨头裂了一道缝，没有及时治疗，这才在年岁大了之后，老毛病发作了嘛。

母亲在一旁解释，我儿忙，他不知道这事儿，不怪他。

这是母亲第一次接受专业的治疗。回家的路上，我问她咋这么能扛，这得有多疼，母亲望着窗外，风轻云淡地说，这不是扛过来了嘛。那一刻，我无言以对，倏然感觉扎心地疼。脑海中浮现出一个画面：初秋，太阳依然火辣，干了一天的农活，母亲又渴又饿，装满一背篓苞谷穗子准备收工回家时，突然眼前一黑，跌倒在田坎上，等她挣扎着身子爬起来时，感觉背身隐隐发疼。她将散落一地的苞谷穗子装进背篓，吃力地背起来，一跌一撞地朝家里走。没有人知道她摔倒了。睡了一夜，第二天她又像往常一样出工。

前年秋季，母亲因为胃疼，人越来越消瘦，饭量大不如前。曾经有过学医经历的我，隐隐预感不妙。无论是发病年龄，还是回溯遗传史，抑或是对照她的症状，都让我想到一个可怕的但又必须接受的现实，很有可能是胃癌。我没有勇气带着她去医院，找了一位中药大夫，把脉之后开了两个礼拜的中药。药喝完之后，病情没有丝毫好转，反而有加重的迹象。

住院吧，我在努力说服母亲的同时，也在说服我自己。这一次母亲很爽快地答应了，并且自言自语道，我这老胃病该不会要了我的命吧。住院的头夜，我关掉灯，一个人坐在客厅的沙发上，整个人的脑子是空的、暗的、木的。良久，我拿出手机给在城里打工的姐姐发去信息，告诉她我的担忧，并且交代她，一旦母亲的身体出现意外，我们都要有心理准备。夜已经很深，我仍然一个人呆坐着，情绪中夹杂着惧怕、无助和不安。

那天晚上似乎很漫长，但也很短暂。天亮之后，母亲将进入病房，接受肉眼和仪器的检查，找到隐藏在她精神难以战胜的肉体中的疼痛。而我，也将和她一道承受并面对最终好或者不好的结果。尽管我已有能力帮助她分担，但在她的面前，我依然是一个孩子，一个已经失去父亲的孩子，一个不能再失去母亲的孩子，一个依然能被她一眼看穿内心隐忧和彷徨的孩子。

睡在病床上的母亲是那样坦然，雪白雪白的棉被和床单映衬着她蜡黄蜡黄的脸，她俨然没有了一丝半点儿的力气去反抗。一滴一滴的液体缓缓流入她的身体，她半眯着眼安静地躺着。我隐约看见她身体的某个部位正被混杂的药物浸润，药物不能缓解的疼痛正在纠缠着，像被乡间的大雾一样笼罩着。睁开眼睛之后，她尽量平复着自己的忐忑，但依然被我一眼识破。距她咫尺的我，无能为力地等待着。就像我当年中考之后，等待放榜的日子，每一刻都是那么漫长，在未知中一遍遍地祈祷，还得努力抚慰自己，用最坏的不愿接受的结果去思考未来。

一波波医生走进病房，像勘探工那样在她的身体表层反复寻找着疼痛的特征、位置、规律和强度。在众多的不确定中，他们开出厚厚一摞检查化验单。完成第一天的各项常规检查之后，我们预约了CT、B超、胃镜和肠镜。对于医生而言，这是再寻常不过的，但对于我们来说，每一项检查都可能揭开母亲身体中隐藏的巨大秘密。这些高精度的医学仪器将告诉我，那些让她辗转反侧的疼痛被她隐瞒了多久。

CT、B超显示并无大碍，这也让我稍稍踏实了些许，但也让我和我的母亲必须面对胃镜和肠镜最直观的探查。长长的管子插入她的胃肠道，我紧握着她因为不适而剧烈颤抖的身体，并试图俯下身子安慰她，但表情异常痛苦的母亲显然在自己的世界里挣扎着，她已经难以从容地完成生命里从未有过的探查。尽管是寒冬，但她浅红色的线衣被汗水浸湿，我站在一旁，看到胃肠镜探头在她的身体里穿梭，每一处可疑点都会被反复探查，医生似乎有意让我一起查看整个检查过程。最终，在她的胃部发现了大面积的红点，仪器旁的医生一次次锁定目标，并示意身旁的工作人员完整记录下来。

一切检查结束之后，我帮母亲穿好衣服，她面色苍白，有气无力地倒在我的怀抱里，瞬间，我感觉到母亲是如此单薄，像一个瘦弱的孩子。平复了很长时间，她轻声说，我们回病房吧。短短几个字，她说得是那样艰难和吃力。

医生将我约到办公室的时候，我是如此迫切又如此迟疑。因为在我走出医生办公室之后，就意味着我将带回一个想要或者不想要的消息，一个来自母亲身体某个部位的病理报告。但我一眼就从医生的电脑上看到了诊断结果：慢性萎缩性胃炎。悬着的心终于落地了，那一刻，我的眼泪落在了心里。我一再请求医生，用最好的药，让老母亲少受一点儿痛苦，并反复询问这种疾病的发展和演变过程。

以慢性萎缩性胃炎为诊断结果，并附带好几种老年病，我如实地将诊断结果复述给母亲，她紧盯着我的双眼试探性地问道，要我命不，这病？我诚实地回答她，不会的，只要我们规律服药治疗。病房里多日沉闷的气氛似乎被一扫而空，母亲的脸上闪现出和我一样不易觉察的笑。好几个夜晚，都是姐姐在病房陪护。等我进入病房时，母亲坚持要出院，并且罗列出一大堆理由，病房里太闷根本睡不着，身上出汗了需要回家洗个澡，在家做饭吃更可口更有滋味……这些都不是母亲的真实想法，姐姐私下告诉我，母亲是担心住院费用过高。

出院回家那天，母亲简直就是一个放学走出课堂的孩子，站在医院的高楼前，念叨着一句话，住院遭罪呢，我们赶紧回家吧。其实，母亲是期望我和姐姐赶紧回到各自的工作岗位，接下来她能自己照顾自己。也许她会在梦中第一时间告诉我的父亲：我的身体没有多大的毛病，我会再帮你照看我们的儿孙。

去年已经七十三岁的母亲，身体大不如前，就在前不久，她独自完成了两件身后的大事，到寿衣店选购了自己中意的衣服，去照相馆拍摄了自己人生最后使用的照片。入秋的夜晚，她从一个袋子里掏出已经装框的照片对我说，你看，拍摄得挺不错吧。她是那般坦然地望着我，我将照片轻轻举起来，望着摁下快门那一瞬间的母亲，她的脸上无比平静，但沧桑终究无法隐去。

我转过脸，将照片放进袋子，待心情稍稍平复之后转过脸来，笑着对母亲说，照得真好哩，显得年轻了不少。已经好多年不抽烟喝茶的母亲没有出声，从我手中接过照片，轻轻地抚摸着，动情地注视着，那些过往岁月似乎又回来了，全都浓缩成照片里的那一张脸。那是她给予岁月的，也是她给予我们的。

赶花集

　　节气过了雨水，陕南的天气渐渐转暖，阴沉了一冬的天空如大河开凌，厚厚的积云倏然消融，碎银般哗啦啦流至天际。鸟雀重新回到枝头，换一首迎春的曲子反复鸣唱，它们要为遥远的春风带路，让睡眼蒙眬的草木在大地的镜面里看到早春的妆容。

　　山野桃花总是抢先一步，如除夕的烟花卓然绽放，粉白粉白的花朵开满山冈，一簇簇，一丛丛，一片片，争奇斗艳，暗香四溢，俨然是摆在春姑娘梳妆台上的粉饼。

　　迎春的花朵总是争先恐后，野桃花还未开罢，房前屋后的樱桃花已经开始向天空和大地预约花期。

　　彼时，在汉江北岸一个叫作段家河的小镇，早早热闹起来，每个人的心头都装着一朵花，想着一朵花，也盼着一朵花。在农历新年之后，他们要一门心思布置一个盛大的花间集市，让春风发出一道道请柬，让远方的客人循着缕缕花香应约而至，让花海小镇在春日里跃动出一道银白色的海岸线。

　　确切地说，早在去年冬天，老农就已弯腰在自家的樱桃园，开始除草、施肥、修枝、灌溉，他们无数次幻想着，春天到来时，枝头该有的花之容颜。在老农朴实的认知里，枝头的每一抹雪白，都仿佛散发着泥土哺育春日盛景的乳香，这份诗意的畅想和灵感，让每个人都具备一份花的浪漫、花的真诚和花的信仰。

在这个被一汪江水环绕的小镇，樱桃花不仅仅是花，亦是山水捧给春天的一幅画，是所有笑脸凑在一起的另一种盛开。他们习惯用樱桃去命名每一个地理方位，樱桃沟、樱桃湾、樱桃坡、樱桃垭、樱桃梁……这些寻常经纬，最终勾连成或大或小，或远或近，或高或低的樱桃园。樱桃花已然成为春风的一张名片，每一朵花都落落大方，有名有姓，都是这个春天分母上独立的个体，用最明丽的色彩装扮着这个远近闻名的樱桃小镇。

花开时节，洁白的樱桃花成为春日小镇的主打色，围在四周的是金黄的油菜花，粉红的桃花，有名无名的山野花，和花朵一样生机盎然的麦苗和豌豆苗，以及和花朵一样热烈灿烂的山村人的笑颜。游客沿着曲曲折折的山路前行，从低处看，每一个枝头都在春风里轻轻抖动，好似从农家庭院里伸出的一双双大手，传递着美好的祝福和问候，花的语言，花的笑脸，连同花的自信和从容，让接踵而至的游客脚步轻缓，视线温柔。从高处看，整个山冈白茫茫一片，如乳白色的雾气袅袅升腾，就连碧蓝碧蓝的江水都倒映着花的眉眼，就连水中的层层涟漪，都好似漂染过的白色锦缎，漾动着高贵而又柔滑的质感。

人们站在花前，或者路过花下，惊叹于春天的画笔是如此委婉细腻，让这片土地如此素洁淡雅，却又如此浓艳浑厚。他们安然于斯，欢呼于斯，沉浸于斯，在"樱花好美"的声声礼赞中，有除草的老农从花间探出头，伸出食指左右晃动，含蓄却也一本正经地纠正道，这可不是樱花，这是樱桃花哩，再过一段时间，欢迎你们来尝尝甜酸甜酸的农家樱桃！在彼此的笑声里，游人的舌尖陡然欢动起来，视觉和味觉也在这一刻兴奋起来，一串串红色玛瑙小果，似乎挂满每个人思念和热望的情感枝头。

许多回家过年的游子不忍早早返程，在和家人团聚之后，他们要和樱桃花打个照面，看看陪伴了他们整个童年的花朵，看看这些不言不语却也情感充沛的儿时伙伴。目视着枝头的朵朵樱桃花，他们时常陷入沉思，或许想起在远方奔波打拼的玩伴，顺手掏出手机拨打那个熟悉的号码，喊一声兄弟，问一声安好，送去一份家乡的花信；或许在思念小时候递给他满捧樱桃果的亲人，在花前低下头，向他们报一声平安，眼角竟也泛起点点泪光；或许这簇拥的樱桃花触碰到他们内心的柔弱处，莫名的感怀在心头涌动，一种复杂的情绪让他们久久张望着远山。有时，花的语言就是这么深刻丰富，每一朵花都能唤起浓浓的乡情乡愁，都有着亲人般的声声召唤和声声问候。

游人来了走了，樱桃花开了谢了，年年岁岁，岁岁年年，与其说来这儿赶花集，倒不如说是为了寻找一份美好。花不语，人有情，远山近水总能看透每个人，看懂每朵花，看穿每件事，春光和煦，天和地，山和水，人和花，在这一刻不期而遇，这是春天的最深处，这也是我们心心念念的人间三月。

去赶一场花集吧，去看看和樱桃花一样忠诚守望的乡村故土，去深情拥抱花香氤氲的春天，去给疲惫的灵魂找一个可以小憩的花枝吧！不妨现在就出发，去旬阳市这个叫作段家河的山水小镇，站在起伏绵延的山冈上，抬头望望瓦蓝瓦蓝的天空，放眼恬淡的花朵和东流的江水，总有一缕春风扑面而至，牵引着你，打动着你，温暖着你。

一切安好，便是春天。相逢春天，便是安好。

桃花水

　　早春的气息已经很浓了，房前屋后的桃树、杏树、梨树和樱桃树已经开始萌芽，秃了一冬的枝条像一支支画笔，在阳光七彩的颜料里渐渐润开。满山野桃花如灯芯般被春风拨亮，豆大的灯影，是春天画架上的第一笔。

　　晌午的太阳能暖到人关节里去，油绿的小麦伸着懒腰，享受着好天气，风轻轻一吹，像是一块偌大的地毯铺在田里，盛情地迎接含着烟斗进地拔草的老农。油菜花盼来了花期，性子急得已经冒出金灿灿的小花。

　　沟里的水比平日活泛了许多，就连流淌的声音都清亮一些，嗓子眼儿里尽是欢畅的旋律。沟边的水芹菜已经寸把高了，肥嫩嫩的叶子如娃娃的脸一样仰着，有阳光颗粒在上面滚动。找一处水深的小潭，从沟边找来几块石板，横放两块为坐垫，立放一块稍微大一些的当作搓板。"桃花水冷呢。"她将手伸进水里探了下，转身从稻田里抽来几把稻草，麻溜地擦洗石板，末了，再用稻草在水潭里拨弄几下，水一下子浑了，少顷，浑水流尽，潭里只剩下干净石块和沙子。石板上放一件衣服垫着，坐上去稍微暖和些,也软和。坐好后,她脱去棉鞋和袜子,脚直接泡在水里。很冷,她身体一缩,扭过头说:"找点干柴火,烧点火,桃花水,冰凉冰凉的呢。"在沟边晒着太阳发呆的我赶紧应声:"嗯!这就去。"

竹篾笼子里的衣服在家里就用热水泡过,天气冷,沟里水凉,放上洗衣粉不容易化开。尚且有点温热的衣服被她一件件拿出来,放在顺手的地方。这时,抱来的柴火已经被点燃了,火焰冒得老高,柴火噼啪作响。"一摊火,就是一个太阳呢,这桃花水,寒人手脚呢。"她俯着身子,将衣服摊在斜靠着的石板上,逐一翻开口袋掏干净,然后浸到水里仔细淘洗。"小心你的棉裤和袄,别被火星子烧了。"她扭过头对我说。"嗯,知道了。"我暖暖地应了一声。

火苗慢慢矮下去,最后只剩下一摊炭灰,像一个露天的火炉,我蹲在旁边,一边用木棍拨弄火炭,一边道:"妈,来烤一会儿,手脚怕是冻僵了。""嗯!"她不紧不慢地应了一声。随着搓洗的节奏,身体不停地上下俯伸,阳光洒在她的背上,一件草绿色的外套衣领处有些发毛发白,头顶有根白发格外明显,风一吹很快又不见了。"嘭!嘭!"她挥舞着手中的棒槌,使劲儿地敲打着一件破旧的毛衣,将污垢从毛线里赶出来。"把刀磨一下,洗完衣服,我去砍捆柴。"说完话,她继续敲打着石板上的灰色的毛衣,"嘭!嘭!"我添了点柴火,火苗子再次蹿得老高。就近找来一块磨刀石,手伸进水里,冷得一激灵,自言自语道:"桃花水,冰凉冰凉呢。"磨刀声和棒槌敲打衣服的声音此起彼伏,沟里除了哗啦啦的水流声,没有其他动静。

洗完最后一件衣服,她提着棉靴和袜子迫不及待地坐到火旁,我将剩下的柴火加进去,火苗一下子冒起来。她干脆坐在铺着稻草的空地上,笑吟吟地望着眼前这堆大火,烤着刚从水中出来的脚,冻得发僵的手反复对搓,半眯着眼睛道:"不是打春了吗,沟里的水咋还这么冰?"

"砍点柴,衣服晾在沟边,见个太阳干得快些。"她望了望野桃花盛开的山坡,眼睛里满是暖阳。雪白的野桃花一簇一簇,像是早春的信使,告诉远山近水,又一个春天来了。她提着砍柴刀,绕行在"之"字形的山道上,很快消失在林子里,"嘭!嘭!"砍柴的声音和棒槌敲打衣服的声音一样。"嘭!嘭!"一阵紧,一阵慢,她抡起臂膀,像是用柴刀将这面山敲打醒来,让山上的草木赶紧冒出新芽,让山野桃花开得艳些。

  早春的太阳暖透了身子,我乏了也倦了,迷迷糊糊地躺在稻田的稻草上,耳边是嘭嘭作响的砍柴声和哗啦啦的溪流。"小心着凉,你这娃子!"等我一觉醒来,发现太阳已经西斜,她站在我身旁,地上是一捆柴火,额头沁出密密麻麻的汗珠,头顶点缀着几瓣野桃花。她将柴刀放在田坎上,转身走向溪边,蹲在溪边挽起衣袖,捧起沟里的桃花水洗把脸。用袖子擦去脸上的水珠后,她索性坐在柴捆子上,望着山上成簇的野桃花,一阵风吹来,她头顶的花瓣被风吹落,飘进水里,此刻我才发现,起风了,山上的野桃花一瓣瓣飘落水中,沿着溪流一起流向远方。

  "桃花水,就是冷人!"不知她想着什么,许久才回过神来,我知道,我们该回家了。

献给天空的花朵

迎春，草木总习惯站在队伍的最前方。

山梁上的松柏手牵着手，踮起脚尖朝远处望，积雪和阳光像花朵和叶子那样儿，脸挨着脸，很亲也很近。浅浅的风中，鸟雀收拢或舒展着翅膀，站在屋脊上排练一首迎春的曲子，万千枝条跟着节拍轻轻拂动，就连睡得正香的冬小麦也缓缓直起身子。溪流摆动着长长的尾巴，一簇簇浪花羽毛般明艳丰腴起来，溪边的野草半枯半荣，长长的根须被流水梳理成一条条发辫。

袅袅炊烟正在为将至的春天编织一条崭新的围脖，炉子里的火苗比山花早先一步热烈绽放。老农有意无意地念叨着，时间真快，一眨眼，年关就到了。

乡村腊月，是时岁的高潮部分，处处都能感受到春来时的那份欢闹。地里的农活不多，乡亲们腾出手开始张罗年货，每个人都拿出最大的热情和诚意，在新旧交替的轮转中告别和迎接。更像是一出大戏，主角是劳碌了一年的自己。

集市一日日热闹起来，商贩备了堆积如山的年货，乡亲们从四面八方春潮般涌来，暖暖的笑脸洋溢着好日子滋润出的好气色。一切都备足之后，总不忘记买两样东西：对联和鞭炮。这是农家献给新年的礼物，也是年俗中应有的好彩头。把心里话写在通红的纸上，让远山近水看懂加盖着花朵邮戳的家书，璀璨夺目的礼花凌空绽放，让天空和大地听见春天的步点。

年前的日子过得比往常要快些，新年说到就到。除夕夜，是新一年的序章，是乡村的集体狂欢，也是情感的大江大河潮起之时。从这个夜晚开始，草木回到春天的怀抱，群山将云彩般的柔情向远处绵延，也在近处流荡。一个崭新的开端，绕着时光之轴开启轮转的旅程。

茫茫夜色中，千朵万朵的礼花不约而同地在星空盛开，一切美好的祝福和憧憬在升腾，在舒展，在激越，铺天盖地的五彩花朵装点着空中花园。在这样的气氛中，没有人还能矜持地静坐在屋内，就连步履蹒跚的老人都拄着拐杖走出屋，在一片闪烁的烟火里为晚辈祈祷时岁安详，五谷丰登。

礼花映照的村庄，有了浓浓的春的气息，一张张喜庆的面孔，如早春的花朵般和煦红润。这个未央之夜，注定没有时间边界，置身其间的每个人分明是一个跃动的音符，在跌宕起伏的旋律中，用发自内心的欢声笑语呼应一切，感恩一切，并用心将一份美好的祝福送到春天身旁。忙碌了一年的人们清楚，新的时间赋予每个人新的岁月寄语，除夕夜既是一次中转，也是一次换乘，岁月的列车很快又将启程。

流光溢彩的礼花点亮了乡村夜晚，这是比花朵更懂得如何怒放的花朵，每一幅图案都是生动逼真的大地表情，都是殷实且丰饶的人间图景。是夜，所有的希冀和梦想都伴着五彩礼花一道升腾，放下该放下的，拥抱应拥抱的，大家手挽手将视线投向时光彼岸，也举起杯回敬高天厚土。在高处，颗颗星光似乎和地上的人群一样，围着一堆篝火欢愉起舞共庆新岁。

通红通红的灯笼好似盛开在屋檐下的花朵，情感的藤蔓延伸到一家人的心间，漫天礼花是被春天握在手中的灯笼，照亮春风春雨回归的路，明亮的星辰是云朵扎成的灯笼，指引第一抹春阳从天际冉冉升起。从低处到高处，从远处到近处，从天空到大地，从隆冬到早春，时光模糊了时光，记忆也清晰着记忆，唯有这个短暂也漫长的迎春之夜，让每个生命的个体都懂得铭记这份人间美好。

腾空的礼花，自带春雷的音律，复苏一份生长的敏感，也同样复苏着一份怒放的自觉。草木枝头，情感枝头，岁月枝头渐渐萌发出新的生长热情，并在近乎童话般的曼妙世界被点亮。隐约能听见声声春雷在并不遥远的山际回荡，那是方言，亦是耳语，每一个有呼吸和心跳的生命，都不会辜负春天，都不会辜负给予生命滋养的这份呼唤和叫醒。

这是大地献给天空的花朵，这也是旧岁献给新年的草木合唱。也或许，这彻夜燃放的礼花，就是时节的闹铃，清脆悦耳的声响好似季节拍打着睡眼蒙眬的万物，附在耳边告诉她们，春天来了，又是一个春暖花开的好时节。待晨曦初露，春天的第一抹朝阳冉冉升起，天空和大地相视一笑，迎新的花炮辫子此刻已经在院场点燃，一道点燃的，还有人们对美好生活的那份灼热激情，还有一簇簇花苞对春风春雨的热切期待。

掰苞谷

入秋过后，逢几个好天气，田地的苞谷就有了秋的气色。

在夏季日头最盛的时候，由绿变红到紫的苞谷秆和叶子，在微凉的秋风里，慢慢褪去原来的颜色，并开始用阳光镀金。秋收在即，行走在田坎，每一株苞谷的怀里都抱着尺把长、膀子粗的穗子。那是只有母亲才有的体态，隆起的腰身并不显得笨拙，在完成最后一次哺乳之后，秋黄的植物乳房将换作大地粮仓，珍存又一个丰收的年景。

夏秋更迭，苞谷转瞬进入自己的主场，它不仅是田里的农作物，也是万顷沃野的消息树。阳光下，随着叶面上荡漾的层层绿波回流到大地河床，漫山遍野的草木，踩着节气的步点，开始重新装扮秋日的河山。就连枝头的鸟雀，都从曲库里选取新的音符，热烈而隆重地庆祝即将到来的秋收时节。

绿豆、芝麻和大豆提前走进晒场，秋天用专有的阳光染料，为这些豆圆的颗粒一一着色。它们要早先一步入仓，为即将收获的苞谷预留出足够的摊晒场地。万物逢秋，总是这样有序而井然地听从节气的安排，设计成熟的层次和节奏。

过了处暑，秋天的影子倏然清晰起来。此时，放眼乡村的每一片苞谷地，都是一幅金箔画，低垂的叶子和高耸的天刷，让画面变得立体，也变得灵动和饱满。有经验的老农心里装着这样一个农事常识，苞谷的天刷是从大地伸向天空的扫把，将暑热扫至深秋，将云朵扫至天际，和着秋风一直扫，直到将天空扫出翠蓝的镜面，这时田里的苞谷就算彻底迈进了秋季，迈进天高云淡的收获季。

记忆深处掰苞谷的场景，一片金黄，一片火热。个头瘦小的我走在队列的最前方，戴着一顶草帽，猫着腰，左手握着枯黄的苞谷秆，右手抡起刃口生着银光的砍柴刀，从离地一尺左右的地方将其砍倒。起身俯身，刀起刀落，我仿佛钻进了一片茂密的苞谷林，伴着株株苞谷伐树般哗啦倒下，不大会儿工夫，身后的苞谷秆如柴垛越码越高。在我身后，脸上淌着汗水的母亲，将砍倒的苞谷秆拾起来，双手麻利地掰掉沉甸甸的穗子扔在身后，田里的开阔处很快堆出一座小山。在母亲的身后，父亲叼着烟卷，将苞谷穗子斜插着装满背篓，哼着欢快的小曲，一趟趟背回屋外的晒场。

头顶雁群南飞，苞谷地里，我们一家亦如一字摆开的雁阵，在我们身后，从枝头落下的麻雀，在田里觅食，享受丰收的喜悦，吹着只有它们才能听懂的口哨，叽叽喳喳地扑棱着翅膀；一大群蚂蚁抬起一颗颗散落的苞谷粒，朝着巢穴的方向紧赶慢赶，队形越来越粗，越来越长；牛羊从山坡上跑进田里，用舌尖勾起刚刚收获的地面，裸露出的一兜兜尚且青绿的野菜和杂草，口齿之间很快有了新的滋味。苞谷地就成了另一片天空，我们和鸟雀、蚁群、牛羊，以及草丛中蹦蹦跳跳的蟋蟀，如云朵般构成天空的图案。

大小长短不一的苞谷穗子在晒场上摊开，接受阳光和季节的检阅，秋天最开心的笑容，就是这一派忙碌的丰收景象。我们在田里一直忙到天擦黑，直到萤火虫为苞谷地挂上门灯，我们伸直疲惫的腰身，抬头看看头顶的月亮和繁星,坐在田里休憩片刻,迎着夜色,背起背篓回家。

山村的夜晚虫鸣蛙和,山歌悠扬,丰收的喜悦洒遍山山峁峁,也让村庄再次热闹起来。吃罢晚饭,一家人重新围坐在晒场,剥去紧裹的壳衣,苞谷穗子如同一个个出浴的少年,一身金黄的皮肤,屋檐下昏黄的路灯,连同父母汗津津的笑容,一道让童年的记忆生金。

随着田里的苞谷收拾完,节气也就到了白露前后。此时,苞谷穗子辫成一串串金黄的辫子,高挂在农家的屋檐下。远远望去,在秋日的阳光下,如一堵闪着金光的墙,抑或是一道道金灿灿的细瀑。在农家人的眼里,不亚于一副写给丰年的对联,每一粒金黄都有别样的寄托和憧憬。

忙完秋收的庄稼人,顾不上剥下穗身上的苞谷粒,再次投入紧张的秋播中。待到田里生出新绿,待到入冬后屋外雪花飘洒,终于迎来了一年之中少有的冬闲时节,庄稼人坐在火塘旁,竹篾笼子里装满已经风干的苞谷穗子,就着噼啪作响的火光,从穗身一粒一粒剥下苞米。就这样,在这个炉火和丰收煨热的冬夜,农家的粮仓渐渐堆满,庄稼人的金银细软就是这指尖大小的浑圆颗粒,就是这高天厚土孕育的光阴结晶。

从初夏到初秋,苞谷将阳光、雨水、鸟鸣、山风和庄稼人的汗水,一一收藏进生命的深处,逐渐成长为一粒一粒金黄的果实,并以年轮回绕的方式,布满长及一尺的穗子。掰苞谷,也不单单是一项寻常的农事活动,亦是大地最深情的回馈,在风调雨顺的年景,每一颗苞谷粒都露出灿烂的笑容,这或许是关于丰收最美好的歌咏,也最深刻的诗句。

坪

结识坪是从一张照片开始的。

七八年前吧,陕西旬阳一位摄影爱好者给我发来一张图片,并告诉我这个地方值得一去,并反复叮咛,要去就趁早,最好就这几天,那里的油菜花开得正旺,勾人心魂呢。

我把图片铺在电脑上,眼前一片金黄,在平展的油菜花田,一条青灰色的乡村路逶迤前行,路上行人三三两两,逍遥自在,我猜想他们定沾满花香,满目享受。望着照片,我纳闷,在大山深处哪来这么平坦的黄土地,这里的老百姓是如何像养育儿女一样侍弄着这片油菜地,成群的游客在这里乐成啥模样?朋友说,这坪少说有上千亩,平展展的,晒席一般铺在早春的暖阳底下,油菜花在游客眼皮底下打滚呢,你来嘛,错过这一春就错过了一年,不来怪可惜。

不用多讲,我已经能感受到坪上的无限春光,嗡嗡嘤嘤的蜜蜂似乎就在我耳畔起舞呢。闻花香,也能饱肚子,只是那阵子太忙,就把行程搁下了,没想到这一耽搁就是好几年。每年坪里花开的时候,我的朋友圈不缺少他们结伴同游的好照片,群里更是被"晒"得一片金黄。

小满前后，我终于有了去坪里的机会。那日，天气尚好，城里人都穿着短袖衫，我多带了一件薄夹克，怕夜里凉。从旬阳小河站下高速之后，我就失去了方向感，车沿着河一路前行，说是河，也可称溪，时宽时窄。河两岸的地里，苞谷苗才钻出地面，勤劳的庄稼人已经在地里弯腰除草了，套种在苞谷地里的绿豆冒芽长至麻钱大小，不知道他们咋分清楚哪些是草哪些是苗。他们的步子好像很轻，生怕踩疼了土地和地里的庄稼。

个把钟头的行程，车辆在半山腰连爬带绕，走得格外小心。坐在车上，师傅谝了一个段子，说是多少年前，这里还没有乡村路，不通电，只点煤油灯，上山下山也得半天工夫。有一年，村里出了个大学生，在城里找到了称心的工作，之后，又找了个水灵媳妇。年关放假，小伙子骑着自行车将媳妇带回老家过年，走到山下，媳妇在后座上被颠簸得晕乎了，哇哇一阵吐。小伙子见状，心想莫非媳妇怀孕了。于是就让路上的人捎信，让家里来人接自己。家人是背着背篓来接的，媳妇拒绝入篓，只好让她坐在自行车上，前拉后推，左右相扶，很排场地将媳妇迎进村子。年一过，媳妇不吐了，也水灵了，小伙子纳闷了，当初不是怀孕一般作呕嘛。小伙子挠头深思，原来是媳妇晕路啊。放眼一望，麻线粗细的山路被几座山扯得老远，可能媳妇当时望见这情景，心里一紧张，吓得心里哭不出声，只好吐出来。

聊到快结尾的时候，我们进坪。刚才还说说笑笑的师傅一个劲儿念叨，路呢，路呢？不是没路，是不知路咋走。平展的通村路两侧是正在耕种的田地，是高矮和建筑风格基本相似的屋舍，是脸上堆满笑的老农。沟里的水淙淙流淌，水很清，沟边的野草野菜肥绿，肉嘟嘟的。田里的油菜已经收获，筑起田坎放水浸泡松软之后，先犁后耙再平整，膏一样绵软的水田最适合秧苗生根落脚。老农卷起裤管，弯着腰，低头在水田里插秧，横成行竖成排，左手攥着一大把四五寸长的秧苗，右手逐株分拣，然后食指和拇指握紧秧苗斜插入水田，不深不浅，水刚刚没过苗根。水牛兴许是累了，躺在路旁眯着眼睛养神，见到有车，老农抬起头和我们打招呼，眼睛却盯着路边的水牛，实际是示意我们别碰伤自己最值钱的泥身子宝贝。溪两旁尽是水田，春天就是油菜地，夏季是稻田，到了冬季里面便是绿闪闪的麦苗或油菜。一块田一年三种，这里的老农懂得如何伺候好这坪。地金贵，房子就懂得让道，一律建在山脚下，小别墅一样，或粉刷或贴瓷砖，整齐且亮堂。有的房子还从走廊或者窗口伸出一面旗子，标明房子可提供住宿和餐饮等农家服务，想必价格不会太贵。

坪比我想象中的要大，还要肥沃和平展，有点世外桃源的气质，难怪那么多人都来坪里。此行的目的不是赏景，我们却在坪里游了一圈。我们是来给一位老人磕头的。他们家的房子在山脚下的一片树林里，是个小院子，院子已经水泥铺面，子女怕老人雨天滑倒，所以就把泥底子找平之后铺上一层厚厚的水泥。老式房子，土木结构，三间，偏厦子，屋后郁郁葱葱，是银杏树、红椿树、桃树，树把房子掩住了，到了这个季节，后半夜能听见露水滴落在屋顶的声音。老人房头的菜园子种着四季豆、黄瓜等时令蔬菜，淘菜的池子就在菜地边，择菜洗菜都在这里完成。菜地边的桃树枝头很低，今年的桃子结得繁多，此时已经大若鸟蛋，一身毛乎乎的绿。

老人是在桃花、杏花开得正浓的时候进城的，是被金黄金黄的油菜花迎回来的，种了一辈子地，几十年光景都留在坪里。打他记事起，这里就是坪，老了，自己也成了儿女的坪，儿女们回来得勤，帮着他收拾庄稼，料理日子，照看房子。儿女的根在坪，坪是他们的天和地，坪也是他们的爹和娘。老人被平展展的坪"收割"了，他不悔，儿女不悔，刚下过雨，坪噙着眼泪，搀扶着他去了后山，捡一个高处，给他指着山下的坪，给他说，你看你看，儿女和庄稼都跪着呢，跪着给你磕头呢，他们知道你没有走远，知道你能看得见哩。

  坪里住着好几个姓的人家,老人的家是个大户,晚辈从各地赶回来,为的就是跪在坪里美美地磕头作揖,看看已成爷字辈的老人睡得那么香,竟然坪一样在初夏迷糊着。屋外的院子里,很多他认识不认识的人都来了,都来坪里,都说这坪好大,是一块福地,养人也养心。和他一个年岁的老人坐在自己的院坝,看着路上三三两两的行人,他们的脸上少有的平静,好像什么也没有发生,也可能他们知道,老人走不远,就在坪里。

  坪有名,叫作水泉坪。

农家薯香

节气过了白露，过了霜降，低垂的草木为迎接冬天铺好路，漫山红叶好似一面面迎风招展的旗帜，摇曳着，欢动着，浪潮般汹涌至无边的天际。

麦苗刚刚钻出地面，为萧瑟的初冬平添了一抹新绿。蓝天白云下，老农背着背篓走向叶蔓葱郁的红薯地，于橙黄的朝阳中抡起锄头，从泥土中刨出一窝窝胖乎乎的红薯。风吹过，山上野菊花怒放，果园里橘柑飘香，鸟雀在枝头为最后一场秋收欢唱。

在陕南的方言中，红薯也被称作红苕，"苕"的另一种解释是朴实憨厚。于是，种在田里的红薯就成了憨态可掬的农作物。往往是在小麦收割过后，落一场透墒雨，庄稼人从房前屋后晒席大小的苗床里剪了红薯秧，扦插在深翻后施了底肥的田里。五月天，孩儿脸，说变就变。细雨中，老农弯腰在田里安苗，转瞬间，天空就露出日头，但这并不影响红薯秧在泥土中生根。三五天过后，它们就直起身子骨儿，一拃多长的茎秆端棱棱地托举起几片叶芽。仿佛有一种向上的力量，拽着这些耐旱的秧苗，去拥抱盛夏的天空。

在乡间，在解决了温饱之后，和成片成片的苞谷、绿豆、芝麻和大豆相比，红薯不再是农田里的主角。它们通常被视作藏在地里的"水果"，小面积种在土壤并不肥沃的斜坡地、边角地。有经验的老农拿准了红薯的脾性，土壤太肥沃，好像薯身裹了一层厚厚的脂肪，反倒营养过剩，不适合生长发育。沙土地透气，且更容易吸收阳光，生性憨厚的红薯尤其偏爱这样随性自在的小环境。

扦插在田里的红薯秧苗，并不如其他庄稼那般娇贵，也并不像其他庄稼那样需要规律地施肥除草。老农忙里偷闲，蹲在田里翻动铺展在地里的藤蔓，像是梳理一条条绿色的辫子，它们斜披在坡地的肩头。日头下，每一根薯秧都在匍匐，都如一条绿色的瀑布，隐约能听见阳光顺着藤蔓向下流泻的声音。被烈日炙晒的泥土，为并不遥远的秋收打一篇热气腾腾的腹稿，大地宫腔中的红薯也在发育着、成长着、塑造着，它们的心跳、呼吸，和每一粒泥土保持着同一种节奏。阳光透过地表，可以清晰看见这些小精灵昂扬蓬勃的生命力。

渐渐地，地面的泥土开始膨胀，黄土地露出一道道妊娠纹，老农的眼里满溢爱怜，他们清楚，生长发育中的红薯，正静静地吮吸着泥土酿的甘甜，每一条藤蔓都似连接高天和厚土的脐带，阳光、雨水和露滴正缓缓流入草木的血脉，哺育着每一个胖嘟嘟的红薯。相比向上生长的庄稼，在地面以下，在云彩温存的注视中，红薯要在深秋时节将果实挂满泥土的枝头。

初秋时节，天气慢慢变凉，田里的庄稼陆续被收割。屋外的晒场，摆满金黄的苞谷，粒粒饱满的绿豆，浅黄色的大豆和芝麻，动人的丰收景象让秋天的农家多彩且殷实。此刻，红薯正在秋凉中完成最后一轮生长发育。嘴馋的孩子提着锄头，刨出一窝拳头大小的红薯，淘洗干净，在案头用菜刀切成小块，用柴火灶蒸一锅红薯米饭，红薯的甘甜浸入米粒，就算没有应季的农家菜，也能唇齿留香。

一顿再简单不过的红薯米饭，权当一餐尝新，也成为农家在秋收过后的犒劳和庆祝：一边回味着浓浓薯香，一边分享着日子的蜜意。老农心头藏着一个小秘密，要尝到最甜的红薯，还需要秋风秋雨和秋露的最后几轮醇化，这些和果园里的橘柑一般挂满枝头的泥土果实，要让雪白的淀粉完成糖化，要让红皮的薯身渐次饱满，要让一窝窝红薯在收获前接受泥土膏脂般的滋养和温润。

　　就算天高云淡，就算老农已扶犁深耕完成秋播，就算一簇簇麦苗已露出初冬的地面，红薯依然平和且稳重地等待着属于自己的收获季节。它们憨憨地在泥土中盼望着老农抡起的锄头叩响大地之门，它们只需要憨憨地捧出甘甜的果实，献给每一张不辞辛劳的笑脸，献给初冬的每一抹暖阳，献给和它们一路风雨相伴的黄土地。

　　入冬的晒场，堆积如山的红薯懒懒地躺在阳光下，待周身的水汽散尽后被老农一一窖藏。收完一年中最后一茬庄稼，时节已过立冬，漫天雪花落下，大地一片素净。山水寂寥，木门半掩，通红的炉火旁，庄稼人烤几个红薯就一壶农家土酒浅斟慢饮，日子是这般惬意，这般安逸，又是这般有滋有味。一个个体态丰腴的红薯，俨然成为泥土孕育的蜜饯，既是越冬的"水果"，亦是农家餐桌上的一道"甜点"。

萝卜披红

头伏萝卜，二伏菜。

入伏之后，声声蝉鸣仿佛在提醒农人，要在一场透墒的雷阵雨过后，将萝卜籽撒进事先准备好的园子里。

种菜和种粮一样，颇有讲究，颇有学问。跟着农谚走，黄土地总能孕育出庄稼人想要的收成。立夏，庄稼人早早地走进菜园里预留出晒席大的那块空地，不止一次地用铁锄挖，用草锄刨，用铁铲将泥土疙瘩敲碎打散平整，让日头在蓬松的地面上打滚撒欢，让阵雨一遍遍浸润。

落种的时间更为讲究，早了，从地里冒出的嫩芽会被田里的虫子糟践，拇指大小的叶子一脸焦黄，一脸病态。迟了，入伏的地温过高，不宜萝卜籽发芽，活生生地蜷缩在滚烫滚烫的泥土中。

通常是在并不大的雨中，老农窸窸窣窣地从屋里翻出旧年的萝卜籽，头戴草帽走向田边，随着右手富有节奏且柔和地摆动，握在手心的籽实从指缝间匀称地撒向地面。不需要培土，从天空落下的雨滴，会让每一粒萝卜籽在雨滴溅起的水花里潜入泥土的脂肪层。

有时，雨粒也是另一种种子。是和植物的种子一样饱满，一样有着根系和芽孢的生命体。就在老农撒种的同时，他们眼前落下的似乎不是雨滴，是密密麻麻的新芽，是浅红色的茎秆托起的一簇簇绿叶。

　　白花花的日头很快将地面晒干，那些埋得并不深的萝卜籽，一旦从泥土的缝隙中看见湛蓝湛蓝的天空飘过云彩，听见房前屋后此起彼伏的蝉鸣，似乎倏然接收到一份关于成长的使命。它们期望打开叶芽，为比雨滴大不了多少的泥粒撑起一把叶子的伞。它们同样被黄土地捧在手心，宝贝一样端详着、爱恋着。这份宠爱，让园子里的其他蔬菜看在眼里，但它们并不嫉妒，因为很快就要入秋了，它们将在一场霜冻过后，最后一次在秋风中和头冠葱郁的萝卜作别。

　　秋风渐起，园子里的萝卜早漫山红叶一步开始披红。深红深红的茎秆得有筷子粗细，直棱棱水漉漉地擎起修长修长的叶子，让它们在秋风中散开少女般迷人的发髻。深绿的叶子并不会辜负这一份美意和盛情，它们抱着满怀的秋风秋露和秋雾，让一拃多高的萝卜红润起来，光鲜起来，粗壮起来。这一袭深红，让草木动心，也让泥土动情，天高云淡，这一抹深红很快和山野的秋红连成一片，成为季节的一部分。站在菜园旁，分明能感受到黄土地强大且专注的塑造力，让始于头伏的一粒萝卜籽，在深秋时节生发出诱人的光彩，显露丰腴的体态，并流露出一份自带的贵气。这一袭绚丽也内敛的深红，在风吹、日晒、雨淋、霜冻、露润、雾化之后，从根部冉冉升腾起纯正的大地红霞，纯粹，自然，明丽，没有一星半点儿的混染。萝卜披红，如黄土地案头的一支支红烛，让一个个农家菜园演绎着有情有爱的动人故事，也让每一粒泥土都亢奋并置身于这个异常喜庆的乡村场景。

　　大自然是手法娴熟的工匠，赋予萝卜应有的体貌特征，也赋予辛勤劳作者一份乡野美味。

　　"十月的萝卜赛人参"，深秋或初冬的厨房里，萝卜已然成为百吃不厌的时蔬。萝卜片、萝卜丝、萝卜丁，巧手的厨娘总是能将萝卜做出新花样，吃出不一样的滋味。也有粗犷的庄稼汉，随手从园子里拔出一棵萝卜，拧掉叶子之后，舀一瓢水冲洗干净，径直塞进嘴里，咔嚓咔嚓的脆响里，皮的辛辣，肉的甘甜，瞬间消解了一身的乏累，也让味蕾欢动于这一口久违的清爽和浓烈。从头到脚，也通透起来，活泛起来。也有农妇将萝卜缨子摘后，将鲜红的萝卜嫩秆切成一寸左右的小段，待生姜、花椒、大蒜和葱段爆香后入锅，几个来回地翻炒，再淋几滴老陈醋出锅，便成为一道开胃的农家菜。

入冬，在洋洋洒洒的雪花里，园子里的萝卜盖上一层薄薄的丝绵被，被冻得愈发红艳的萝卜，是那样楚楚动人，又是那般安然恬静。万物蛰伏，园子却在冬意里另有一番气韵。蒜苗、芫荽、白菜、菠菜，在雪花的映衬下满目青翠。在雪白和翠绿之间，红皮萝卜俨然着一身熨帖的红棉袄，暖暖的，胖胖的，乡村的小姑娘一般，既活泼灵动，也萌趣可爱。地上的落雪，似一条毛茸茸的围脖，增添了一份情趣，也让园子里一棵棵露出地面的红皮萝卜多了一份自信从容。

炊烟袅袅，厨房里的柴火灶正炖着一锅萝卜肉汤，主妇往灶膛里一遍遍添柴加火，锅内咕嘟咕嘟冒着热气，浓浓的香气从柴门飘散至远处，农家日子就是这般滋味悠长。好酒的汉子，在炉旁煨一壶农家土酒，大碗吃肉，大口喝酒，生活就像软糯的红皮萝卜，是如此红火，亦是如此甜美。

菜园里，一棵棵红皮萝卜在寒风中挺立着，笔直笔直的身子，通红通红的外衣，让整个园子，整个村庄，乃至整个冬天都多了一份诗意。它们耐心地等待着并不遥远的春天，第一声春雷传来，它们会捧起雪白雪白的萝卜花，献给扑面而来的春风，也献给又要开始忙碌的庄稼人。

房东

初三上半学期，我和几个要好的同学打算搬出宿舍租房住。

20世纪90年代初，在一个偏僻落后的乡村小镇，这是一件不被理解的事情。几个穷学生，为何要瞎折腾，更何况学校有宿舍？其中的缘由只有我们的家人和班主任知道：距中考的时间越来越近，每天晚自习之后，可以再多学习一会儿。

在学校附近，有闲房的农户并不多。好不容易在学校操场下的一曹姓人家找到了一间空房。在二楼，面积十多个平方米，屋子很空，除了两张木板床，一个木柜，只余下一根从窗口垂下来的灯绳。因为房前屋后有大树掩映，这间屋子的光线并不好。但在我们看来，这已经很好了，起码晚上可以打开电灯，趴在柜子上学习。

房租也不算贵，每个月九元，逐月交付。房东是老实本分的庄稼汉，瘦高，不苟言笑。入住前，只交代了一件事，楼下住有老人和小孩，晚自习回屋之后不要闹腾。我们满口答应，一再表明就是想晚上能多看会儿书，进屋把脚放轻点儿就是，不会有太大的动静。

每天晚自习过后，我们夹着书本，一路小跑回屋，推开没有上锁的房子，摸到屋门左侧的灯绳，拉开电灯，趁着还无睡意，继续开始学习。一两个小时之后，关灯睡觉，在木板床吱吱呀呀的响动中，我们进入梦乡。

个把月之后的一个晚上，我们正在安心学习，房东推开门走进来，欲言又止。简单的交谈中透露出一个信息，房租不包括水电费，每天晚上开灯一两个小时，到月底会产生一笔电费。口袋并不鼓的我们集体承诺，月底会将电费交上，到这儿来，就图有张床有盏灯。房东转身离开，只留下一句话，晚上少熬夜，早点休息。但自那之后，他再未提过电费的事儿，而且对我们的态度温和了不少。有天下午放学，房东家的老太婆叫住我们，指着厨房里的一口大铁锅，笑盈盈地问，娃们，锅里有面汤，我看你们平日里用白开水泡馍吃，要不要换个口味。

顿了一下，我们上楼，拿来饭盒，从铁锅里舀出几勺面汤，在一个劲儿的回谢中上楼。就着漂满油花儿，加了盐，放了些许酸菜，掺着几根面条的面汤，我们将从家背来的干馍掰碎泡在碗里，吃了难忘的一餐午饭。打那之后，放学后经常会有这样的待遇。住在楼上的房客和楼下的主人，渐渐地亲似一家人，在说说笑笑中，他们夸赞我们能吃苦，是懂事的孩子。

初三放寒假时，房东满怀歉意地告诉我们，开年后，他们家要将老房推倒重建。这意味着我们要从这儿搬出去，其实要拿走的东西并不多，除了几本书，就是一床被褥。但是，我们又该去哪儿？在集镇附近转了好几圈，我们发现，在离学校一百多米的一家诊所二楼有几间空房。

从药房里找到已经年过花甲的房东，说清楚我们的来意，他笑嘻嘻地说，二楼倒是有几间空房，还没来得及装修，条件有点儿简陋。边说边带我们上楼，在一间只有五六个平方米的房间门口停住了脚步。

并不宽敞的房间光线很好，窗户也很大，还没有安装窗框，用几块木板钉在窗外，算作结实透风的窗棂。屋子里也很简单，水泥墙面没有粉刷，地面上满是灰尘，还有零星的鸡粪。房东说，如果你们想租，可以搬几块砖，用水泥砌几个床腿，用木板一搭，做个简易的床铺。在问及房租时，他笑着说，能住就好，你们多少给点儿就成。

房子里没有从空中落下来的灯绳，只能晚上点蜡烛看书，慢慢地发现，蜡烛不耐用，且费用高。随后换了煤油灯，经济，且光亮胜过烛光。春深，窗外的柿子树叶被晚风吹得沙沙作响，不远处是一条铁路，往来的火车有规律地呼啸而过，再远就是汉江，国道上往来的车辆将雪亮雪亮的灯光映照在江面上，那雪亮雪亮的灯光又从江面投射到我们的窗外，这一来一往的灯光，不时将整个屋子照亮，也照亮少年们清瘦的面庞。

屋内是摇曳的灯光，是趴在床上看书的几个少年，是偶尔响起的翻书声。没有一句闲话，大家都憋着一股劲儿，都清楚，很快我们就要走进考场。学得太累了，我会走上屋顶，披一身月光，望着满天星辰，未卜的命运总让人迷茫和感伤，但很快又安静下来，因为我相信，付出总有回报，就算没有，也不会遗憾。

和房东拉近距离是在一个寻常的雨夜。已经很晚了，熄灯入睡前，照例去一趟厕所。隐约听见有别于雨水滴落在地面的声音哗哗作响，我下意识地叫了一声，谁在房前解手。在微弱的灯光里，我看见房东披着衬衣，穿着短裤，缓缓地转过面来，弱弱地咳嗽了一声算作是回应。我充满歉意地侧过身，让他早点回屋休息。

雨夜屋前的那一声喊，让房东知道我们应该是一群懂规矩的穷孩子。自此见面，他的态度也更谦和。随后发生了一件事，房东也给足了我们体面。有一天晚上，其中的一名同学觉得太饿了，就在屋外转悠。过了一会儿，他手上拿着半块馍片走进房子，边吃边神秘兮兮地望着大家。还没等我们开口，他指着隔壁的厨房，主动坦白了自己刚才进屋寻找吃食，竟然从悬空的竹篾笼子里发现了饭菜。在我们的一片责备声中，那名同学长叹一口气，吃完手上剩下的最后一口馍。自此，有同学实在饿得心慌，就隔三岔五蹑手蹑脚地到厨房去找吃食。房东并不吱声，但也一定发觉了，只是不想戳破这个秘密。

  惊喜远不止此，一天下午放学，我们推开宿舍门，竟然看见床铺上有一颗鸡蛋，仔细看，还有几缕鸡毛。我们推断，是房东散养的母鸡在我们的床上下蛋了，每个人的脸上露出一种复杂的表情。在当时，一颗鸡蛋能卖几角钱。再三讨论，我们没有将这颗鸡蛋交给房东，暂且收藏起来。没想到，第二天、第三天……床上每天都能见到一颗鸡蛋。显然，我们床铺的某个角落，成为母鸡下蛋的窝。这份初始的喜悦，到最后成为每个人心头的重负和隐痛。

  告别房东的那个中午，他一再叮咛，要在考场上好好表现，我相信你们都是有志气的孩子。短短几句话，算作告别。他站在房前，目送着我们离开，像一位和善的长辈。

  中考发榜那天，在得知自己的成绩超过当年中专录取分数线时，我很想将这份喜讯和房东一起分享，但犹豫再三我还是止住了脚步。因为，一个穷学生实在拿不出一份像样的礼物去感谢他们。若干年后，我们无意间相遇，他们已经认不出我，我将曾经发生的故事和内心的触动一一讲给他们。彼此在短暂的沉默之后，都说那时的日子可真苦啊！一群苦孩子，对得起那些日子。我回话道，是一群苦孩子对得起你们的帮衬和宽容。

金色的梦想

陕南春来早，草木对季节的忠诚，尽在一叶一芽满月的笑脸中。黄土地醒得早，这些铺展在山冈上的一张张大炕，早早暖和起来。冬小麦、豌豆和油菜，在海拔以下的天空，让根须伸向泥土的云朵里。生发和萌新，永远是春天里最要紧的事。

乍暖还寒，田里的农作物如羽毛般紧缩，早春，泥土如婴儿般娇嫩的肌肤需要无微不至地呵护。在第一场春雨落下之前，一些越冬的庄稼开始酝酿一场盛大的花事。年年岁岁，这样的场景已经成为迈向春天的第一个仪式。

碧绿的油菜仰起脸，从遥远的天际将阳光迎到叶面，它们要比冬小麦早先一步完成发育。嫩闪闪的菜叶攒足劲儿，缓缓托起旗帜般的菜薹，显然，它们是这场花事的发起者。就在桃花、杏花、梨花和李子花次第开放时，油菜已经在大地的砚台开始调和最浓烈的金色。这是泥土的提纯物和春风分拣出的阳光颗粒，被春天的雨水一遍遍稀释出的颜料。

川道里的万亩油菜，将花期选在每年的春分前后。密密簇簇的花苞，和春天的雨滴般大小，努力在春光里丰满身子骨儿。

几乎一夜之间，星星点点的浅黄很快洇出金黄的大江大河，在以新绿作为背景的春日乡村，夺目的油菜黄已然成为草木视野里的璀璨烟花。循着花香而来的蜜蜂，用半醉半醒的双翅在花海深处舞动着一曲探戈，那些和它们一样勤劳的老农，隐约看见大地河床正在抬升，每一朵油菜花都是奔腾不息的金色浪朵。这是一年之中最好的季节，这亦是春天里最触动人心的山川盛景。悠悠荡荡的花朵，如一个个明媚的音符，将陕南春日最高亢的部分唱给遥远的天际，也唱给每一粒披着金黄花粉外衣的泥土。无边的花海，在春风里起起落落，每一朵花都是汹涌的潮头，也都能掀起更大的波涛。接踵而至的游人，沿着绵长的海岸线轻轻走过，欢呼于眼前的这片汪洋，也欢呼于春天对每一朵花的万千宠爱。

　　当油菜花金黄的帷帐在春风中落幕，陕南的春天牵着谷雨过后的山山水水，一路浩荡步入初夏。

　　天空的兴奋点被声声蝉鸣激活，每一片树叶都激情澎湃地涌向高处，最为引人注目的，当属已经具有成人身高的向日葵。被粗壮的茎秆捧起的脸盘，如一方临空的堰塘，蓄满夏日的阳光。在乡间人的心中，向日葵生来刚毅，有着大山的风骨，更有着贵族的血统。

　　节气过了芒种，过了小暑、大暑，日头一天天火辣起来，葵柄也愈发壮实起来，已然有了少妇般丰润的一副笑脸。

　　骄阳似火，花姑娘熟练地挑动着阳光的千万缕金线，在叶子的花房一针一线刺绣着向日葵纯金的花容。远山近水，被这一柄柄火炬般明艳热烈的花朵，映照得金碧辉煌。这是夏日里花事的最高潮，一片片金黄的云彩，宛若大地霓裳在风中舞动。这份纯粹，这份昂扬，这份关于热烈绽放的花之信仰，让炙热的夏日丰饶起来。每一朵向阳的葵花，都是对好年景的致敬和礼赞，它们是从泥土深处挺立起来的一座座山峰，重重地涂抹阳光的油彩，让每一个热爱生活的人都将灼灼目光对准正东方，虔诚地迎来每一个日出，也送走每一个日落。

秋风渐起，一日日饱满的葵花籽，如阳光在花盘上留下密密麻麻的针脚，密密匝匝地一针勾着一针，一针连着一针，那亦是花朵淬火生金后，冷却出的阳光晶体。

　　天气转凉，山野开始添新装。在和山花一样斑斓的秋色里，金丝皇菊在习习秋风中迎来了花期。南归的雁群是盛开在天空的花朵，漫山遍野的金丝皇菊是贴着黄土地送行的另一群花朵。婴儿拳头大小，酒杯大小的菊花，正在用金黄金黄的花瓣编织一个个花冠，它们以这样的方式敬献给丰收在即的万里沃野。万山红遍，这一抹金黄俨然是秋风笔下的一幅画作，铺展在悠悠白云之下，也铺展在山水案头之上。

　　围在成片成片的金丝皇菊身旁的，是零星的野菊花。几乎一呼百应，从山冈上簇拥而下，它们要在秋天的田野集体狂欢，要和萤火虫一般，让乡村的夜晚挑起金黄的灯盏，要和秋天的露珠一般，让每一个被果实压弯的枝头再低一些沉一些。

　　傲霜的菊花常常和冬日盛开的雪花相逢，它们忘情地拥抱在一起，总有一份不见不散的约定。就算蜡梅枝头金黄色的花苞已经缓缓打开，就算凛冽的寒风已经呼唤万物关上越冬的门窗，菊花依然不愿和季节作别。山水萧瑟，一路素洁，冬青木和松柏越发苍翠，这些耐寒的叶子，要衬托出蜡梅花赤诚的金色，让隆冬时节的山冈早早迎来春意。蜡梅花香悠远，几乎可以让每一朵雪花落下时，都熏染着清幽的香气。朵朵蜡梅，用意境悠远的金色为苍茫大地留下浓墨重彩的一笔，星星点点的金，满枝满树的金，凌寒不惧的金，用草木的智慧和热忱，目送雪花漫天的隆冬，也用花的想象，花的色调，花的纯情，在枝头装扮将至的锦绣春天。

　　花开花落，相比跃动在季节怀抱里的姹紫嫣红，这些纯金的花朵，让辽阔的大地多了一份贵气，也努力为轮换的四季添色添彩。每一粒泥土都有一个金黄的梦想，它们用大自然独有的手法，让伸向天空的一枝一叶捧起黄土地的原色原香。这是山川河流生生不息的传承,亦是高天给予厚土最深情的亲吻。花开时节,总有一份感动,拂照着热爱阳光、热爱生命、热爱绽放一切美好的万里草木。

窗外蛙鸣

前年夏季，搬到新居当晚，浑身乏累，躺在床上竟生出些许朦胧睡意。迷糊中，伴着清凉的夜风，一阵久违的蛙鸣从窗外不远处传来。穿透夜空的和鸣将我拽至窗前，循着蛙鸣的方向望去，离小区不远的洼地，淡淡的月光映照着一方池塘，高楼灯火在水面上悠悠荡荡。

我猜想，那个不大的池塘，便是舞台中央，一场宏大的乡村音乐晚会正在精彩上演。站在高台上的指挥师，用某种熟悉的方式起拍、收拍，不停调整着合唱的音准、速度和节奏，也巧妙地调动着场上情绪。迭起的高潮，吸引并打动着和我一样站在窗前的"歌迷"。

在城市近郊一隅，在这个月光舞台上，拨动人心的旋律，时而高亢洪亮，时而舒缓柔和，时而激情飞扬，时而悠远绵长，宛如荧光闪烁的音符，于茫茫夜色中勾画出一条圆润的声线。

一塘蛙鸣，让我血脉偾张，睡意全无，一种莫名的感动涌上心头——养在记忆深塘里的蛙鸣，此刻漫过情感的声带，也让熟悉的乡音在耳畔响起。

那是一个近水而生的小村庄。从远山奔流而来的一条溪流，在地势相对平坦处放慢流速，大量泥沙装满沟岔的口袋，日子久了，就成了肥沃可耕作的水田。为了囤住这片膏腴，乡亲们搬来石头垒砌成坎，经年累月，形状各异的水田一块一块排布在山脚下。相对于补丁般散布在山坡上的旱地，水田显得格外金贵，也就成了水边的座座粮仓。

每年惊蛰前后，一溪春水沿着水渠流入田里。十天半月之后，经春水润泽，经春光普照，经春风的双手一遍遍抚摸过的水田里，星星点点的新绿将泥土发酵后泛起的气泡托上水面。一旦这方水土有了春天的语言，冬眠的青蛙该出场了。睁开惺忪的睡眼，清清嗓子，望着姹紫嫣红的野花，望着扶犁春耕的老农，望着陆陆续续钻出洞穴的"左邻右舍"，一种放歌山野的欲望被唤醒，大地曲库也再次被打开。这也是它们走向春天的步点。呱——呱，呱——呱，先是羞怯地独唱，很快就招来此起彼伏的和声与伴唱，比水草更早地铺满水田和溪流两旁。

清明时节，农人将谷种撒进水田开始育苗。就着春和景明的好天气，一道撒种育苗的，还有情思萌动的一对对青蛙情侣。溪流和水田是温馨的洞房，也是舒适的产床。缠缠绵绵过后，珍珠般的卵泡浮游在水中，一个个谷粒大小的情感结晶，缓缓长出生命的根须和叶芽。雄雌可辨的蛙鸣，如循环播放的胎教音乐，让发育在水体宫腔里的小生命，用薄如蝉翼的耳膜，一次次感知春风的鼓点，也让它们在孕期就受到美妙音乐的熏陶。

谷雨插秧，黝黑发亮的小蝌蚪褪去胞衣，绕着秧苗来回穿梭，细长的尾巴在水中自由地甩动，水波一起一伏，好似一串快乐的音符在跃动。望着流水中穿梭的儿女，青蛙把歌喉对准这片生机勃勃的水域，并在往后的日子，和农人养育禾苗一样，呵护着这些盛开在水中的生命花朵。

真正的歌唱季是在盛夏。当知了送走白天的滚滚热浪之后，青蛙披着一身水做的裙裾，将来自山溪边的丝丝清凉，用叶子的舟筏送到村庄、场院和更遥远的山冈。

夏夜的星空下，一溪水湿的青蛙，顶着圆鼓鼓的眼睛，或蹲或趴，憨态可掬，神情各异。流水声很快被蛙鸣淹没，曼妙的音符缓缓流淌在夜色中，似一条音乐的彩带，在夜风中轻轻舞动。每一只青蛙都是会唱歌的星辰，在夜晚的枝头还没挂上露珠之前，这些水中的精灵，在草木的屋檐下挑上一盏盏音符的灯笼。

乡亲们坐在场院纳凉，头顶是满天繁星，身旁是花冠楚楚的夜来香，淙淙流淌的溪流和着蛙鸣，让寂静的夏夜灵动起来，也让同样热爱歌唱的知了和鸟雀，好奇地从睡梦中探出头，偶尔，还会调皮地应几声。轻摇着蒲叶扇，大口喝着菊花茶，繁星般撒满村庄的蛙鸣，如无数双小巧的拳头节奏地敲打着耳鼓，白日劳作的疲惫在这一刻烟消云散。在庄稼人眼里，青蛙和水稻都是生长在田里的庄稼，盛夏的蛙鸣，是丰年的赞歌，会为秋天的稻穗贴金。

也就是在那个夜晚，窗外鼎沸的蛙鸣将我带回故乡，带到童年。

我固执地认为，水塘边这群草绿色的青蛙，和儿时稻田边和溪流旁的那群伙伴同出一脉。它们都是大地的赤子，对远山、对近水、对长空、对草木绵绵不绝的深情，从水洗般干净的歌喉喷薄而出。歌声就是心声，只要嗅到泥土醉人的香，只要看到遍地油绿或一田稻黄，它们就难以抑制内心翻腾的一汪深情。草绿色的肺泡，带着某种使命在潋滟水波里踏歌——它们讴歌眼前，放歌过往，也用大自然能听懂的唱腔和唱词歌咏未来。

当声声蛙鸣出现在这个夏日的夜晚，出现在高楼林立的一方水塘，我忽然发现，故乡并不遥远，此刻就在身旁。有塘里这群青蛙为伴，梦中就有了稻香，有了溪流，有了青山四围的村庄。浓浓夜色中忽远忽近、忽高忽低的蛙鸣，如扑面的夜风轻拂着我的脸颊和心绪，那是母亲的掌心才有的脉脉温情。

画一块手表送你

记忆饱满处，总是因为难忘和感动。

上小学那阵儿，学校距家三五里，是个典型的四合院，据说早年间是地主的一处私宅。坐南朝北，宽敞、通透，在当时很气派，算是青山怀抱中的洋房。邻近学校村子的孩子基本聚拢在一起，四个年级，两个老师，百十个学生。

早上上学，沿路总能遇到同校的学生，背着破旧的书包，蹦蹦跳跳，说说笑笑。因为没有手表，大家总是急急忙忙赶路，生怕误了时间点儿，迟到学校要站在教室外听课。有时，遇到老师心情好了，迟到一会儿，喊一声"报告"，正在板书的老师回一句，赶快回到座位上听课。迟到的理由各种各样，主要碍于当时没有手表，那时候手表是个稀罕物，只个别人家有，大多数孩子只能早起望着山头的太阳掐时间点儿。遇到雨天或者阴天，全凭父母一遍接着一遍地催促。

放学时，要从容点儿，但因为肚子饿得慌，快慢不得。快了，体力跟不上，上气不接下气；慢了，回家错过了饭点儿，少不了挨骂。家里条件稍好一点儿，父母会花几块钱买一块电子表，宝贝似的戴在左手腕，引得同学们一阵围观，看时间如何在黑色的表盘中央跳动。

立夏过后，天气慢慢热起来，学校开始夏日作息，有了午睡时间。在下午课程开始之前，集体趴在桌子上睡一觉，个把小时之后，再次回归课堂。

窗外的知了叫个不停，教室里没有一丝风，趁老师不注意，有的学生干脆跑到大树底下，斜靠在树身，或者铺一层树叶，索性躺在树荫下露天午睡。

胆子小的学生将书本放在课桌的抽屉里，双手交错，头趴在胳膊上眯瞪一会儿。一觉醒来，脸上满是皱巴巴的睡痕，揉揉惺忪的双眼，顿时觉得清醒了不少。否则，下午的课堂上一定要打盹。有时，实在瞌睡极了，头疼头沉，不听使唤，偶或一个眯盹儿，脑袋落在课桌上，嘭的一声响，惊得赶忙抬起头，在邻桌的坏笑中，佯装一脸平静，泛红的双眼直勾勾地望着黑板。也有同学，身子骨软了瘫了，听着听着就趴在桌子上睡香了，老师从讲台上扔过来一个粉笔头，打在头顶，喊一声名字，一激灵抬起头，半眯着眼，老师罚他站起来听课。

那时，很多故事都是发生在午睡的个把小时。最搞笑的是在睡着的同学胳膊上画一块手表。先画一个圆圈，按照表盘的模样，细心地分出十二个小格，并设计出时针、分针和秒针。最难处理的是表链，因为头压着胳膊，要用笔绕着手腕转一圈，通常需要两个人协作才能完成。一个人轻手轻脚地从下巴底下抽出胳膊，另一个人拿着笔迅速画出一条宽窄有致的表链。太热了，胳膊上满是细密的汗珠，往往要用笔涂抹好几次，一条表链才能完成。

画一块手表，手脚麻利者起码需要半个钟头。剩余的时间，若是感觉不过瘾，会绕着下巴星星点点地画上细密的胡须，也或者，会绕着眼圈画上一副眼镜。一个让人忍俊不禁的创意就这样完成了。熟睡的同学似乎没有任何感觉，睡得香甜，甚至嘴角流出口水。涂画者全程憋着笑，忍得也很辛苦。

待到大功告成，丢下手中的笔，拿起事先准备好的狗尾巴草，轻轻地在同学脸上拂动。一下，两下，睡梦中的同学纹丝不动，继续动作，直到他下意识地摸摸脸，缓缓抬起头，半眯着眼看见身边围满了同学，迷迷糊糊一脸蒙。

来不及清洗画在脸上的眼镜和胡须，上课的铃声已经响起，同学们迅速回到座位。老师夹着书本走进课堂，紧绷的面孔渐渐松弛下来，脸上露出些许浅笑。直到此刻，几十双目光齐刷刷地聚焦在戴着眼镜，生了胡须的同学脸上。课堂终于爆发出朗朗笑声，平日严肃的老师，不会责怪刚刚午睡时究竟是谁在搞怪。

直到此刻，视线中央的同学方才明白，午睡时到底发生了什么。看看画在手腕的那块手表，他心里比谁都清楚，一定还有比这更让人捧腹的画作出现在他滚烫滚烫的脸上。

老师从宿舍里拿来一块浸水后拧干的毛巾，递给刚刚从睡梦中醒来的那个同学，示意他把脸擦净。

这时，又是哄堂大笑。刚才捣鬼的学生，也会主动拿着毛巾，细细擦去画在他脸上的眼镜和胡须，友好、真诚，也有几分歉意。

只有画在手腕的那块手表依然还在，望着不能转动的表盘，隐约能听见秒针跳动的声音。在那个纯真年代，十几元或者几十元一块的国产手表，已经算得上是奢侈品。在手腕画一块手表，只为满足物资匮乏年代最美好也最应景的渴望。不虚荣，不做作，但却承载着一份同窗深情。

这样的搞怪一直在上演，同学们并不记恨。反倒在内心深处留下一份不愿轻易抹去的时光之痕、情感之痕、岁月之痕。好像画的根本不是一块形状并不规整的手表，而是一份期许，或者一份赠予。点点滴滴，是如此朴实，亦是如此触动内心。尽管那个年岁的我们，没有机会感知外面缤纷的世界，但我们惜时如金，上进好学，总是暗下决心，有朝一日带着自己的成绩单走出大山，让自己的命运多一种可能性。在孩子们朴实的认知里，手表是洋气的，时间是珍贵的。

若干年后，我们都已长大，戴一块腕表已是寻常事，既潮流，也适用。但每每相聚，忆起当年用笔画在手腕的那块手表，总是短暂地陷入沉默。一个个熟悉的场景在眼前闪现：知了声声叫的晌午，班上的同学大多趴在桌子上午睡，这时几个关系亲密的同学交换过眼神之后，一个轻轻地从脸颊下抽出满是汗珠的胳膊，一个握着笔，笑嘻嘻地开始在手腕上画手表，一笔一画，是那样专注，那样认真，那样深情……时间是那样安静，教室是那样安静，每个人的脸上是那样安静。随着最后一笔完成，画在手腕的那块手表，似乎时针、分针和秒针绕着不大的表盘，在滴滴答答地一圈圈转动，是那样悦耳动听，亦是那样节奏明快。

的确良

的确良是一种布料，但又不全是。

在 20 世纪七八十年代，能把的确良穿上身，绝对是身份的象征。就像现如今的貂绒和皮草，外人一看就知道是硬头货，就高看你一眼，知道你所有的洋气都是从口袋里掏出来的。

在我小时候，村里唯一的一台缝纫机就放在我家堂屋。每逢过年，邻居从镇上供销社买回蓝卡其、哔叽质地的布料，央求母亲能按照身材尺寸做一件体面的衣裳。母亲白天干农活，晚上收工后，在铺板铺成的案子上，一边用木尺子比比画画，一边用半截白色粉笔在布料上画上记号，村里人的高矮胖瘦都装在她的脑子里。一个好裁缝，先要拿捏透布料脾性：是否缩水，纹理粗细，这些小细节都得考虑进去，否则一剪子下去，裁出的布料，要么多了，要么少了，缝出的衣服不合身。昏暗的灯光下，母亲弓着腰，脚踩缝纫机踏板不急不慌地嗒嗒作响，伴着缝针如公鸡啄食上下跳动，压脚从布料上徐徐跑过，只留下一排细密有序的针脚。

在那个年代，一件合身的衣服要穿好几年。衣服就是门面，农闲出门走亲戚，一定要收拾得整齐得体，光景都在身上。那些年，母亲经手裁缝的衣服，是卡其、凡尼丁、华达呢、哔叽等一些寻常布料做成的。颜色也很单调，多以藏蓝、瓦灰和深黑为主。一个时代的质朴和庄重，从大众服饰彰显和反映出来，稍微鲜艳一点的颜色，还不被大家接受。冬季，大都一身胖乎乎的黑，黑袄黑棉裤，若是家境稍好一点儿，可以在棉衣外面罩一件衣服，黑灰包裹黑灰，就构成了最主流的乡村暖色系。到了夏季，常见的穿法是浅蓝色的裤子搭一件军黄色的上衣，衣领下两颗扣子可以不系，一身的热气只能从脖子下面这个狭小通道向外散。若是天太热，衣服太厚，汗水跑不出来，只能往外渗，待风干后，衣服后背像打了一层薄薄的霜花。

  乡下的夏季，日子就这样过着，实在热急了，只好脱去上衣，晒得一身溜黑。条件稍好一点儿的，可以买一件四条筋背心，那时也只有红白双色，红色背心穿久了，洗得红里透白，薄得能看见肉色，白色不耐脏，时间长了，被汗水浸成米黄色。那是一个没有西瓜、菊花茶和冰镇啤酒的年代，更别说电扇和空调，唯一可以降温的，就是握在手里的一把蒲叶扇。

  就在某个炎热的夏季，一款叫作的确良的布料摆上供销社的货架，放在最显眼的位置。作为针织类日用百货中的奢侈品，的确良从供销社摆到母亲的缝衣案子却晚了一年。起初，布料太贵，乡亲们只有眼馋的份儿，一个劲儿夸的确良料子好薄，握在手里，滑溜得丝绸一般。盛赞的确良的确"凉"，既耐看又吸汗，不比卡其布，布料纹理紧致，汗水从布眼里跑不出来，只能从身上往下淌。也有老乡担心，的确良会不会不经穿，水洗几回就烂了，白糟蹋钱，不实惠呢？镇上的干部下村，戴着一顶草帽，穿一件的确良短袖衫，就算不摇扇子，好像也不太热。老百姓在背后议论，人家有的确良呢，衣服透汗也透风哩。

  的确良终究还是进入乡村，进入日子殷实的那些百姓家。母亲裁缝时格外小心,她知道这是上等料子,一件衣服需要用半袋子粮食换,手上不容有半点儿闪失。乡亲选择料子时,格外看好天蓝或者雪白色,穿在身上素净不扎眼,似乎有一种薄荷凉,风一吹,整个儿人都飘忽起来,身体似乎轻了许多。去赶集或者走亲戚,一件的确良短袖、一条蓝卡其裤子、一双马肉色的凉鞋,算是最风光的穿法。穿着的确良,走路一阵风,不光招来艳羡的目光,也走出了自信。

往后,的确良的花色款型多起来,有细格子的,也有碎花的,还新添了浅绿和鸭黄。即便如此,帮乡亲们裁缝的母亲依然没能为我做一件的确良短袖衫,我只能眼巴巴地看着、盼着,只能捡起落在地上的碎布条,摩挲着这个叫作的确良的布料,心里盘算着,这款叫作的确良的布料什么时候能穿在我的身上?

没有的确良,夏季照样过,只是心里若有所失。母亲似乎看透了我的心思,给我承诺,等你上了中学,等你考了好名次,等家里条件好了,也去镇上,裁一块的确良回来。夏季最热的那几天,家里一定熬好了绿豆汤;出门走亲戚,一定是拿出平日不舍得穿的军黄色卡其裤子;晌午日头烈,母亲一定坐在身边摇着蒲叶扇。我知道,母亲是以这样的方式告诉我,只要人勤快,日子就有奔头,总有一天能把的确良穿上身。的确良的确是不错的料子,但是比这料子更柔软熨帖的是母亲满满的爱,是对好日子一定会到来的念想。这也许是另一种质地的的确良,是人世间最好的衣料。

登牛山

还未踏进农历牛年,一朋友在鼠年腊月的最后几天,晒出女儿题写的一副对联,上联:牛山牛人牛安康;下联:好山好水好风光;横批:牛山牛人。暖暖的阳光下,红底黑字的新春对联盈满祈祷和愿景,每个字都如含苞待放的花蕾,有种引人入胜的力量。

不禁多看了两眼,并留言,"牛山春来早,少年心气高"。朋友也热情地发出邀请,开年后来牛山登高望远,并在"值得一来"后面竖起一个叹号。

惊蛰过后,天气渐暖,草木萌出新芽。朋友相约,在农历二月的第一天结伴去牛山一游。随即应允,并查看了翌日的天气,不冷不热,很适合登高远眺。

牛山离陕西安康城区并不远,半个小时左右的车程。是日早上,我们结伴出行,窗外的油菜花在阳光下泛起道道金光,浓郁的花香,在早春的风里荡起层层涟漪,一种丝绸质感的大地封面,拽着我们的视线向更高远的山头望去。朋友不断地提醒我们,牛山群峰绵延,整座山就是花果山,越往高走,空气越好,草木对人越发亲热,就连头顶的云朵都在望着你笑哩。

说笑间,那副熟悉的春联出现在眼前。这只是牛山脚下的一个小村庄,房前屋后,春光所到之处,已经桃红柳绿,一幅五彩画卷如薄衫紧裹,四面青山的玲珑曲线,让草木心旌摇荡,也让每一个来访者沉醉于眼前的浓浓春色。

顺着朋友手指的方向望去,牛山就在我们对面的不远处,山势平缓,还没有抽出新绿的山林雾沉沉一片,平添了几分神秘,也让我们对眼前的这座山更加心驰神往。

从山下沿着崎岖的山路前行,路两旁是已经盛开的桃花、杏花、李子花,是在春风里努力将花苞打开的各色野花。她们循着早春的暖阳,托举起灿灿笑脸,热情招待每一个来访者。奇妙的气候现象,尽在每一步前行的山地肤色里,我们深深浅浅的脚印,正成为一种标尺,精确丈量着春的深度。身后山花摇曳,眼前是还未长开的叶芽,如豆粒般缀满枝头;路旁的野蒜苗已经长到一拃多高,蕨根草刚刚冒出地面。我们穿行在明明暗暗、深深浅浅的草木光景里,能从这些细微的变化里感知到,春天正和我们一道向山头攀登。

茶杯粗、碗口粗的桦树一身青灰,侧耳能听见从大地深处泵抽的水正在向枝头奔涌;愈发青翠的油松,隐隐散发着松香,一地枯黄的松针,刚刚将积雪送进泥土,好似富有弹性的大地软床,每一个气喘吁吁的攀爬者,情不自禁地躺下来,闭上双眼,想象入夏时节,呼啸的山风如何掀起一浪高过一浪的松涛;一簇一簇铁匠树,被一个久居闹市的城里人误认为是铁观音,摘了一片叶子含在口中,竟呲出满口异样的清香;那些低矮茂密的灌木,错落有致地围在大树的周围,比它们更低的是叶脉修长的兰草,一苑接着一苑,一片连着一片。树偎着山,山拥着水,在牛山,你会发现,树就是山,山亦是树,它们情感之脐流淌着大自然最深沉的爱。这爱是颗粒状的,和春天的阳光一个密度。

不一样的海拔总有不一样的惊喜，平日里紧绷的神经倏然放松，活蹦乱跳的我们分明回到了童年。从山上植被的表情里，我们也在想象着牛山夏日的郁郁葱葱，秋日的漫山斑斓，深冬的皑皑雪白。每一个季节都如一帧画面，从我们的眼前一一闪现。巍巍大山就是草木的画板，年年岁岁都留下相同但又不尽相同的山水丹青。

行至半山腰，尽管我们个个额头冒出汗珠，但更多的是夸赞牛山空气清新，随手掬一捧山泉水，都能尝出春鲜，尝出草木和泥土混合的香甜。也有人不经意滑倒在草甸上，索性面对蓝天白云，让身体的每一个关节沐浴着春光舒展开来，每一个毛孔都轻松自由地呼吸。

快了！快了！每行一程，朋友回过头，笑着为我们加油鼓劲。但是海拔一千五百多米的牛山，终究需要考验每一个攀爬者的体力和意志。我们约定，一定要手挽手登上峰顶，一定要在镜头里留下每一张笑脸，一定要齐刷刷地站在最高处大声歌唱。

渐渐看到主峰，可能是因为海拔的缘故，草木变得低矮，山体变得浑圆，视野也变得更为开阔。就在即将登上山头时，眼前出现一个直径十多米的水池，水不深，蓄满蛙鸣和阳光。离池子不远处，竖着一块镌刻有"白龙泉"的石碑，风雨斑驳，但字迹遒劲。朋友介绍，无论天气多么干旱，泉水从未干涸，时时充盈不亏；也无论雨水多么丰沛，池中的水从未溢满。一代一代的牛山人见证了这种独特的现象，但并不知其故。

大家满眼的好奇，在海拔一千多米的山头，哪来的源头活水，望望山，看看树，再用双手摸摸湿润的土地，似乎就有了答案。白龙泉，是天上落雨的一座露天仓廪，是草木根须紧锁的大地体液，是窖藏在泥土深处的岁月甘霖，抑或千颗万颗露滴为草木囤积的乳汁。站在泉边，我们长久地深思，大自然的生生不息和草木的无穷智慧，还有被这方水土滋养的一切生灵对大山的呵护。

两个多小时后,我们一行人站在了牛山主峰。极目四野,内心澎湃着无限豪情,彼此祝福着牛年好运,更多的是祝福这片山林草木丰茂、风调雨顺,让一切向上的力量去接近头顶的蓝天、白云和霞光。

我们深深地弯腰在春光正好的山巅,向着远山近水,向着草木庄稼,向着更远处的河流山川,致敬和感念一切茂盛生发的力量。这是牛年,这是牛山,这是孕育牛精神的高天厚土,这是我们在春天最应该站立的地方。

吴家沟

针鼻儿大。芝麻粒儿大。绿豆颗儿大。枣核儿大……起码也得有麻雀儿蛋大吧!

对于吴家沟在国家地理版图上的大小之争,发生在小学暑假的某个响午。我们盘腿坐在一棵大柿子树下,一边玩着石头子,一边留意着对面山坡上低头吃草的牛羊。离我们不远处是一条山沟,山溪水哗哗流淌,溪流边是油绿油绿的苞谷,套种的绿豆和芝麻已经长到玉米的腰部。

在当时,我们和绿豆、芝麻一样"套种"在父母的眼皮底下,长得差不多和父母齐腰高。那条逶迤蛇行的山沟不叫吴家沟,乡亲们习惯称它大沟。在这个只有十多户人家、不足一百人的小山村,每座山、每棵树、每个地块,甚至稍大一些的石头,都有一个名字。在学会喊爹叫娘之后,鹰坡崖、对坡山、碾子坪、二道碥、坑田、洞湾、石子坡……这些祖祖辈辈口口相传的地名,就成为我们对这片土地最亲热的称呼。和山水草木做伙伴,是生长在山村的孩子必须具备的能力。山里娃的启蒙教育,尽在大地课堂里。

吴家沟很穷,皱皱巴巴的土地,如一块块大小不一的补丁,被老农就着山势缝缝补补。春耕时间，老牛拉犁，把并不深的黄土如拉链一般一道道拉开，紧接着，又用锄头将碗口大的泥疙瘩拍打细碎，撒上五谷种子，再次将垄沟如拉链般一道道拉上。年年岁岁，重复着同样的节奏，在大地的节拍里早出晚归，春种秋收。

乡亲们将这样的生活亲热地称作日子，把这样的劳作称作过日子。

一

在20世纪七八十年代，除了闭塞和落后，吴家沟和其他乡村相比，并没有什么不同。在当时，我们甚至还有一份优越感，夏季天气最热的时候，亲戚总爱到吴家沟做客，不图其他，就图个凉快，到了后半夜，还需搭上被子。冬季就更不用说了，火炉里没有熊熊火苗腾起，就不算烤火，就显得吝啬。各家各户的屋檐下码着干柴样子，用火炉里的旺火，将大地的炕头烧热乎，庄稼、牛羊、树木和越冬的小动物，暖暖地睡一觉，睁开眼，就迎来了春暖花开。

吴家沟的春天是从沟里流水声变粗开始的，好像长了喉结的少年，嗓子有了磁性，也洪亮了。太阳底下，溪水润绿了岸边，水芹菜、灯笼草、毛毛蒿，寻常的乡间本草，次第从泥沙里拱出来，刚睡醒的婴儿一般，阳光下，鲜嫩的叶芽如唇瓣轻轻嚅动。开春的第一场雨落下，地里的庄稼脸上也有了不一样的气色，水滴成了叶子上的云朵，风一吹，落进泥土的汪洋大海，整个春天都这样，都能听见春风春雨的和声，都能丰富庄稼人的想象。

最美的依然是秋季，天空用一块五彩的画布将绵延群山罩起来，怕衣衫单薄的草木经不起一场接一场的霜冻。呼呼的风，喘着粗气，好似从山头滚落到山下，勉强爬起来，还没站稳脚，又被后面的风扑倒，一层一层的风，吹得瓦楞里的落叶无所适从，吹得屋顶的炊烟东倒西歪。只有屋外的晒场是暖和的，金黄的玉米棒子铺了一地，堪比大地火焰，燃烧着、跃动着，映衬得天空更加湛蓝。

整整一个冬天，吴家沟都是安静的。鸟雀成了枝头仅剩不多的叶子，或者是季节岸边的几颗卵石，寒风铺满巢穴，它们只能收紧羽毛，像上了年岁的老人，暮气沉沉，昏昏欲睡。吴家沟的雪，反倒是一群长了翅膀的鸟雀，在天空翻飞、俯冲、盘旋、翱翔。雪落在沟里的时候，庄稼盖着一床棉白的被子呼呼大睡。闲不住的农人站在田坎上，口中衔着烟卷，视线落得很低，他们隐约听见冬小麦、豌豆、油菜在和他们一样轻声咳嗽，生怕惊扰了每一片雪花。

二

我小时候站在吴家沟迎面最高的山顶上环视四周，吴家沟好似盆状，沟坡边的房子很小很矮，忙碌在田里的百姓更小。这种感觉，在若干年后坐在飞机上俯瞰地面时，再一次从我的记忆深处泛起。

初中毕业之前的每个假期，和我年岁相仿的伙伴大部分时间不是在写作业，而是和牛羊在一起。但是我们很排斥放牛娃这个称呼，在我们朴素的认知里，放牛娃是个贬义词。老师在课堂里不止一次地劝诫我们：不好好读书，将来就是一个放牛娃。这三个字如三根钉子，一锤一锤地钉进我们身体的某个部位，一种钝痛感让我们浑身震颤。

直到上了初中，我才意识到我们的父母其实也是放牛娃。不过，他们放的不全是牛羊，还有庄稼和儿女。再后来，我又感觉，其实我们的父母也不全是放牛娃，他们更像牛羊，让日子放牧在黄土地里，可劲儿地生长，不用松土，不用追肥，也不用灌溉。

四面青山将吴家沟围起来，比牛羊的圈舍更为坚固。大大小小，老老少少，加起来一百多号人，被圈养在沟里。出沟的山路很窄，一两尺宽，路旁荆棘丛生。到了夏季，枝叶掩映的山路如一条幽深的草木隧道。吴家沟人很少出山，从沟里到集镇，往返一个来回，至少需要半天时间。

山货要出山，需要乡亲们抬着，坐轿一般很气派，颤颤悠悠地晃荡在汉子的肩膀上，大家笑着笑着，眼里就有了泪水，都在心里问自己，这样的日子啥时是个头？

被锁在大山深处的乡亲并不自卑。他们甚至认为吴家沟是一块福地，山清水秀，土地肥沃，六畜兴旺。但是，他们不希望子女重复自己的命运。很多时候，儿女的成绩单比地里的庄稼更有可比性，那是生命里的另一座粮仓，能喂养他们的精气神。至少，让儿女生长在课堂比弯腰在地里让长辈心里更踏实。

当第一个大学录取通知书送达的时候，我头一回看见年过花甲的爷爷泪流满面，我的小叔是第一个获此荣耀的沟里人。此前，他复读了两年。爷爷始终认为他不是种庄稼的料，因为他近视，腼腆，身体单薄，而且饭量不大。

去哈尔滨上大学的前夜，村子里比过年还热闹。小叔像出嫁的闺女，待在屋里抹泪，屋外热闹的场景好似与他无关。爷爷呵斥他没出息，但是腔调别于往常，能感受到他有一种巨大的成就感。这比地里多收三五斗粮食让他更开心，也更心安。第二天出山前，我没有送他，因为我要将牛羊赶上山坡，还要捡拾一捆柴火，这是我布置给自己的假期作业。

我平生收到的第一封信，是小叔从哈尔滨寄来的。大致意思是，外面的世界很大，不要满足现有的成绩。从他给我写的信里，我能感受到他寄予我的厚望。在当时，我并没有意识到读书的重要性，母亲不断地提醒我：不好好念书，将来在沟里种地，很有可能找不到媳妇儿。其实，在当时很多母亲都说出了这番话，除了一份担心，更多的是直面现实之后的理智判断。

三

爷爷最终没有等到小叔娶妻生子。在他去世的二十天后，父亲以长子的身份去另一个世界陪伴他。在他们爷儿俩过世的那个年关，村里通电了。其时，我上初一，第一次意识到，我很有可能在吴家沟度过一生。原因只有一个，家里穷，真是太穷了。

这期间，村里发生了两件大事。一个去北京打工的小伙子，年底回来的时候神采奕奕，满嘴都是外面世界的大和美，过完年后，另外两个年轻人跟着他一起外出打工；村里人开始谋划修路，说到兴头上，还说要通水，让家家户户吃上自来水。

不断有信件从山外送进来，是在外打工的年轻人邮寄的，偶尔也有数额不小的汇款单。打工成为一件很体面的事情，就连在乡政府工作的三叔都认为，村里的娃们厉害着哩。但是，他并不期望我也出去打工，嘱咐我不要丢掉书本，他一定比埋头劳作的乡亲们更明白，知识比山货和五谷更值钱。

寄宿在学校，每个周六回家，只有肚子饿的时候才感觉吴家沟很亲热。至少，在简陋的厨房里能吃饱肚子。这时，土地里除了种小麦、苞谷、黄豆和红薯，也种烤烟、黄姜和其他经济作物。隐约中，好像有一条路先抵达了吴家沟人的脑子里。路上走的不是其他，是发家致富的新观念。

沟里有了第一台电视机，村里人夏夜围坐在场院，电视机放在门前的八仙桌上，好像是看一场露天电影，信号时好时坏，只有主人才具备拨弄天线的权利。很快，就有了第二台，第三台，整个吴家沟在天黑时，处处都有灯火，能听见从电视机里传出来字正腔圆的普通话。

夏夜，我们坐在场院看电视时，沟里的水在哗哗流淌，一阵高过一阵的蛙鸣水洗了般干净。我只能坐在闷热的睡房里看书，抬头的瞬间，看见皎洁的月光似乎在屋外的橘柑树叶子上哗哗流淌，对面的大山好像熟睡在月光的蚊帐里。母亲就坐在屋外，摇着蒲叶扇，她是这个夜晚的另一盏昏暗的油灯。

夜深了，我和书本抱在一起入梦。梦中，一道一道的考题占满试卷，也占满我的梦想。若干年后母亲告诉我，我睡着的时候，她其实就坐在我身旁，我说的梦话她听不懂，好像是和谁在争论一道数学题。

四

通向山外的羊肠小道，终于被村里上了年岁的人用锄头、钢钎、铁铲，一米一米地送到村外，又被邻村用同样的方式，用汗水将路的两端焊在一起。路不宽，也不平展，但商贩很快开着农用车进村了。村里上了年岁的老人拄着拐杖跟在车后面，扬起的尘土中是他们沧桑的笑脸。也有人在路口点燃鞭炮，他们要把这个喜讯送到更远的地方，让已经化为泥土的祖宗知道，上锁的大山终于被打开，钥匙就是一条弯弯扭扭的山道。

年轻人沿着这条路不断外出，村里只剩下老人和孩子，牛羊和庄稼。沟里的水还在哗哗流淌，合围的群山如饮水的老牛，低着头，身子骨儿很肥很壮。

小伙子领回来的媳妇操着外地口音，笑着说，吴家沟这地方美着哩，山清水秀，但是三五天过后，就嚷嚷着要走。他们是一群候鸟，吴家沟太冷清，留不住他们的翅膀，外面的天空有他们想要的繁华。

吴家沟一夜之间老了。原本精耕细作的土地变得邋遢，不修边幅，像上了年岁，喘着粗气，腰身佝偻。地越种越窄，犁沟越来越浅，庄稼越收越少，就连鸟雀的鸣叫都越来越稀疏。只有屋顶的炊烟照常升起，在空中旋旋绕绕，很快又落下来，瓦楞里满是一层一层的烟灰和青苔。

沟里的水依旧哗哗流淌，这是吴家沟的血脉，也是山水草木的脐带，老人们相信，只要沟里有水，就有念想和生机。年年春天，野山桃花开得白茫茫一片，花瓣落在水里，如一封封从沟里邮寄出去的信件，落款是吴家沟，邮编是一座座的山，一方方的田，还有一声声鸟语和蛙鸣。

我的每一寸发肤，都有吴家沟的印记，那里有我的乳名，我的童年，我的亲人,我的喜怒哀乐。已进城工作多年的我,每每想起吴家沟,总有太多太多的惦念和牵挂。我明白,吴家沟不单单是一个地名,那是我的乡下老家,那里丛生着我的记忆和乡愁,岁岁年年,年年岁岁,在荣枯和生发的更替中,愈加葱郁和广袤。我走出了吴家沟,我也没有走出吴家沟,岁月流转,情感的年轮环环绕绕,亲密无间,就像高山拥抱大树,泥土拥抱种子,就像溪流拥抱蛙鸣,草木拥抱阳光。

后记
Postscript

能安静地叙述是一种幸福

于我而言,文字如一双温暖的手,慈母般拉扯着我向前走,就算一路磕磕碰碰,却从未止步,也从未懈怠。那些在我脑海里汹涌澎湃的乡村场景,是如此真诚且深刻地影响着我的生活,已两鬓斑白的我,在文字的声声召唤中一步一回首。开始珍惜和在乎过往,就意味着我已经不再年轻,情感的年轮一圈圈包裹着曾经的年少无知。

是的,我正在走向成熟。换言之,从键盘上敲打出来的一字一句,是有年份的,是饱满的,日趋理性与平和。另一方面,故乡的一草一木,像极了一张张和善的脸庞,和我很近,也很亲。上了年岁,记忆变得柔和温暖,很多次夜深人静无法安睡时,想得最多的是并不遥远的故土家园,还有那些曾经打动过我的人和事。

确切地说，我的童年是悲苦的，一些并不美好的经历塑造了我内向，甚至有些自卑的性格。但是，现在的我开始平静地正视这一切。无论欢喜或忧愁，都是生命中不可多得的际遇。这也说明，我在有意无意地尝试着告别的同时，在努力迎接。

顺其自然是最好的状态，能安静地叙述是一件幸福的事情。

至少，能置身其中，能一次次伸出臂膀，热烈拥抱铺陈在眼前的事物。

一

2015年，在完成第一本散文集《偏方》之后，我的写作方向依然是生我养我的故乡。我熟悉的，深爱的，依恋的，总是那一方水土。至今，我离开那里已经三十年了，每每回到家中，内心异常安静，只因为在坐南朝北的三间石墙瓦房里，留下太多的记忆，在故乡南边的山坡上，安葬着我的四位至亲，他们扎根在松柏丛中，也扎根在我的心中。

在写《那时桃花》时，缘于一个梦境。那个夜晚，已经去世三十多年的爷爷出现在春天，出现在春天的老宅场院。我看见瓦房外的竹林深绿，看见场院的几株桃花盛开，看见鸡群在场院边啄食，看见我的小脚奶奶坐在偏厦子的屋檐下，和往常一样安详地做针线活。

留着胡须的爷爷没有说话，但目光温存，笑容可掬。戴着老花镜的奶奶没有说话，但满头银发让我眼眶一热。那一刻，我很幸福。但幸福的时间太短了，待我从梦中醒来，方才明白，这就是一个梦。这只是一个梦！

有梦真好，至少能安放浓浓的思念。

血缘是一个无法言喻的生命暗语，四叔去世的那年春节，我和往常一样电话拜年时，无意中的一句话，"触碰"到我已经去世多年的父亲，我一时情难自抑。我的情绪不知为何瞬间爆发，这不应该是一向稳重且坚强的我应有的状态，至少不应该在大年初一的晚上失声痛哭。

平日严肃的四叔温和地安慰我了半个多钟头，一个劲儿地念叨着，大哥命苦，如果活到现在，他应该知足了，也能过上几天幸福的日子。第二天早上，四叔打来电话，嘱咐我要好好生活，好好工作，把身体照顾好，把家庭经营好。也就是在那年冬季，我写了《头顶的云彩》，忆及四叔年轻时的点滴。我至今不确定那篇文章四叔是否看过。在文章见报后几个月，他永远地离开了我。待我和小叔连夜赶往巫溪时，我们碰面的那一刻，两人在异乡的街头无语泪先流。

在处理完四叔的丧事之后，我央求我的二叔和小叔，要好好地活着。在我们将来想起父亲、三叔和四叔的时候，还能从他们的言行举止中感受到熟悉的气息。

我的亲人，我的朋友，我深深地祝福你们健康长寿，平安幸福。

二

我打小生长的小山村是一个群山环抱的山沟，沟里的很多小地名很土气，若干年后，反倒感觉挺有诗意。因为大山紧锁，童年的视野很有局限性，不过顺从地生长生活，倒也挺安逸。山里的人和景物，浸入最原始的记忆，是那般乡村，亦是那般灵秀。

现在，我有能力和精力将山里的故事讲出来，就像多年前我走出大山去了外面的世界一样，倾尽全力将这里的山水人文送到更多朋友面前。故乡，终究是我们灵魂的胎记，是我们情感的原点。将这份单纯而真切的爱，一字一句地说出来，这也许是大山的儿子对大山应有的回敬。

于是，已经生满苔藓的石磨，依旧清澈甘甜的老水井，青葱茂盛的竹林，曲曲绕绕的大沟，遍地金黄的麦田，长矛般竖起的玉米……这些再寻常不过的乡村风物，一一出现在我的文集中。童年劳作的每一个场景，都泛着淡淡的汗香，曾经和我一般高矮，或者高过我许多的庄稼，让我更早懂得生活的不易，也让我坚信付出总会有收获。

也正是这样的成长环境，让我于时岁安静有序的节奏中学会接受。当然，也想改变，也无数次想象着外面的世界。唯一能打开山门的钥匙，可能就是拼命地学习。好在我能将自己观察到的事物熟记于心，然后满含深情地写出来，无论是日记也罢，作文也好，山水草木都在潜移默化地训练着我的语言。能够完整准确且灵活地表达，原本就是一件惬意的事情。这一点，我要感谢我从小学到中学的历任语文老师。是他们一次次的肯定和鼓励，让我更有信心，更有力量地叙述，也具备了生活低处的观察能力和积淀。

我的故土，我的家乡，我深深地祝福这方生我养我的土地风调雨顺，五谷丰登。

三

从20世纪90年代初，我步入安康这座城市，到现在已经整整三十个年头了。从求学到成家立业，我渐渐成为城市的一分子，这里有我太多的过往，也留下我深深浅浅的前行足迹。日久生情，城市的每一个变化，都让我这个乡下人感到振奋。自从身份证上的地址换作安康市汉滨区之后，我就意识到，在距老家不远的地方，终于有了落脚的地方。这儿的高楼大厦，这儿的街巷民居，这儿的车来车往，都是我生命中充盈的烟火气。

2016年9月，我有幸参加了"同饮一江水——水源地陕鄂豫三省群众代表考察南水北调中线工程"活动，在北京团城湖明渠，一位来自汉江上游的随行团员，跪在地上，掬起一捧水凑近脸庞，我看他身体轻轻抖动。在他起身的那一刻，我不确定他脸上流淌的到底是水还是泪。但我确定，他疾步上前，跪在地上的那个场景，让我满眼泪光闪动。这份感情，只有同样热爱自己城市的人方能感同身受。

于是，就有了《家乡的甜水》，就有了我和安康水乳交融的情感故事。

因为职业属性，这些年我和这座城市很多市民相识相交，成为要好的朋友。他们给予我太多的帮助和鼓励，让我从心里感受到家的温暖。我也曾有幸被推选为第三届"安康好人"，这是这座城市对我热情地接纳和褒奖，好人之城，就是需要大家一起呵护，一起建设，一起推介。我也努力在这座城市建设自己，经营自己，打磨自己，不敢有半点儿懈怠。

安康，国家版图上最吉祥的城市，正在被越来越多的人认知，"把安康带回家"也成为这座城市最美好的祝福。和穿城而过的汉江一样，我情感的波光闪耀着爱的光芒。

我的城市，我的家园，我深深地祝福这里时光安宁，平安吉祥。

四

早已过了不惑之年，但我依然还有太多的困惑和迷茫。好在我骨子里农家子弟勤劳务实的个性始终未变，在深耕主业的同时，没有辜负时光所期。

细细想来，这些年来，我的创作始终聚焦基层一线，在寻常的人，寻常的事，寻常的生活实践中找不寻常的闪光点。我也期望自己的创作具备一种性格，具备和自己一样的DNA，具备属于自己的一种风格。好的故事，一定在生活中，也一定在等待着和我一样的作家去发现和深挖。我愿意用一生的时间去实现这个不难实现的小目标。这是我能做的，也是能做到的。

让乡土散文具有泥土的天然原香，并不断丰富创作库容，随着一篇篇接地气、动人心、能引发共鸣的作品陆续出现在各大报端，更加坚定了我的创作信念。我不断告诫自己：既仰视头顶的蓝天白云，也俯瞰脚下的丰沃大地，用自己擅长的手法去抒写眼前的一切美好。

这份美好是真实存在的，也是需要我们去挖掘，去传承的，对于分享美好生活的深情礼赞，以及生活中那些风雨过后的哲思和感悟，是我这个年岁的人应有的一份担当。换言之，乡土基调的创作永远是我不二的选择和坚守，且随着时间的推移，这种创作欲望更加强烈。

期待在若干年后，回首来时路，内心安然无愧。就像一个庄稼汉，按照时节交替，不误每一个茬口，丰收与否，需要交给天空和大地。至少，每一次深耕和播种，都准时准点，诚心诚意。

我慢慢学会善待自己，矫正自己，并不断鼓励自己，鞭策自己，做一个生活在城市的庄稼人。成色欠佳的文字，是另一种五谷杂粮，我得颗粒归仓，在营养自己的同时，如果能营养别人那就万幸。

我爱自己，爱自己的文字，爱每一次埋头创作的辛苦和亢奋，我也祝福自己身体康健，平安相伴。

未来，依然会踏实写作，我的案头就是一块肥沃的黄土地，按照老祖宗交给我的耕作经验，不荒芜每一寸光阴。这也是我将这本集子最后一辑命名为"乡愁未了"的初衷之所在，尽管尚未将其从邮箱送出，是新鲜的、原创的，也是留存的、温热的，是内心的朝霞和露珠，亦将激励我恬淡安然，执炬于字里行间，让案头灯火如花盛开。

我想，这是我能做到的。